KB038132

맹수주의보 2

이하린 장편소설

단글

맹수주의보 2

초판 1쇄 인쇄 2015년 11월 4일
초판 1쇄 발행 2015년 11월 11일

지은이 이하린
발행인 오영배
기획 박성인
책임편집 김보나
표지 일러스트 권정아
제작 조하늬

펴낸 곳 (주)삼양출판사 · 단글
주소 서울시 강북구 도봉로 173
대표 전화 02-980-2112 **팩스** / 02-983-0660
출판등록 1999년 3월 11일 제9-00046호

ISBN 979-11-313-0421-1 (04810) / 979-11-313-0419-8 (세트)

+ 지은이와 협의하에 인지는 생략합니다. 잘못된 책은 구입한 곳에서 바꾸어 드립니다.
+ 이 도서의 국립중앙도서관 출판시도서목록(CIP)은 서지정보유통지원시스템홈페이지(http://seoji.nl.go.kr)와 국가자료공동목록시스템(http://www.nl.go.kr/kolisnet)에서 이용하실 수 있습니다. (CIP제어번호: 2015029424)

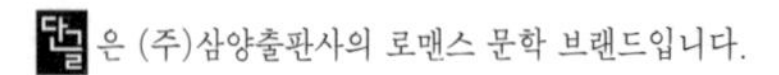

은 (주)삼양출판사의 로맨스 문학 브랜드입니다.

맹수주의보 2

이하린 장편소설

단글

| 차 례 |

1.

지금부터 날 보지 말아 줘

당장이라도 관람차 아래로 뛰어내릴 것만 같은 차윤성을 향해 서다래가 다급하게 소리쳤다.

"자, 잠깐만요!"

말도 안 되는 상황이다.

상식적으로 관람차 문을 맨 손으로 뜯어낸 것도 말이 안 되지만 그것보다 관람차 제일 꼭대기에서 뛰어내리려는 이 상황이 말이 안 됐다.

왜 이래야 하는지 이성적으로 조금도 납득이 되질 않았지만, 지금은 그런 이유가 궁금하기보다는 당장 발밑으로 보이는 아득히 먼 곳이 무서워서 온몸이 바들바들 떨려 왔다.

"갑자기 왜 이래요? 우리가 왜 여기서 뛰어내려야 되는 건데요? 나, 난 못 해요."

서다래의 떨림이 그녀를 등에 업다시피 가까이 밀착하고 있는 차윤성에게도 생생하게 전달됐다.

서다래가 무서워하는 걸 이해 못 하는 건 아니다.

하지만 지금 당장 다른 방법이 없었다.

이렇게 공중에 뜬 상태에서 서다래를 지키면서 싸우기란 사실상 무리가 있었다.

더 이상 시간을 지체하다가 상대방이 낌새가 이상하단 걸 눈치채고 지금 공격이 들어온다면 낭패를 당하는 건 이쪽이다.

한시라도 빨리 내려가야 했다.

바닥으로 내려간다고 해서 완벽하게 안전해지는 것도 아니었지만 최소한 여차하면 서다래라도 도망치게 한 뒤 시간을 벌어 볼 생각이었다.

차윤성이 잠시 아무 말이 없자 조급해진 서다래가 다시 입을 열어 말했다.

"저, 정말 뛰어내리려는 건 아니죠? 설령 관람차가 고장이 났다고 해도 안전장치도 없이 이건 말이 안 되는 거잖아요?"

"나 믿어?"

뜬금없는 차윤성의 말에 서다래가 고개를 좌우로 세차게 흔들며 말했다.

"이런 상황에서 당신을 어떻게 믿어요! 말이 되는 질문을 해요!"

가능하면 서다래를 조금이라도 진정시키고 싶었지만 그러기엔 시간이 촉박했다.

차윤성은 자신의 목을 감고 있는 서다래의 양손을 쥐어 다시 한 번 단단하게 잡게 한 뒤 나지막이 말했다.

"그럼 지금부터라도 믿어봐."

그 말을 듣고 서다래는 직감적으로 알아차릴 수밖에 없었다.

이 남자, 정말로 뛰어내리려고 한다!

"아, 아, 안 돼요오오!"

타악!

차윤성은 순식간에 관람차 바깥으로 몸을 던졌고, 서다래 역시 덩달아 바닥으로 추락했다. 뛰어내리는 순간 바람이 온몸을 감싸는 느낌에 서다래의 심장도 쿵하고 떨어졌다.

"으아아아아아!"

몸이 아래로 떨어지는 느낌이 생생했다.

자신도 모르게 두 눈을 꼭 감은 채 '아, 내가 이렇게 죽는구나.' 라고 생각이 들 때였다.

부우웅.

탁!

어느 순간 완전히 바닥으로 떨어진다고 하기엔 이상한 느낌이 들었다. 떨어진다기보다 높은 곳에서 점프를 하는 느낌이랄까?

조금 진정이 된 서다래가 가늘게 실눈을 떴다.

그러자 눈앞에는 놀라운 광경이 펼쳐져 있었다.

마치 차윤성만 중력의 힘을 덜 받는 것처럼 아주 날렵한 몸놀림으로 아래 부분에 있는 관람차들을 발로 디디며 한 칸씩 뛰어 내리고 있었다.

서다래는 가늘게 떴던 눈을 동그랗게 뜨곤 입을 벌렸다. 눈앞에서 벌어지는 일들이 현실적으로 말이 안 되기 때문이다.

타닥!

순식간에 꼭대기까지 올라갔던 관람차에서 내려와 땅에 착지한 차윤성은 긴장을 늦추지 않은 채 주변을 살폈다.

관람차를 조작했다는 건 이미 그를 노리는 자들이 이 근처에 있다는 소리나 다름없었기 때문이다.

그들 역시도 이미 차윤성이 자신들의 존재를 눈치챘다는 사실을 알았기 때문에 더 이상 모습을 숨길 이유가 없었다.

스으윽.

순식간에 수십 명의 수인족이 유령처럼 모습을 드러냈다.

어느덧 해가 지고 깜깜해진 어둠 속에서 은밀하게 모습을 드러낸 그들은, 소름이 끼칠 만큼 음산했다.

두 사람이 서 있는 곳 주위를 온통 둘러싼 그들은 건물 위부터 시작해서 없는 곳이 없었다. 완벽하게 포위하고 있는 그들을 보고 있자니 거미줄 안에 빠진 것만 같은 착각이 들 정도다.

그들의 숫자를 확인한 차윤성은 미간을 찌푸릴 수밖에 없었다.

생각보다 많아도 너무 많았다.

이렇게 많은 이들을 상대하는 건 혼자 있다 해도 장담할 수 없는 상황이다. 그럼에도 불구하고 지금은 서다래까지 뒤에 두고 있는 상태다.

마음에 걸리는 게 한두 개가 아니었지만 무엇보다 차윤성이 내키지 않는 게 있었다.

"저, 저 사람들이 설마 다 수인족이에요?"

서다래는 자신들의 눈앞에 나타난 그들을 보고 깜짝 놀라 차윤성에게 물을 수밖에 없었다.

서다래는 지금까지 완벽하게 동물로 변한 차윤성과 인간이었을 때의 차윤성 두 가지의 모습밖에 본 적이 없었다.

하지만 그들이 전투를 할 때 가장 최적화된 모습은 인간도 동물도 아닌, 그 중간 단계인 괴물 같은 모습이었다.

사람의 형상을 하고 있으면서도 맹수같이 날카로운 이빨과 손톱을 지니고 있었고 변신하고 난 뒤에는 눈동자나 피부색도 확연히 달라졌다. 서다래는 그들과 눈만 마주쳤을 뿐인데도 등에 소름이 돋을 만큼 무서웠다.

꾸욱.

차윤성이 입술을 잘게 깨물었다.

그는 이런 위험한 상황에 놓였음에도 불구하고, 우습게도 서다래를 뒤에 두고 변신을 하고 싶지 않았다.

그런 생각이나 하고 있는 스스로가 너무 어처구니가 없어서 지금 도대체 뭐하는 거냐고 자신에게 되물어봤지만, 여전히 모습이 변한 자신을 보고 서다래가 어떻게 생각할지 두려웠다.

"……가능하면 지금부터 날 보지 말아 줘."

"네?"

차윤성도 스스로가 얼마나 말도 안 되는 소릴 하고 있는지 잘 알고 있었다.

하지만 서다래는 그가 그저 인간에서 동물로 변신할 수 있는 사람이라고만 단순하게 생각하고 있었다. 그래서 차윤성도 그녀가 그렇게 생각하게끔 거기서 멈추고 싶었다.

이런 인간답지 않은 모습을 보여 주고 싶지 않았다.

차윤성이 망설이고 있는 순간이었다.

어둠 속에서 그림자 하나가 가까워지며 한 남자의 모습이 드러났다. 동시에 그의 낮은 목소리가 들려왔다.

"오늘따라 이상하게 너답지 않아 보이는군. 이 정도에 벌써부터 놀란 건 아니지? 그러면 재미없는데."

모습을 드러낸 남자의 얼굴에는 칼자국이 길게 나있었다.

그의 얼굴을 보자마자 차윤성은 그가 누구인지 단번에 알아차릴 수 있었다.

"너냐, 황동연."

"이런 날이 오기를 기다리고 있었지. 어때, 소감이? 마음에 들어?"

황동연을 보자 차윤성의 안색이 더 어둡게 변했다.

쉽지 않은 상황이란 건 이미 알고 있었지만 이 자리에 황동연까지 왔다면 말이 달라졌다. 그냥 어려운 정도가 아니라 너무나도 위험했다.

황동연의 얼굴에 난 긴 칼자국은 오래전에 차윤성이 만들어 준 것이었다. 그때부터 시작된 두 사람의 악연은 지금까지 질기게 이어지고 있었다.

"일단 네 뒤에 있는 인간부터 없애고 천천히 시작하자고!"

황동연은 가벼운 말투와는 다르게 번개같이 재빠른 몸놀림으로 서다래를 향해 쏘아졌다.

파앗!

서다래의 목덜미를 노리는 황동연의 손을 차윤성이 정확하게 잡아챘다.

"누구 마음대로."

차윤성은 말을 하면서 동시에 서다래의 앞을 막아섰다.

자신의 공격을 막아설지 몰랐던 황동연의 눈에 이채가 돌았다. 어차피 수인족이라는 정체가 들킨 이상 죽여야만 하는 여자이기 때문이다. 수인족의 규율을 차윤성이 모를 리도 없다.

그러고 보니 차윤성은 조금 전부터 이상했다. 관람차에서 인간 여자를 데리고 내려오질 않나 이런 상황에 인간의 모습을 유지하고 있지를 않나.

잠시 생각하던 황동연이 황당하다는 듯 웃음을 터뜨리며 말했다.

"설마 아니지? 저 인간이 네 약점이라니, 그럼 너무 쉬워지잖아."

"……."

차윤성은 그의 도발에 어떠한 대답도 할 수가 없었다. 무슨 일이 있어도 서다래를 다치게 하고 싶진 않았기 때문이다.

그런 마음가짐이라면 지금 차윤성에게 서다래는 가장 큰 약점이 맞았다.

그때, 뒤에서 느껴지는 기척에 차윤성이 슬쩍 곁눈질로 뒤를 돌아보니, 서다래가 겁에 질린 표정으로 그의 옷자락을 잡고 있었다.

그녀의 눈에 방금 황동연의 움직임은 순간이동이나 다름없었다. 너무나도 빨라서 제대로 보지조차 못했기 때문이다.

지금 이 상황이 어떻게 돌아가는지 앞뒤 정황도 모르는 그녀지만 그래도 돌아가는 분위기가 심상치 않다는 것쯤은 알아차리고 있었다.

누군가 말해 주지도 않아도 피부로 느껴지는 팽팽한 긴장감에 서다래는 자신도 모르게 마른침을 꿀꺽 삼켰다.

황동연은 설마 했지만 서다래를 바라보는 차윤성의 눈동자를 보자마자 확신에 가까운 직감이 들었다.

저 여자다.

차윤성의 흔들리는 눈동자를 읽은 황동연은 더 이상 기다릴 필요가 없었다.

그가 세찬 목소리로 외쳤다.

"여자부터 없애!"

쉬쉬쉭!

순식간에 검은 그림자들이 차윤성을 향해 한꺼번에 덮쳐오기 시작했다.

이렇게 된 이상 차윤성도 더 이상 망설일 시간이 없었다.

차윤성이 하얀 피부가 생동감이 느껴지지 않을 만큼 창백하게 변했다. 동시에 신비로운 오렌지빛 눈동자는 피를 머금은 것처럼 붉게 물들기 시작했다.

마지막으로 칼날처럼 날카로운 손톱과 송곳니가 눈앞에서 삐죽 자라나는 모습을 보며 서다래는 경악하고 말았다.

그녀는 자신도 모르게 차윤성을 멍하니 바라봤다.

그때였다.

투욱.

완전히 변해 버린 차윤성의 모습에 놀라 서다래는 그를 잡고 있던 손을 놓치고 말았다.

그 경악에 찬 시선을 온몸으로 느끼고 있는 차윤성이었지만 그렇다고 여기서 멈출 순 없었다. 감정적으로 판단할 만큼 만만한 자리가 아니었기 때문이다.

일단 차윤성은 서다래를 안전하게 데리고 나가는 것만 생각하기로 했다. 그 이상을 생각하기엔 상황이 너무 다급했다.

파앗!

차윤성은 서다래를 노리고 뛰어오르는 놈을 가볍게 발로 차서 쓰러뜨리곤 재빨리 몸을 돌려 다른 방향으로 들어오는 놈도 막아 냈다.

아무리 수인족이라지만 차윤성도 한계라는 게 분명히 존재했다. 이렇게 많은 인원수를 상대로 계속 버티기만 할 수는 없었기에 차윤성은 공격해 오는 놈들이 다시 일어나지 못하도록 최대한 치명상을 주고 있었다.

퍼억!

차윤성은 현란한 몸놀림으로 순식간에 서다래를 향해 다가오는 여러 명을 전부 저지했다. 그렇게 인정사정없이 공격해오는 놈들을 있는 힘껏 상대해 주다 보니 차윤성은 어느새 누구의 것인지 모를 피로 축축하게 젖어 있었다.

땀인지 핏물인지 모를 물방울이 얼굴에 흘러내렸다.

황동연은 이 자리에서 죽여야 할 상대였지만 차윤성을 보고 새삼 감탄할 수밖에 없었다.

지금 이 자리에는 그가 오랫동안 준비한 수인족의 소수정예만이 존재했다. 그들을 상대로 이토록 오래 버틸 수 있다는 건 정말이지 박수를 보낼 수밖에 없는 일이었다.

더군다나 차윤성은 이런 상황에서 인간 여자까지 지켜내고 있었다. 행동에 제약을 받을 수밖에 없을 텐데도 이렇게 잘 버텨내는 모습을 보니 더욱 칭찬을 해 줄 수밖에 없었다.

'역시 이렇게까지 준비한 보람이 있군.'

하지만 차윤성에게는 아쉽게도 결과가 달라질 리는 없었다.

마지막 엔딩을 바꾸기엔 황동연이 이 자리를 위해 준비한 이벤트가 너무 많았다.

잠시 서서 상황을 즐기던 황동연이 몸을 움직이며 동시에 큰

소리로 외쳤다.

"차윤성을 상대하지 말고 여자를 노려!"

황동연의 명령에 조금 흐트러졌던 그들의 움직임이 다시 서다래를 집중적으로 노리고 들어오기 시작했다.

차윤성은 진땀을 흘릴 수밖에 없었다.

단 한 번이라도 그들의 공격을 막아 내지 못한다면 서다래가 크게 다칠 거라는 게 불 보듯 뻔했기 때문이다. 그 단 한 번도 허용하면 안 된다는 단서 조건이 차윤성을 몹시 긴장하게 만들었다.

잠시 고민하던 차윤성은 다가오는 수인족을 향해 주먹을 내뻗으며 나지막한 목소리로 말했다.

"서다래."

그의 부름에 어쩔 줄 몰라 하던 서다래의 눈동자가 움직였다.

그녀와 눈이 마주치자 차윤성이 이미 생각을 정리한 듯 확고한 목소리로 말했다.

"지금부터 뒤도 돌아보지 말고 달려."

"으……."

달리라는 차윤성의 말을 서다래가 머리로 이해하지 못한 것은 아니었다.

하지만 생각처럼 몸이 말을 따르질 않았다.

주춤주춤.

너무 놀라서 힘이 풀린 다리가 뒷걸음질만 칠 뿐 마음대로 움직여 주지 않을 때였다.

파아앗!

어느 순간 나타난 수인족 한 명이 서다래를 노리고 달려들었다. 어찌나 속도가 빠른지 눈 한 번 깜짝한 사이에 그녀의 바로 앞에 서 있었다.

소리조차 지르지 못한 채로 눈을 크게 뜰 때였다.

퍼억!

간신히 그자를 발로 걷어차서 쫓아낸 차윤성이 다시 서다래의 앞을 막아섰다.

달빛을 가린 채 서 있는 차윤성의 등은 아주 강인해 보였지만 실상 그는 현재 많이 지친 상태였다. 그의 거친 숨소리와 몸에서 나오는 뜨거운 열기가 바로 뒤에 있는 서다래에게까지 느껴졌다.

차윤성이 다급하게 외쳤다.

"얼른 가!"

말을 하면서 슬쩍 돌아본 차윤성의 얼굴을 서다래는 보고야 말았다.

달빛에 비친 그의 하얀 얼굴에는 붉은 핏방울이 군데군데 묻어 있었을 뿐만 아니라 옷에도 피가 흠뻑 젖어서 피비린내가 진동을 했다.

서다래는 뭔가 하고 싶은 말이 있어서 입술을 달싹거렸지만, 더 이상 여기서 망설이고 있어 봤자 방해만 될 뿐이라는 사실을 알아차렸다.

그녀는 결국 입을 꾹 다문 채 몸을 돌렸다.

타닥타닥!

그때부터 서다래는 차윤성의 말대로 반대편을 향해 무조건 내달리기 시작했다. 더 늦기 전에 빨리 길가로 나가서 경찰을 부르는 게 나을 거라는 판단이 들었기 때문이다.

서다래의 뒤를 수인족들이 일제히 쫓기 위해 움직였지만 그 앞을 차윤성이 막아섰다.

"여기서부터는 한 명도 못 가."

차윤성은 서늘한 경고와 함께 입가에 묻은 피를 소매로 슥 닦아 냈다.

많이 지쳐 보이는 차윤성의 말을 그들은 귓등으로 흘려들었다. 하지만 놀랍게도 차윤성의 경고가 있고 난 다음부터 그를 지나쳐 갈 수 있는 이는 단 한 명도 없었다.

철벽처럼 서다래의 뒤를 지키는 차윤성 덕분에 그녀는 아무런 방해도 받지 않은 채 멀어져가기 시작했다.

서다래의 위치를 확인한 차윤성이 마지막으로 그녀를 향해 큰 소리로 외쳤다.

"서다래! 무조건 사람이 많은 곳으로 가!"

지금 제일 안전한 곳은 사람이 많은 곳이었다.

수인족은 사람들 앞에 모습을 드러내는 걸 금기시했기 때문에 어떻게든 사람이 많은 곳에 도착하기만 한다면 당장에 서다래를 해치기는 어려웠다.

뛰어가는 그녀의 뒷모습을 바라보며 당장 급한 불은 끈 것 같아 잠시 마음이 놓이려던 찰나였다.

"이런, 저 여자를 이렇게 쉽게 보내주면 재미없잖아. 그렇지? 차윤성."

이 목소리의 주인공은 다름 아닌 황동연이었다.

황동연은 차윤성을 향해 막아볼 테면 막아보라는 도전적인 눈빛을 날리고는 재빨리 서다래를 향해 몸을 날렸다.

그 모습을 보곤 차윤성은 직감적으로 깨달았다.

위험하다.

체력적으로 지친 차윤성과 다르게 아직 힘을 제대로 발휘하지 않은 황동연은 쏜살같이 서다래를 향해 나아갔다.

으득.

차윤성이 어금니를 세게 깨물며 서다래를 향해 가는 황동연의 뒤를 재빨리 쫓기 시작했다.

어떻게든 막아야했다. 그를 이대로 보내면 서다래가 다친다.

파앗!

간신히 황동연의 속도를 뒤따라 잡은 차윤성의 그의 허리춤을 양손으로 강하게 움켜쥐었다. 동시에 손에 잡힌 그를 바닥으로 내동댕이쳤다.

쿠당탕탕!

차윤성의 방해로 황동연은 잠시 중심을 잃고 쓰러졌지만 벌써 뛰어가는 서다래의 바로 뒤까지 쫓아온 상태였다.

황동연은 여기서 포기하지 않은 채 몸을 벌떡 일으키고는 서다래를 향해 크게 도약했다.

쉬이이이익!

황동연이 길고 날카로운 손톱이 서다래를 향해 매섭게 날아갔다. 이대로 둔다면 서다래는 등 뒤에 손톱에 찔린 채 쓰러질 거라는 건 당연한 일이었다.

팟!

차윤성이 온 힘을 다해서 서다래를 노리고 다가가는 황동연의 손목을 낚아챘다.

그의 손을 다른 방향으로 돌리며 손톱이 서다래를 향하지 않도록 방해했지만, 이미 차윤성의 행동쯤은 황동연도 예상하고 있는 상태였다.

황동연이 순식간에 반대편 손을 서다래를 향해 내뻗었다.

촤아아아!

서슬이 퍼런 손톱이 당장에라도 서다래의 등에 꽂힐 것만 같았다.

퓨슉!

황동연의 손에서는 살을 꿰뚫는 생생한 감촉이 전해졌다.

아무리 차윤성이라 해도 완벽하게 막아 낼 수 없는 공격이었기에 당연히 황동연의 손톱은 예상대로 서다래의 등에 꽂혀 있어야 했다.

하지만 황동연의 칼날 같은 손톱이 통과한 것은 바로 차윤성의 옆구리였다.

"크읏."

차윤성은 자신도 모르게 작은 신음을 흘리곤 재빨리 황동연에게서 거리를 벌렸다.

후두둑.

옆구리에서 손톱이 뽑혀지자 피가 분수처럼 쏟아져 나왔다.

차윤성의 두 눈은 여전히 황동연을 주시할 뿐 서다래가 뛰어가는 방향으로 고개를 돌리지는 않았지만, 계속해서 앞을 향해 가고 있는 그녀의 발걸음 소리를 귀 기울여 듣고 있었다.

타닥타닥.

뒤에서 이런 일이 벌어지고 있다는 것을 전혀 눈치채지 못한 서다래는 여전히 발걸음을 재촉했다.

다행히 황동연의 이 일격을 막아 낸 덕분에 서다래는 더 멀리 도망칠 수 있었다. 조금씩 멀어지는 그녀의 발걸음 소리를 들으며 차윤성은 남모르는 한숨을 내쉬었다.

"후우."

차윤성의 옆구리에서 흐르는 피가 바닥을 적셨다.

치명상이었다.

그 스스로도 방금 전보다 확연하게 달라진 몸 상태가 느껴질 정도다. 그런 차윤성을 보면서 황동연이 히죽 웃었다.

타타타탓!

그제야 황동연과 차윤성을 쫓아온 다른 수인족들이 이 자리에 도착했다. 그들을 향해 황동연이 낮은 목소리로 말했다.

"여자는 보내줘. 어차피 우리 목표는 차윤성이다. 여자는 나중에 처리해도 늦지 않아."

애초부터 황동연이 노린 게 바로 이런 상황이었다.

차윤성은 가장 최악의 수를 두었다.

그 결과 여자는 지켰을지 몰라도 차윤성은 이 자리에서 확실히 죽는다.

인간 여자는 차윤성이 지키려고 했기 때문에 노린 것일 뿐. 지금은 이대로 보낸다고 해도 어차피 다시 찾아서 없애면 그만이다.

중요한 건 지금까지 잘도 목숨을 부지해 왔던 차윤성을 드디어 끝장 낼 수 있는 순간이 왔다는 거다.

"차윤성, 넌 실수했어. 우리의 존재를 알아차리자마자 바로 인간 여자를 버리고 도망을 쳤어야지. 예상대로 그렇게 했다면 서서히 너를 뒤쫓으면서 죽이는 재미를 느낄 수 있었을 텐데 생각보다 싱겁게 됐군."

자신을 비웃는 황동연을 향해 차윤성은 말없이 피식 웃었다.

황동연의 입장으론 차윤성을 잡아서 목적을 이루었겠지만 그는 처음부터 서다래의 안전이 최우선이었다. 결과는 이렇게 됐지만 차윤성 역시도 목적을 이룬 것이나 다름없었다.

문제는 지금부터인데, 차윤성은 현재 옆구리가 타는 듯이 뜨거웠다.

얼굴에 표정을 드러내지 않았을 뿐 당장이라도 온몸의 장기가 옆구리를 통해 쏟아져 나올 만큼 아팠다.

오래 버티지 못할 거란 사실을 예상할 수 있었다.

'마지막인가?'

차윤성은 오늘이 그의 인생의 마지막 날일수도 있다는 생각이 들었다. 이렇게 마지막이라고 생각되는 순간이 찾아오자 전혀 생각지도 못한 일이 머릿속에 떠오르며 아쉬움을 남겼다.

차윤성이 나지막이 혼잣말을 중얼거렸다.

"……그때 그냥 키스를 할걸 그랬나."

죽을지도 모르는 상황에 이런 생각이 들자 자신도 모르게 차윤성은 실소를 흘렸다. 막걸리에 취해 기절해 있던 서다래를 두고 뒤돌아섰던 그날의 기억이 이상하게도 머리에 남는다.

차윤성이 꾸역꾸역 피가 쏟아져 나오는 옆구리를 한 손으로 막은 채 담담한 목소리로 다시 말했다.

"와라. 지긋지긋한 싸움 여기서 끝내지."

"잘 버텼다. 단번에 죽여주지."

"내 상태가 이래도 쉽지만은 않을 텐데?"

차윤성의 말에도 황동연은 더 이상 대꾸하지 않은 채 그를 향해 날아들었다.

이제 끝낼 때가 왔다.

파아아앗!

맹렬한 기세로 그가 차윤성을 향해 떨어질 때였다.

채앵!

갑자기 허공에서 떨어지는 그의 날카로운 손톱을 막아내는 이가 있었다.

훤칠한 키에 깡마른 몸매. 잘 벼린 칼날처럼 날카로운 이미지의 남자, 바로 강지욱이다.

항상 표정이 없던 강지욱이었지만 지금만큼은 평소와 달랐다. 땀범벅으로 뛰어온 그는 진심으로 차윤성을 걱정스럽게 바라보며 물었다.

"괜찮으십니까? 첫째 도련님."

강지욱을 발견한 차윤성이 퉁명스러운 목소리로 말했다.

"왜 이렇게 늦었어?"

전혀 생각지도 못했던 차윤성의 말에 강지욱이 황당해져선 다시 물었다.

"제가 올 줄 알고 계셨습니까?"

"아니. 평생 네놈이 이렇게 반가운 적은 지금이 처음일 거야."

그 말을 들은 강지욱이 희미하게 웃었다.

황동연은 갑작스러운 강지욱의 등장에 이마를 찌푸리며 중얼거렸다.

"강지욱, 네가 여긴 어떻게……."

이 자리에 강지욱이 등장하리라곤 전혀 예상치 못한 상황이었다. 하지만 어차피 한 명이 늘어난다고 해서 달라질 건 없었다. 아직도 황동연의 뒤에는 수많은 수인족이 함께했다.

다시 황동연이 몸을 움직이려고 할 때였다.

타타타타닥.

일사불란한 발걸음 소리가 들려왔다.

거기에는 먼지를 자욱하게 일으키며 다가오는 또 다른 수인족의 무리들이 보였다.

차윤성이 그들을 바라보며 강지욱에게 물었다.

"외삼촌이 보낸 거냐?"

"네."

외삼촌에게 나서지 말아달라고 했었지만 이번만큼은 큰 도움을 받은 게 분명했다.

"……외삼촌한테 신세를 졌군."

"그러게 휴대폰은 왜 꺼놓으신 겁니까? 이상한 낌새를 눈치채자마자 도련님을 쫓아왔는데, 연락이 돼야 말이지요."

강지욱의 말을 듣고서야 차윤성은 배터리가 없어서 편의점에 충전하려고 맡겨놓은 일이 떠올랐다.

황동연이 두 사람의 대화를 자르며 말을 했다.

"여기서 무사히 빠져나갈 수 있다고 생각하면 오산이다!"

분에 찬 그의 목소리를 들으면서도 강지욱은 아무렇지도 않게 차윤성을 부축하기 위해 다가갔다.

"저한테 기대십시오. 이곳은 저들에게 맡기고 도련님은 당장 치료를 받으셔야 됩니다."

차윤성은 자신을 잡아주려는 강지욱의 팔을 거부한 채 몸을 돌렸다.

그곳은 서다래가 달려간 방향이었다.

"치료는 나중에. 지금은 해야 할 일이 있어."

*　*　*

"허억허억."

숨이 턱 끝까지 찼다.

서다래는 차윤성의 말대로 뒤도 돌아보지 않고 한참을 달렸다.

다리가 후들거려서 더 이상 달릴 수 없을 때는 이미 그녀를 쫓아오는 이가 아무도 없었다.

서다래는 비 오듯이 흐르는 땀을 아무렇게나 닦으며 다시 발걸음을 재촉했다. 머릿속이 복잡했다. 실제로 눈앞에서 피가 튀기고 사람이 쓰러지는 장면을 본 것은 처음 겪는 일이었다.

"아!"

그때, 정신없이 경찰서를 찾던 그녀의 눈에 마침내 파출소라고 쓰여 있는 간판이 보였다.

기쁜 마음에 한걸음에 달려가려고 할 때였다.

타악!

강한 힘이 그녀의 손목을 움켜쥐고는 잡아당겼다.

소리를 지르려는 순간 그녀의 입을 강하게 틀어막는 손에서 비릿한 피 냄새가 진동했다.

'잡혔다!'

자신을 쫓아오는 이들에게 붙잡혔다는 생각에 눈앞이 캄캄해질 때였다.

서다래가 잡혀 들어온 어두운 골목 안으로 희미한 달빛이 비춰졌다. 그 빛으로 인해 서다래는 자신을 잡고 있는 남자의 모습을 확인할 수 있었다.

차윤성, 그 남자였다. 괴물 같은 모습으로 서다래의 앞에 선 차윤성은 모든 감각이 극도로 끌어올려져 있는 상태였다. 최대한 빨리 그녀를 따라잡기 위해 이 모습으로 왔지만 막상 이렇게 잡고 보니 입이 떨어지질 않았다.

어떤 말부터 해야 할지 고민하던 중 서다래의 눈동자에 비친 자신의 모습이 들어왔다.

그 모습을 보는 순간 차윤성은 서다래의 입을 막고 있던 손을 천천히 내려 그녀의 어깨를 움켜잡았다.

이런 괴물 같은 모습이 얼마나 무서울까? 당장이라도 이 손을 뿌리치고 도망간다 해도 전혀 이상할 게 없다는 걸 잘 알고 있었다. 그리고 그렇게 군다고 해서 그녀를 원망할 생각도 없다.

그런데 그런 생각들과 달리 지금 그녀를 잡고 있는 손을 놓아줄 수가 없었다.

잔뜩 괴로운 표정으로 잠시 서다래를 내려다보던 차윤성이 쥐어짜낸 듯한 낮은 목소리로 힘겹게 말했다.

"……나 싫어하지 마."

2.

그냥 내 옆에 가까이 있어

잠시 시간이 멈춘 듯했다.

희미한 달빛 아래에 어두운 골목. 그 안에 서 있는 두 사람 사이에 잠시 침묵이 흘렀다.

조금 전처럼 다급한 상황이 아니었기 때문에 서다래는 자신의 앞에 선 차윤성의 변한 모습을 찬찬히 훑어볼 수 있었다.

백짓장처럼 새하얀 피부에 핏빛같이 붉은색의 눈. 날카로운 송곳니와 위협적인 손톱이 이질적으로 다가왔다.

마치 지금까지 그녀가 알던 차윤성과 전혀 다른 사람이 눈앞에 서 있는 것만 같은 느낌이 들었다. 하지만 그것은 그의 변한 외모 때문만은 아니었다.

슬프게 일그러진 차윤성의 얼굴은 지금까지 서다래가 한 번도 본 적이 없는 표정이었다.

차윤성의 촉촉한 눈동자를 올려다보며 서다래가 입술을 달싹거릴 때였다.

툭. 투욱.

그녀의 귓가에 물방울이 떨어지는 소리가 들렸다.

무심코 소리가 들리는 곳을 향해 고개를 돌린 서다래는 차윤성의 옆구리에서 쉴 새 없이 흘러나오는 피를 보고 경악하고 말았다.

서다래가 눈을 동그랗게 뜨고 다급하게 차윤성을 향해 말했다.

"당신 다쳤어요?"

"뭐?"

전혀 예상치 못한 서다래의 반응에 그녀보다 더 놀란 것은 바로 차윤성이었다.

그의 동공이 순간 커지면서 자신을 걱정스럽게 바라보는 서다래를 빤히 쳐다보고 있을 때였다.

스윽.

서다래가 차윤성을 향해 몸을 숙이며 다친 옆구리를 자세히 확인하려 했다. 어둠 속이라 자세히 보이지는 않았지만 흘러나오는 피의 양이 엄청나게 많았다.

서다래가 덜덜 떨리는 목소리로 그를 향해 물었다.

"괜찮아요?"

거기까지 들은 차윤성의 표정이 탁하고 풀어졌다.

"하, 하하."

긴장이 풀린 차윤성이 허탈하게 웃었다.

서다래는 그런 그의 상태 따윈 안중에도 없었다. 그녀가 서둘러 차윤성의 손을 잡아끌며 말했다.

"빨리 병원부터 가요, 우리."

그녀의 재촉에도 차윤성은 그 자리에서 한 걸음도 움직이지 않았다. 그저 그런 서다래를 내려다보며 말없이 웃을 뿐이었다.

답답한 서다래가 다시 재차 입을 열려고 할 때였다.

툭.

차윤성의 고개가 툭하고 서다래의 어깨로 떨어져 내렸다.

"아!"

깜짝 놀란 서다래의 몸이 뻣뻣하게 굳어졌다.

차윤성이 그런 그녀의 어깨에 고개를 파묻으며 나지막이 말했다.

"……다행이다. 네가 날 싫어하지 않아서."

차윤성의 독백 같은 중얼거림에 서다래도 잠시 행동을 멈췄다.

어깨 위에서 그가 내쉬는 숨결이 느껴졌다.

차윤성이 수인족이라는 말도 안 되는 존재라는 걸 처음부터 알고 있었다. 물론 전혀 생각지도 못했던 능력과 변한 모습에 깜짝 놀랄 수밖에 없었지만 그렇다고 차윤성이 싫어질 리는 없었다.

"쓸데없는 소리하지 말고 빨리 병원부터 가자니까요. 이러다가 과다출혈로 당신 죽어요."

잔뜩 걱정이 묻어 나오는 서다래의 목소리에 차윤성이 여전히 그녀의 어깨에 얼굴을 기댄 채 슬쩍 입가를 올렸다.

"서다래, 나 아파."

"많이 아파요?"

"응. 죽을 것 같아."

"그러니까 얼른 병원부터 가야 된다니까요!"

차윤성의 투정 아닌 투정에 서다래의 목소리가 방금 전보다 훨씬 더 다급해졌다.

"그냥 119 부를까요? 아, 아니다. 지금 휴대폰 배터리가 없지. 그럼 여기서 기다릴래요? 내가 얼른 가서 사람들을 불러……."

와락.

쉴 새 없이 조잘대던 서다래의 말이 멈췄다.

차윤성이 그런 그녀를 아무 말 없이 끌어안았기 때문이다.

순식간에 차윤성의 품에 안기게 된 서다래는 자신과 맞닿은 차윤성의 단단한 몸이 느껴졌다.

두근두근.

서다래의 심장이 다시 반응하기 시작했다.

"이, 이봐요. 지금 치료가 급선무라니까요."

붉은 얼굴을 감추며 서다래가 그의 품을 벗어나려고 움직였다. 그러자 차윤성이 그녀를 안고 있던 팔에 더 힘을 주어 끌어안으며 낮은 목소리로 말했다.

"……힘들어서 그래. 잠시만 그냥 기대고 있을게."

차윤성은 서다래의 가녀린 어깨를 안고 다시 한 번 안도의 한숨을 내쉬었다.

다시는 못 보는 줄 알았다.

마지막이라는 단어가 이렇게 가슴이 저릿한 것일 줄은 차윤성은 지금까지 알지 못했었다.

그가 병원에 가자는 서다래를 달래며 데리고 온 곳은 강지욱이 기다리고 있는 곳이었다.

상처는 당장 병원에 가서 수술을 받아야 할 정도로 컸다. 그럼에도 차윤성이 고집을 부리는 바람에 그는 아주 간단한 응급처치만을 받았다.

그나마 다행인 건 이런 상황에 익숙한 건지 강지욱이 아주 능숙한 손놀림으로 차윤성의 상처를 꿰매주었다는 것이다.

그렇게 세 사람은 다시 서울로 올라가기 위해 차에 탔다.

뒷좌석에 차윤성과 서다래를 태우고 운전을 하던 강지욱이 낮은 목소리로 물었다.

"괜찮으십니까?"

다시 인간의 모습으로 변한 차윤성은 얼굴에 핏기가 하나도 없이 창백했다. 백미러로 강지욱과 눈이 마주치자 차윤성은 대답도 없이 고개를 한 번 끄덕일 뿐이었다.

옆에서 서다래도 여전히 안절부절못한 표정으로 차윤성을 쳐다보고 있었다.

그런 그녀의 시선을 눈치챈 차윤성이 느릿하게 입을 열어 말했다.

"안 죽어. 괜찮으니까 걱정하지 마."

수인족인 차윤성이 아무 병원에나 가서 치료를 받을 수도 없었지만 급하게 서울로 올라가는 데는 이유가 있었다.

생각지도 못한 문제가 지금부터 벌어질 것이기 때문이다.

걱정스럽게 차윤성을 바라보던 서다래가 말했다.

"병원도 안 갔는데 집에 도착하면 몸조리라도 잘해요. 소독 꼬박꼬박 잘해야지 잘못하다 상처라도 덧나면 진짜 큰일 나요. 피를 너무 많이 흘려서……."

서다래의 말을 자르며 차윤성이 단호하게 말했다.

"안 볼 것처럼 말하지 마. 너도 우리 집으로 가야되니까."

무심하게 내뱉은 차윤성의 말에 다른 두 사람이 깜짝 놀라 되물었다.

"네?"

"도련님!"

순간 차윤성의 속마음을 간파한 강지욱의 눈동자가 복잡하게 변했다.

이유야 어찌 됐든 서다래가 수인족의 정체를 알고 있다는 사실이 드러났다. 이제부터 모든 수인족들이 사건의 잘잘못을 떠나 공식적으로 서다래를 없애려고 움직일 것이다.

차윤성은 지금 그런 그녀를 지키려 하고 있었다.

방금 전은 같이 있다가 습격을 받은 거니 그렇다고 쳐도 이때쯤이면 모르는 척 서다래를 집으로 돌려보내 신경을 쓰지 말아야 했다.

서다래를 감싸는 순간 차윤성은 수인족의 규율을 어긴 것으로 판단되어 감당할 수 없는 커다란 곤경에 빠질 수도 있기 때문이다.

기름통을 들고 불 안으로 뛰어드는 것보다 더 위험한 행동이다.

뻔히 이런 사실을 알고 있을 차윤성이었기에 당연히 그가 서다래를 외면할 것이라 여겼던 강지욱은 놀랄 수밖에 없었다.

집으로 가자는 차윤성의 발언에 놀란 것은 강지욱 뿐만이 아니었다.

서다래가 당황한 표정으로 차윤성을 향해 말했다.

"내가 왜 그쪽 집에 가요?"

"너희 집은 위험해."

"지금까지 잘만 지냈는데 하루아침에 갑자기 우리 집이 위험해질 일이 뭐가 있어요?"

차윤성은 이 사태를 어떻게 설명해야 할지 잠시 망설였지만 지금부터는 서다래도 알아야 할 권리가 있었다.

차윤성이 진지한 표정을 지으며 낮은 목소리로 말을 꺼냈다.

"아까 날 노리던 수인족들 봤지?"

차윤성의 말에 서다래는 자신도 모르게 흠칫하고 몸을 떨고 말았다. 그만큼 그들이 위협적이고 무서웠기 때문이다.

수인족이라는 강인한 존재 앞에서 한낱 인간인 서다래는 나약하기 짝이 없었다. 조금 전에도 차윤성이 없었다면 그 자리에서 서다래가 어떻게 됐을지는 뻔한 일이었다.

서다래의 얼굴에 드러난 두려운 기색을 읽은 차윤성은 잠시 말을 멈출 수밖에 없었다. 오늘 그런 일을 겪었는데 당장 너무 겁을 주는 건 아닌가 걱정이 됐기 때문이다.

차윤성이 조심스럽게 다시 말을 이어 나갔다.

"일단은 위험할지도 모르니까 우리 집으로와."

"그건 확실하지도 않은 일이잖아요. 그들이 내가 살고 있는 집을 알고 있는 것도 아니고……."

"지금은 그냥 내 말대로 해 줘. 설명은 천천히 해 줄 테니까."

운전을 하며 가만히 차윤성의 말을 듣고 있던 강지욱이 답답함을 참지 못하고 한마디 했다.

"언제까지 도련님과 서다래 씨가 한 집에서 지낼 수는 없습니다."

"그건 네가 신경 쓸 일이 아니야."

부드럽게 서다래를 타이를 때와 달리 차윤성은 바로 미간을 찌푸리며 냉기가 뚝뚝 떨어질 정도로 차갑게 대답했다.

강지욱은 하는 수 없이 다시 입을 다물었다.

이 자리에는 서다래까지 함께 있었기에 이런저런 말을 하기도 어려웠다.

차윤성이 마침 생각난 듯 덧붙였다.

"외삼촌한테는 아직 말하지 마. 내가 몸이 나으면 직접 찾아뵙고 말씀드리지."

내키지 않는다는 목소리로 강지욱이 어쩔 수 없이 대답했다.

"……알겠습니다."

마치 강지욱과 차윤성의 대화로 서다래가 그의 집에 가기로 결정이 된 것 같아 그녀가 억울하다는 듯이 다시 입을 열었다.

"전 아직 간다고 대답 안 했어요."

"말했다시피 아직 위험할지도 몰라. 그러니까 그냥 내 옆에 가까이 있어."

서다래가 생각하기에는 아직까지 자신이 위험해질 일이 뭐가 있을까 싶었다. 하지만 차윤성이 저렇게 진지한 얼굴로 말을 하니 더 이상 반박할 수가 없었다.

이미 한 번 경험해본 결과 혼자 있을 때 그들과 만난다는 상상을 하자 몸서리치도록 무서운 것도 사실이기 때문이다.

뭐라고 더 말을 하고 싶었지만 점점 창백해지는 차윤성의 얼굴을 보곤 조용히 입을 다물었다.

현재 몸 상태가 안 좋은 그에게 말을 많이 시키는 것도 좋지 않을 것 같았기 때문이다.

그렇게 세 사람은 서울에 도착했다.

서다래는 자신이 타고 있는 차가 커다란 호텔 주차장으로 들어가는 걸 보며 깜짝 놀라서 말했다.

"집에 간다고 하지 않았어요? 설마 집이 호텔이에요?"

"맞아. 지금은 여기서 머무르고 있어."

지금까지 차윤성은 한 곳에 오래 머무는 게 위험했기 때문에 거의 호텔을 옮겨 다니거나 오피스텔을 바꿔가면서 지냈다.

차가 멈춰 서자 차윤성이 서둘러 차에서 내렸다.

서다래는 과연 이렇게까지 해야 할 필요가 있는지 아직까지 확신이 서질 않았다. 하룻밤이라 할지라도 차윤성의 집에서 머무는 게 쉬운 결정은 아니었다.

지금까지도 망설여졌지만 그렇다고 위험할지도 모른다는 차윤성의 말을 무시할 수도 없는 노릇이었다.

그때였다.

똑똑.

차윤성이 서다래가 앉은 자리의 창가를 주먹으로 가볍게 두드리며 말했다.

"이리 와."

어떻게 하는 게 좋을 거라는 확신은 여전히 없었지만, 서다래는 차윤성이 괜한 말을 하는 사람이 아니라는 걸 알고 있었다.

그가 위험할 거라면 정말 위험할지도 모른다고 생각했기에 망설이던 그녀는 결국 차에서 내렸다.

탁.

서다래가 차에서 내리자 차윤성이 운전석에 앉아 있는 강지욱을 향해 말했다.

"할 말 많은 거 알아. 내일 얘기해."

못마땅한 표정으로 앉아 있는 강지욱이 어떤 말을 하고 싶은지 뻔히 알고 있었기 때문에 한 말이었다.

차윤성의 현재 몸 상태를 아는 강지욱도 하는 수 없이 고개를 끄덕였다. 그렇게 할 일을 마친 그는 다시 차를 몰고 주차장을 다시 빠져나갔다.

부우웅.

차가 사라지자 남겨진 두 사람은 조용히 엘리베이터에 올라탔다.

어색한 침묵이 이상하게 불편했다.

이미 자취집에서 차윤성과 며칠 같이 지내 본 경험도 있는 서다래다. 사실 이렇게 긴장하고 걱정할 필요가 없을지도 몰랐다.

그런데 왜 이렇게 가슴이 술렁거리는지 도무지 이해할 수가 없었다.

점점 올라가는 엘리베이터 층수를 바라보며 서다래의 머릿속이 복잡해질 때였다.

차윤성의 나지막한 목소리가 귓가에 들려왔다.

"안 잡아먹으니까 걱정 마."

마치 그녀의 생각을 알아챈 것 같은 차윤성의 말에 서다래의 얼굴이 순식간에 붉어졌다.

"누, 누가 뭐라고 했어요?"

"네가 긴장할까 봐 한 말이야."

"긴장을 누가 한다고 그래요? 이미 며칠이나 같이 지내본 적도 있는데 제가 긴장할 게 뭐가 있다고요."

"뭐, 아니면 다행이고."

간단히 대화를 나누는 사이 마침내 엘리베이터가 목적지에 도착했다.

딩.

부드러운 소리와 함께 문이 열리자 차윤성이 먼저 한 걸음을 내디디며 말했다.

"그럼 가지."

앞장서서 걸어가는 차윤성의 뒤를 쫓아가며 서다래는 자신의 뜨거운 얼굴에 재빨리 양손바닥을 갖다 대어 식혔다.

한겨울 뜨거운 고구마처럼 따끈하게 익어 있는 얼굴을 만지자 거울을 보지 않아도 자신의 얼굴이 얼마나 붉을지 상상이 갔다.

이런 얼굴로 시치미를 뗐다고 생각하니 순간 서다래는 창피해서 쥐구멍에라도 숨고 싶었다.

그렇게 차윤성의 뒤를 따라 그의 방으로 들어오게 된 그녀는 입이 쩍하고 벌어졌다.

"아!"

지금껏 서다래가 상상하던 것과는 너무나도 달랐다.

호텔이니 당연히 좋을 거라고 예상은 했지만 눈앞에 보이는 고급스러움은 상상 그 이상이었다.

여러 개의 방 중에 가장 작은 방이 서다래의 자취집만 한 크기였다. 처음으로 이런 곳은 하룻밤 숙박비는 얼마일까 궁금증이 생겼다.

그때였다.

앞서 걷던 차윤성이 서다래를 뒤돌아보며 물었다.

“먼저 씻을래?”

“네?”

“먼저 씻을 거냐고.”

선정적으로 들리는 대사에 서다래는 자신도 모르게 눈을 동그랗게 뜨고 차윤성을 올려다봤다. 대답도 못 하고 입을 벙긋거리는 그녀를 보고 차윤성은 고개를 절레절레 저을 수밖에 없었다.

그가 다시 나지막한 목소리로 말했다.

“그냥 내가 먼저 씻고 나올게. 보다시피 지금 내 상태가 엉망이라서.”

차윤성의 말을 듣고서야 서다래는 새삼스럽게 그가 많이 지저분하다는 사실을 알아차렸다.

강지욱이 입고 있던 윗옷을 걸쳐서 가렸다고는 해도 그 안에 입고 있는 셔츠는 피범벅일 뿐만 아니라 먼지를 뒤집어쓴 것처럼 지저분했다.

잠시 차윤성을 쳐다보던 서다래가 무심코 입을 열었다.

“혼자 씻을 수 있어요?”

“뭐?”

서다래의 발언에 차윤성이 놀라서 그녀를 쳐다봤다.

그녀도 자신이 무슨 말을 내뱉은 건지 알아차리고는 양손을 들고 절레절레 저으며 황급히 다시 입을 열었다.

"그, 그, 그냥 물어본 거예요. 상처가 심하니까요."

머쓱해진 차윤성이 재빨리 욕실 안으로 들어가며 말했다.

"그런 건 내가 알아서 할 테니까 신경 쓰지 마. 편하게 앉아 있어 금방 나올게."

차윤성이 사라지고 곧이어 샤워기 소리가 들리자 서다래는 자신도 모르게 한숨을 내쉬었다.

"하아."

이상하게 긴장의 연속이었다.

잠시 제자리에 서서 방황하던 서다래가 눈앞에 보이는 소파로 가서 앉았다. 차윤성의 말처럼 편안하게 앉지도 못한 채 정자세로 허리를 꼿꼿하게 편 채로 앉아 있었다.

그렇게 긴장한 채로 앉아 있던 서다래는 자신도 모르게 주변을 훑어보기 시작했다.

보통 남자가 혼자 사는 집은 지저분하고 냄새가 난다던데 이곳은 호텔이라 그런지 아주 깨끗했다. 눈동자를 굴리며 사방을 살펴보던 서다래의 눈에 포착된 것이 있었다.

그곳은 바로 커튼이 처져 있는 커다란 창문이었다.

혹시나 하는 생각에 이끌리듯 그곳으로 다가간 서다래가 손으로 커튼을 걷어냈다.

챠르륵.

그러자 예상대로 커다란 창문밖에는 어두운 밤을 수놓는 화려한 야경이 펼쳐졌다.

서다래는 자신도 모르게 감탄사를 내뱉고 말았다.

"와."

지금까지 서다래가 꿈꿔왔던 것이기 때문이다.

요즘 차윤성과 다니면서 야경을 볼일이 많긴 했지만, 평소에 이렇게 높은 곳에서 시내를 내려다보기란 쉽지 않았다.

그래서 이렇게 매일 밤 아무 때나 야경을 볼 수 있는 집을 서다래는 오랫동안 꿈꿔왔었다.

그렇게 잠시 창가에 서서 야경에 시선을 빼앗겼을 때였다.

달칵.

갑자기 욕실 문이 열리는 소리에 서다래의 고개가 돌아갔다. 무심코 시선을 돌려 차윤성의 모습을 확인한 그녀는 눈을 크게 뜨고 말았다.

"……!"

욕실 앞에는 차윤성이 커다란 수건을 하체에 두른 채 서 있었다.

뚝뚝.

머리카락에서 떨어지는 물기가 무척이나 섹시했다.

남자에게 이런 단어가 맞는지 모르겠지만 지금 차윤성은 무척이나 색기가 흐르다 못해 넘쳐났다.

꿀꺽.

서다래가 자신도 모르게 마른침을 삼키고 말았다.

차윤성은 깜짝 놀라서 자신을 쳐다보는 서다래의 시선을 느끼곤 변명하듯이 어색하게 말했다.

"미안. 혼자 있는 게 익숙해서 갈아입을 옷을 안 가지고 들어갔어."

"아, 아, 아니에요."

정신을 차린 서다래는 고개를 홱하고 돌렸다.

당황한 서다래가 어쩔 줄 모르는 사이 차윤성은 방으로 들어가서 서다래가 입을 만한 옷을 꺼내서 가지고 왔다.

차윤성이 옷을 건네자 서다래는 재빨리 옷을 받아서 품에 안고는 샤워실 안으로 들어갔다.

탁!

샤워실 안에 들어온 서다래는 문을 닫고 아무렇게나 옷을 던져 놨다.

무심코 들여다본 정면의 커다란 거울에는 불그스름하게 얼굴이 달아오른 자신의 모습이 보였다.

착!

서다래는 양손바닥으로 자신의 볼을 두드리며 생각했다.

'미쳤나 봐! 왜 이렇게 긴장하는 거야?'

예전에는 분명 아무 생각도 없던 일들이었다.

샤워하고 나온 차윤성이라든가, 그를 밖에 두고 씻기 위해 욕실에 들어온 자신이라든가 말이다.

그런데 오늘따라 뭔가 묘했다. 아주 많이.

서다래는 세차게 고개를 흔들며 정신을 차리기 위해 노력했다.

달칵.

간단하게 샤워를 마친 서다래가 샤워실의 문을 열고 고개를 내밀었다.

많이 불편하지는 않았지만 그래도 차윤성이 건네 준 옷은 너무 컸다. 셔츠는 엉덩이를 가릴 정도였고, 그가 준 반바지는 서다래에겐 무릎을 지나서 거의 종아리까지 내려오는 기장이었다.

어기적어기적 서다래가 걸어 나올 때였다.

"배고프진 않아?"

갑작스럽게 들리는 차윤성의 목소리에 서다래의 고개가 돌아갔다. 욕실에서 나올 때는 보이지 않았는데 차윤성은 맞은편 소파에 기대어 앉아 있었다.

다행히 아까같이 수건 한 장만 두르고 있는 게 아니라 편한 옷차림으로 이미 갈아입은 상태였다.

"아뇨. 괜찮아요."

"그래?"

서다래가 차윤성을 향해 가까기 다가갔다.

가까이에서 확인한 차윤성은 소파에 반쯤 눕다시피 기대어 앉아 있었는데 여전히 얼굴이 창백했다.

방금 전까지 느껴졌던 묘한 긴장감이 순식간에 걱정으로 뒤바뀌었다.

같은 집에서 하룻밤을 보낸다는 생각에 그가 환자라는 사실을 잠시 가볍게 생각했다.

"몸은 어때요? 괜찮아요?"

"수인족은 인간보다 치유력이 좋아서 금방 나아. 걱정할 필요 없어."

"그래도 통증이 없는 건 아니잖아요?"

서다래의 걱정스러운 말투에 차윤성이 힘없이 피식 웃으며 말했다.

"이 정도는 참을 만해."

말을 하며 차윤성은 슬그머니 눈을 감았다.

잠을 자려고 하는 게 아니라 잠시 눈을 감고 쉬려는 듯 보였다. 아무래도 그도 많이 지친 모양이었다.

서다래가 조심스레 차윤성의 옆자리에 앉아 그를 쳐다봤다.

차윤성은 자꾸 괜찮다고만 했지만 바로 눈앞에서 그가 어마어마하게 피를 흘리는 모습을 본 그녀였다. 아무리 걱정하지 말라는 말을 들어도 걱정이 안 될 수가 없었다.

서다래가 차윤성을 살펴보며 슬며시 한 손을 들어 올렸다.

"열 있는지 한번 봐요. 자기 전에 해열제라도 하나 먹게요."

스으윽.

서다래의 손이 차윤성의 이마를 향해 내려갈 때였다.

덥석.

차윤성은 눈을 감은 상태에서 그의 이마에 막 닿으려는 서다래의 손을 정확히 잡아챘다. 그러고는 잠시 감고 있던 눈을 다시 떴다.

갑자기 잡힌 손에 서다래가 당황해하며 말했다.

"왜, 왜요?"

차윤성이 반쯤 기대어 있던 몸을 황급히 일으키며 그녀의 손을 놔주었다.

"괜찮다니까. 지금 열이 조금 있다고 해도 내일이면 내려갈 거야."

"아, 그래요?"

"오늘 많이 놀랐을 텐데 그만 들어가서 자."

"나보고 침대를 쓰라고요?"

아까 호텔 안을 살펴보면서 알아차린 사실이지만 이 넓은 방 안에 침대는 단 하나뿐이었다.

당연히 집주인이자 환자인 차윤성이 침대를 쓸 거라고 생각했던 서다래가 깜짝 놀라서 황급히 다시 입을 열었다.

"그쪽이 침대를 써야죠. 전 소파에서도 잘 자요."

"무슨 소리야. 설마 내가 널 소파에서 재울 거라고 생각한 거야?"

"당연히 그렇게 생각했죠. 우리 집에서 지낼 때도 그쪽이 바닥에서 잤잖아요."

"그게 꼭 너희 집이어서만은 아니지."

"안 돼요. 여자보다 환자가 더 우선순위예요."

"괜한 걸로 고집 부리지 마. 어차피 불면증이라 잠을 못 잘지도 몰라."

잠을 못 잘지도 모른다는 차윤성의 말에 서다래는 더욱더 걱정이 될 수밖에 없었다. 이렇게 다쳤는데 잠까지 못 자면 몸은 언제 회복된단 말인가.

"제가 약을 별로 좋아하지는 않지만, 이런 날은 수면제라도 복용하고 자야 되는 거 아니에요?"

"나도 그러면 좋겠지만 약은 효과를 거의 못 봐서 소용없어."

"그럴 수가……."

"그러니까 쓸데없이 내 걱정하지 말고 너는 어서 들어가서 자."

"어떻게 그쪽을 이렇게 놔두고 그냥 들어가요? 여기에 우유 있어요? 따뜻하게 데워줄까요?"

서다래는 저번에 차윤성이 잠을 잔 이유가 아직도 따뜻한 우유 때문이라고 굳게 믿고 있었다.

하지만 한낱 우유가 자신의 수면에 도움이 되지 않는다는 사실을 잘 알고 있는 차윤성은 고개를 조용히 절레절레 저었다.

"내 말 좀 들어. 억지로 안고 들어가야 누울 거야?"

"그거 너무 강압적인 발언 아니에요?"

눈을 똑바로 뜨고 따지는 서다래를 보자 차윤성은 한 손으로 이마를 짚었다.

말은 그렇게 했지만 여자라서 침대를 양보한 게 아니다. 다름 아닌 서다래니까 이런 소파에서 쪼그리고 자는 모습을 보고 싶지가 않은 것이다.

"그쪽이야말로 고집 부리지 말고 빨리 일어나요. 지금부터는 침대 위에 누워서 쉬어요. 이렇게 불편하게 앉아 있으니까 가뜩이나 불면증인데 잠을 더 못 자는 거라고요."

서다래가 차윤성의 팔을 잡고 끌어당기기 시작했다. 처음엔 그녀의 행동에 꿈쩍도 안 하던 차윤성이 하는 수 없다는 듯 몸을 일으켰다.

그런 그의 모습에 서다래의 얼굴이 일순 환해졌다.

"잘 생각했어요. 환자는 침대에 누워서 자야죠."

서다래가 차윤성의 팔을 잡아끌며 침대가 있는 방 안으로 들어갔다. 그렇게 침대 바로 앞에서 걸음을 멈춘 서다래가 차윤성을 향해 다시 돌아보며 말했다.

"자, 어서 누워요."

서다래의 손에 이끌려서 온 차윤성은 아무런 말도 없었다. 잠시 그녀를 내려다보던 차윤성이 갑자기 서다래의 허리를 한 손으로 잡았다.

갑작스러운 그의 행동에 서다래가 영문을 모른 채 차윤성을 올려다보려고 할 때였다.

"어엇!"

차윤성이 그 자리에서 서다래를 번쩍 안아서 침대에 눕혔다.

순식간에 벌어진 일에 당황한 서다래는 자신도 모르게 눈을 질끈 감았다가 등 뒤로 푹신한 감촉이 느껴지자 다시 눈을 크게 떴다.

상황 파악이 된 그녀가 눈을 동그랗게 뜨며 차윤성을 쳐다봤다.

베일 것 같은 날렵한 콧날이 그녀의 바로 앞에 다가와 있었다. 강렬한 오렌지빛 눈동자가 아주 가까이서 그녀를 응시했다.

차윤성이 침대 위에서 그녀를 누르고 있는 듯한 자세라 순간 묘한 느낌을 불러일으켰다.

"이, 이게 지금 뭐하는……?"

서둘러 다시 몸을 일으키려고 하는 서다래를 차윤성이 한 손으로 어깨를 눌러 다시 눕히곤 말했다.

"경고하는데 오늘은 이렇게 그냥 자."

자세가 좀 민망했기에 서다래는 당황해서 어쩔 줄을 몰랐다. 하염없이 이어지는 차윤성의 진중한 눈빛에 그녀가 움찔해서 잠시 행동을 멈출 때였다.

서다래가 얌전히 누워 있는 그 짧은 순간을 놓치지 않은 채 차윤성이 재빨리 몸을 일으켰다. 그러곤 방의 불을 끄며 말했다.

"잘 자. 서다래."

달칵.

그 말을 마지막으로 차윤성이 방문을 닫고 밖으로 나왔다.

방금 전 서다래와 닿았던 감촉이 아직 남아 있어서 그는 괜스레 고개를 흔들었다.

서다래, 그녀는 너무 조심성이 없었다.

자신과 같이 한 집에서 잠을 자게 된 상황에서 갑자기 이마에 손을 올리지를 않나, 그걸로 모자라 팔을 잡아 자신을 침대로 끌고 가기까지 했다.

그녀가 깊게 생각하지 않고 시도하는 스킨십들이 차윤성의 자제력을 자꾸만 시험한다. 사실 차윤성이 오늘 밤 잠을 못 이루는 이유가 꼭 불면증 때문만은 아니었다.

그는 다시 소파에 몸을 깊숙하게 기대며 한숨을 내쉬었다.

"후우."

예전에는 어떻게 서다래를 옆에 두고 잠을 잘 수 있었는지 모르겠다.

오늘 밤 차윤성은 서다래를 이렇게 가까이에 두고 도무지 잠이 오지 않을 것 같았다.

* * *

흰 피부에 붉은 입술.

눈매를 비롯해 전체적인 이목구비가 뚜렷한 여자는 전형적인 미인이었다. 겉모습은 삼십 대 후반으로 밖에 보이지 않았지만, 실제 그녀의 나이는 사십 대 중반이었다.

이 나이 대 여자 중에 이처럼 붉은 립스틱이 잘 어울리는 여인은 다시없을 것만 같았다.

탐스러운 붉은 입술을 움직이며 그녀가 말했다.

"그래서 이번에도 처리하지 못했다는 건가요?"

아름다운 외모처럼 중년의 여인 목소리는 여성스럽고 가녀렸다. 하지만 듣는 이로 하여금 절로 위축이 되게 하는 묵직한 힘이 있었다.

그녀의 앞에 정자세로 서 있던 남자가 면목이 없다는 듯 고개를 바닥으로 떨어뜨렸다.

"죄송합니다. 반드시 잡을 수 있다 생각했는데 운 좋게 그놈을 돕는 이들이 나타나는 바람에……."

그 말을 끝으로 잠시 무거운 침묵이 흘렀다.

끝나지 않을 것 같은 침묵을 깨트린 건 여자의 웃음소리였다.

무엇이 그리 웃긴지 까르르 웃음을 짓던 그녀가 거짓말처럼 웃음을 멈춘 채 차가운 목소리로 말했다.

"항상 이런 식이죠. 당신도 다른 사람들의 말처럼 차윤성 그놈이 그저 운이 좋다고만 생각하나요? 아무것도 아닌 그놈을 내가 과민반응해서 죽이려 든다고 생각해요?"

붉은 립스틱이 누구보다 잘 어울리는 중년의 여인. 그녀는 바로 차윤성의 새어머니인 진해임이었다.

"……."

남자는 진해임의 말에 아무런 대답도 하지 못했다.

진해임 또한 애초에 답을 기대했던 물음이 아니었는지 다시 말을 이어 나갔다.

"누가 봐도 죽을 것만 같은 상황에서 자꾸만 살아 돌아온다? 이게 결코 운일 리가 없죠. 그렇기 때문에 내가 더 그놈을 살려 둘 수 없는 이유인 거고요."

말을 할수록 감정이 짙어진 그녀의 목소리가 낮아졌다. 잠시 숨을 고르며 마음을 가라앉힌 그녀가 다시 입을 열어 말했다.

"오늘 윤성이와 같이 있었던 인간 여자에 대해서는 알아봤나요?"

"네, 여기 있습니다."

남자는 준비해온 자료를 조심스럽게 진해임을 향해 건넸다.

진해임이 자료를 건네받고 앞에서부터 몇 장을 넘겼다. 거기에는 서다래에 대한 자세한 내용들이 가득 적혀 있었다.

그녀의 사진, 인적사항, 가족 관계까지 전부.

"이 서다래라는 여자를 윤성이가 K토이에 입사까지 시켰다고요?"

"조사해본 바 그렇습니다."

"흥미롭네요."

진해임의 눈동자가 먹잇감을 눈앞에 둔 사냥꾼처럼 순간 빛났다.

무엇보다 호기심을 자극하는 건 서다래라는 그 인간 여자가 오늘 밤 자신의 집에 돌아가지 않았다는 사실이었다.

수인족의 정체를 알게 된 인간을 죽인 적은 몇 차례나 있던 일이었다.

지금까지 그랬던 것처럼 서다래라는 인간 여자도 오늘 밤 안으로 처리가 됐다면 이렇게 진해임의 구미를 당기게 하진 못했을 터였다.

하지만 누군가 오늘 밤 서다래가 위험하다는 걸 알아채고 그녀를 미리 보호했다? 서다래라는 인간 여자를 보호한 그 누군가가 차윤성일지도 모른다는 생각이 들자 진해임은 온몸에 짜릿한 전율이 일었다.

이야기가 그렇게 진행된다면 이것은 결코 아무것도 아닌 단순한 사건이 아니었다.

이건 차윤성을 옭아맬 수 있는 절호의 찬스나 다름없었다.

하지만 차윤성 그놈이 생각이란 게 있다면 결코 그런 행동을 했을 리가 없다는 것이다.

지금은 수많은 수인족들이 진해임의 편을 들고 있었지만, 아직까지도 나이가 많은 노인네들 중에는 장남이라는 이유만으로 차윤성을 두둔하는 자가 남아 있었다.

그런데 차윤성이 대놓고 금기를 어긴다면 상황은 달라질 것이다. 그나마 남아 있는 자기편까지도 전부 돌아서게 만드는 일이었기 때문이다.

그런 위험을 감수하고도 차윤성이 인간 여자를 지킨다는 게 상식적으로 말이 되진 않았다.

하지만 진해임의 직감은 뭔가 계속 이상하다고 말을 하고 있었다.

문제는 여기에 있었다.

그녀의 직감은 틀린 적이 없었다.

"이 서다래라는 인간 여자 어떻게 해서든 찾아내세요."

"네, 사모님."

"이번엔 오래 기다리지 않을 겁니다. 더 이상 절 실망시키지 마세요."

진해임의 말에 남자는 깊이 고개를 숙인 뒤 조용히 바깥으로 나갔다.

달칵.

방 안에 혼자 남겨진 진해임은 탁자 위에 올려놓았던 서류 안에서 서다래가 찍혀 있는 사진을 들어 올렸다.

잠시 사진을 바라보던 진해임이 붉은 입술을 비틀며 기분 나쁜 미소를 지었다.

"곱게도 생겼구나. 정말 네가 윤성이를 정신 못 차리게 만들어놨다면 기쁘기 그지없을 텐데."

만에 하나 정말 진해임의 생각대로 상황이 흘러간 거라면 이 서다래라는 인간 여자는 차윤성의 최대의 약점이 될 것이 분명했다.

* * *

깜빡깜빡.

잠에서 막 깬 서다래는 잠시 익숙하지 않은 천장을 멍하니 올려다봤다.

어젯밤 차윤성이 그녀를 억지로 눕혀놓고 나간 뒤 서다래는 정말 거짓말처럼 잠에 빠지고 말았다.

'어떻게 그대로 자버릴 수가 있지?'

아무리 다른 수인족에게 습격을 받아 힘들었다고는 해도 스스로가 조금 어처구니없게 느껴질 수밖에 없었다.

일단 정신을 차렸으니 서둘러 몸을 일으키려고 할 때였다.

"윽!"

강렬한 고통에 서다래는 일으키려던 상체를 멈출 수밖에 없었다. 온몸이 근육통에라도 걸린 것처럼 아파왔다.

아무래도 어제의 일들이 몸에 무리가 됐던 모양이다. 이렇게 이튿날이 되기 무섭게 온몸이 비명을 지를 정도인 걸 보니.

서다래는 오늘이 주말이라는 사실이 너무나도 다행스럽게 느껴졌다. 운이 좋아 휴일 전에 출장을 갔기에 망정이지 그렇지 않았다면 출근하기가 힘들었을지 몰랐다.

그래도 언제까지 누워 있을 수는 없었기에 서다래는 억지로 몸을 일으키고 침실 밖으로 나왔다.

끼이익.

문을 열자 거실에는 환한 햇빛이 들어오고 있었다.

눈이 부셔서 서다래가 자신도 모르게 얼굴을 찌푸릴 때였다.

"일어났어?"

듣기 좋은 중저음의 목소리가 들렸다.

소리가 들리는 방향으로 고개를 돌리자 언제부터 일어나 있었는지 모를 차윤성이 이미 옷을 다 갖춰 입은 채로 그녀를 바라보고 있었다.

핏이 딱 떨어지는 남색 슈트를 입은 차윤성은 어젯밤 다쳤다는 사실이 믿겨지지 않을 정도로 완벽한 모습이었다.

그와는 정반대로 서다래는 막 일어나서 부스스한 모습이었다. 그녀가 차윤성을 걱정스럽게 바라보며 물었다.

"잠은 조금이라도 잔 거예요?"

"대충."

"몸은 어때요? 좀 괜찮아요?"

"완전히 다 나은 건 아니지만 금방 회복될 거니까 신경 쓰지 마."

"그 말, 나 안심시키려고 하는 말 아니죠?"

"무리 안 해. 아프면 바로 너한테 말할 거야."

마냥 괜찮다고 걱정하지 말라는 것보다는 나았지만 당당하게 아프면 말한다는 차윤성의 말도 서다래를 당황하게 만들기는 충분했다.

"나한테 말하면 뭐해요. 어서 병원을 가야죠."

"병원은 싫어. 아프면 네가 간호해 주는 거 아니었어?"

"내, 내가 왜요?"

"왜라니. 나한테 너무 매정한 거 아니야?"

매정하다는 차윤성의 말에 서다래는 순간 어젯밤 자신을 지켜주었던 그가 떠올라서 할 말을 찾지 못한 채 입술만 벙긋거릴 때였다.

차윤성이 다시 입을 열었다.

"그래서 말인데 저녁까지 여기에 있어줘."

"간호해달라는 말 진심이에요?"

방금까지 장난기 있던 표정을 지우며 차윤성이 진지하게 다시 말했다.

"간호도 필요하지만 사실 오늘 저녁에 내가 너한테 할 말이 있어서 그래."

겉보기와 달리 지금 차윤성의 머릿속은 복잡했다.

하룻밤 사이에 많은 것이 바뀌었다.

지금까지 그녀가 살던 자취집도 위험해졌을 뿐만 아니라 다니던 회사며 대학교며 사실 오늘부터 서다래에게 위험하지 않은 건 없었다.

더 이상 감출 수 없는 이야기였기에 늦기 전에 밝혀야 했다.

하지만 그 전에 차윤성은 서다래에게 어디서부터 어떻게 설명을 해야 할지, 그녀를 어떻게 지키는 게 가장 안전한 방법인지 먼저 해답을 찾아야만 했다.

"저한테 할 말이 있다고요? 무슨 말인데요?"

"잠깐 생각을 정리할 시간이 필요해. 그러니까 저녁에 잠깐 시간 좀 내줘."

갑자기 표정을 굳히며 심각하게 말하는 차윤성을 보며 서다래가 영문을 몰라 고개를 기울였다.

도대체 무슨 할 말이 있는 걸까 궁금증이 들었지만 차윤성이 저녁에 말해 주겠다 하는데 그걸 참지 못하고 조를 수도 없는 노릇이었다.

"알겠어요."

순순히 서다래가 고개를 끄덕이며 대답하자 차윤성은 확답을 받으려는 듯 다시 입을 열었다.

"약속이다?"

"뭘 이런 걸로 약속까지 해요."

"오늘은 아무데도 가지 말고 여기서 내가 돌아올 때까지 기다려줘."

뭘 그렇게까지 하냐는 생각이 들었지만 서다래도 집에 왔다 갔다 하는 시간을 아껴서 조금 더 쉬고 싶었기에 대수롭지 않게 고개를 끄덕이며 말했다.

"그러죠 뭐."

사실 수인족이 아무리 치유력이 뛰어나다고 해도, 차윤성은 아직 몸을 움직이면 안 되는 상태였다. 하지만 서다래를 보호하기 위해선 가만히 있을 수 없는 상황이었기에 서둘러 움직이려 하는 것이었다.

잠시 차윤성을 쳐다보던 서다래가 그제야 회사에 출근도 하지 않는데 아침부터 이렇게 차려입고 있다는 게 이상하게 느껴져 입을 열었다.

"그런데 옷차림을 보아하니 설마 지금 어디 가려는 거예요?"

"잠깐 들렀다 올 데가 있어."

"아무리 그쪽 말대로 상처가 조금씩 나아지고 있다고 하지만 벌써 이렇게 무리하면 안 되는 거 아니에요?"

"말했잖아. 아프면 바로 말할 거니까 간호해 달라고."

"그 전에 아프지 않게 조심히 행동해야 된다고 생각은 안 해요?"

"물론 하고 있어."

"그런 생각을 한다는 사람이 다친 지 얼마 되지도 않았는데 나간다는 게 말이 돼요?"

걱정스럽게 자신을 쳐다보는 서다래의 눈빛에 차윤성은 그저 피식 웃고 말았다. 우습게도 이런 그녀의 모습을 보면서 그는 태어나서 처음으로 가끔은 아픈 것도 나쁘지 않다는 생각이 들었다.

서다래를 가만히 바라보다 무심코 떠오른 생각에 차윤성이 다시 입을 열었다.

"배고프지?"

요즘 따라 하루에 몇 번이나 물어 오는 차윤성의 저 질문에 서다래가 걱정된다는 듯이 말했다.

"요즘 그쪽 식욕이 너무 왕성한 거 아니에요?"

차윤성은 그녀의 말을 귓등으로 흘리며 다시 입을 열었다.

"말해 봐. 커피부터 마실래? 아님 밥?"

서다래는 자신의 말을 전혀 신경도 쓰지 않는 차윤성을 보며 고개를 절레절레 저었다.

평소 아침밥을 챙겨먹지 않는 그녀였지만 오늘따라 어제저녁부터 굶어서인지 조금 허기가 지긴 했다.

잠시 고민하던 서다래가 나지막한 목소리로 말했다.

"둘 다 먹으면 안 돼요?"

"얼마든지."

그렇게 두 사람은 간단한 아침식사와 함께 커피까지 마셨다.

얼마 있지 않아 차윤성이 볼일이 있다며 밖으로 나갔고 서다래는 혼자 호텔 안에 남게 됐다.

나가는 순간까지 호텔 밖으로 한 발자국도 나가지 말라고 신신당부를 하는 차윤성을 향해 그녀는 건성으로 고개를 끄덕일 뿐이었다.

아침부터 느낀 근육통으로 인해 서다래는 TV를 켜고 소파에 몸을 푹 파묻은 채로 누워만 있었다. 이렇게 아무것도 하지 않은 채 쉬어보는 게 얼마만인지 모르겠다.

차윤성이 나간 지 한참의 시간이 지났다.

그녀가 달콤한 휴식을 취하며 쉬고 있을 때였다.

드드륵, 드르륵.

이제는 배터리를 충전한 휴대폰이 울리기 시작했다.

무의식적으로 휴대폰을 들어 발신자를 확인하니 전화를 건 사람은 다름 아닌 엄마였다.

그때서야 어제 엄마와 통화를 하기로 해 놓고 연락을 하지 못했던 일이 떠올라서 서다래는 급히 통화 버튼을 눌렀다.

"여보세요?"

—다래니?"

다급한 엄마의 목소리에 서다래는 깜짝 놀라서 다시 되물었다.

"응. 엄마 혹시 무슨 일 있어?"

—너 자취방 집주인한테 방금 전화가 왔는데 월세를 밀렸다며, 당장 방 빼겠다고 난리인데 이게 대체 무슨 일이니?"

"뭐?"

월급을 받으면 내려고 잠시 미뤄뒀던 월세가 떠오르며 서다래는 순간 눈앞이 캄캄해졌다.

전화기에서는 다시 재촉하는 엄마의 목소리가 들려왔다.

—다래야, 월세 제대로 내고 있는 거 아니었어?"

"으응. 그게 말이지…… 일단 내가 집주인 아줌마랑 만나서 얘기해볼 테니까 너무 걱정하지 말고, 이따가 다시 연락할게."

전혀 생각지도 못한 소식에 서다래는 전화를 끊고 재빨리 자리에서 몸을 일으켰다.

순간 근육통 때문에 몸이 뻐근하게 아파왔지만 지금은 그게 문제가 아니었다. 지금 당장 집으로 가서 주인아주머니에게 취업한 것을 말하고 밀린 월세들까지 조만간 한 번에 줄 테니 며칠만 참아 달라고 부탁을 해야 했다.

재빨리 옷을 갈아입으려던 서다래는 문득 아무 데도 나가지 말라는 차윤성의 말이 떠올라서 멈칫하고 말았다.

'잠깐 나갔다 온다고 전화라도 해야 하나?'

휴대폰을 들고 차윤성에게 전화하려던 서다래는 막상 통화 버튼을 누르기 전에 잠시 망설여졌다.

그가 왜 나가냐고 물어오면 뭐라고 대답해야 할지 모르겠기 때문이었다.

차윤성에게 이런 사정을 구구절절하게 이야기하고 싶지는 않았다. 그렇다고 굳이 거짓말을 하고 싶은 것도 아니었다.

잠시 고민하던 서다래는 그의 전화번호만 보다가 그냥 휴대폰을 넣었다. 어차피 저녁에 할 얘기가 있다고 했으니 그때까지만 돌아오면 될 것이다.

서다래는 잠시 멈칫했던 손을 다시 바삐 움직이며 재빨리 옷을 갈아입고 호텔 밖으로 나갔다.

3.
어둠 속에 한 줄기 빛

호텔에서 나온 서다래는 버스정류장이나 지하철역을 찾기 위해 잠시 헤맸다. 하지만 근처에 없는 건지 도무지 찾을 수가 없어서 서다래는 급한 마음에 택시를 잡았다.

어쩔 수 없이 택시를 탄 그녀가 살고 있는 동네로 향하고 있을 때였다.

자취집에 거의 다 도착했을 무렵 창밖을 바라보고 있던 서다래의 눈에 마침 주인아줌마가 지나가는 모습이 보였다.

서다래가 다급하게 택시 기사를 향해 말했다.

"저 여기서 세워주세요."

"응? 아가씨가 말한 데까지는 좀 더 가야 되는데?"

"괜찮아요. 여기서 내릴게요."

서다래는 재빨리 택시비를 지불하고 차에서 내렸다.

그 사이 조금 더 걸어가 버린 주인아줌마의 뒷모습을 좇아가며 서다래가 말했다.

"주인아주머니!"

그녀의 목소리를 알아들은 건지 길을 가던 주인아줌마가 걸음을 멈추고 뒤돌아봤다.

주인아줌마가 멈춰 서자 서다래는 재빠르게 앞으로 다가가 섰다.

"안녕하세요, 저희 어머니랑 통화하신 거 전해 들었어요."

"그래? 들었다면 말하기 수월하겠네. 더 이상은 못 기다려 주니까 그만 방 빼줘, 다래 학생."

"죄송해요, 아주머니. 제가 미리 말을 했어야 되는데 이번에 저 취직을 했거든요. 이달 25일이 월급날인데 그날 지금까지 밀렸던 월세 다 드릴게요. 며칠만 더 기다려 주시면 안 될까요?"

"지금까지 이렇게 날짜 미룬 적이 한두 번이야? 저번에도 확인해 보고 입금해 주겠다더니 매번 이렇게 늦으면 안 되지. 그때도 내가 말했잖아? 이런 식이면 그냥 방 빼달라고 말이야."

"정말 죄송해요. 이번엔 늦지 않고 말씀드린 월급날에 꼭 밀린 월세 전부 입금해드릴 테니까 마음 푸시고 이번 한 번만 더 기다려 주세요. 앞으로는 월세 밀리는 일 없도록 할게요."

서다래의 부탁에 주인아줌마는 여전히 탐탁지 않은 표정을 지었지만 하는 수 없다는 듯이 말했다.

"다래 학생이 그렇게까지 말하니까 그럼 이번 딱 한 번만 더 기다려 주는 거야? 정말 이번에도 입금이 안 되면 더 말하고 싶지도 않으니까 알아서 방 빼줘."

"그럴게요. 정말 감사합니다."

"이달 25일이라고 했지?"

"네."

"그래 그럼."

주인아줌마는 못 미덥다는 듯이 서다래를 한 번 쳐다보고는 다시 가던 길을 향해 몸을 돌렸다. 서다래는 뒤돌아서 가는 주인아줌마를 향해 짤막하게 인사를 했다.

"아주머니 감사합니다, 안녕히 가세요."

그 자리에 서서 점점 멀어져 가는 아줌마의 뒷모습을 바라보며 서다래는 자신도 모르게 안도의 한숨을 내쉬었다.

"하아."

그동안 자취집에서 살면서 주인아줌마의 칼 같은 성격을 잘 알고 있었다. 그렇기 때문에 혹시라도 더 이상 기다려 주지 않고 정말 방을 빼라고 할까 봐 얼마나 가슴 졸였는지 모른다.

지금 머물고 있는 자취집만큼 월세가 저렴한 데도 없을뿐더러 당장 이사를 가는 건 비용도 그렇고 여러 가지 무리가 컸다.

'다행이다.'

여전히 제자리에 서서 서다래가 놀란 마음을 진정시키고 있을 때였다.

그런 그녀를 멀리서 바라보고 있는 눈동자들이 있었다.

그들의 정체는 바로 서다래의 집 주변을 배회하며 그녀를 기다리고 있던 수인족들이었다.

그녀를 발견한 두 사람 중 한 명의 남자가 자신의 품 안에서 서다래의 사진을 꺼냈다. 그녀의 얼굴과 비교를 해 보더니 나지막이 중얼거렸다.

"……찾았다."

* * *

이은호는 머리가 복잡했다.

그는 서다래에게 관심이 있다는 걸 명확히 밝힌 상태였다. 데이트 신청까지 했으니 이보다 더 이상 어떻게 표현을 한단 말인가.

그래서 당연히 다음에 서다래를 만나면 그에 대한 대답을 들을 수 있을 거라 생각했다.

그런데 그가 전혀 생각지 못한 일이 벌어졌으니 그것은 바로 서다래가 어제 하루 종일 회사 커피숍에 모습을 비추지 않았다는 사실이다.

덕분에 이은호는 언제 올지 모르는 그녀를 기다리며 커피숍의 마감 시간까지 앉아 있었다.

매일 이렇게 서다래의 회사 커피숍에서 그녀만 기다릴 수는 없는 노릇이었다. 무엇보다 스스로도 이해가 가질 않을 정도로 이은호의 머릿속에서 서다래가 떠나지를 않았다.

평소에 누구보다 본인의 감정을 잘 숨기던 그였지만 지금 그의 인내심은 바닥을 치고 있었다.

이은호는 주말까지 기다릴 수가 없었다.

"도대체 뭐라고 말을 하지?"

결국에 이은호가 선택하고만 방법은 서다래의 집을 찾아가는 것이었다.

서다래의 집 주소 정도야 어렵지 않게 알아낼 수 있었지만 문제는 다른 곳에 있었다.

막상 그녀가 사는 동네로 향하고는 있었지만 도대체 어떻게 해야 우연을 가장한 채 마주칠 수 있을지 모르겠다는 게 문제였다.

자칫 잘못하면 이상한 남자로 찍힐지도 몰랐다.

지금까지 이은호는 이미 충분히 서다래에게 이상하게 보일 행동을 많이 했기 때문에 더 조심스러울 수밖에 없었다.

이런저런 상황을 떠올려보며 고민하고 있을 때였다.

끼이익!

이은호가 다급히 차를 세웠다.

그의 눈에 길가를 걷고 있는 서다래가 들어왔기 때문이다.

이건 하늘이 준 기회나 다름없었다.

긴 머리를 휘날리며 걷고 있는 그녀를 바라보며 이은호가 그답지 않게 천진난만하게 웃음을 지을 때였다.

그런데 곧이어 뭔가 이상하다는 사실을 알아차릴 수 있었다.

'뭐지?'

이은호의 눈에 그녀의 뒤를 쫓고 있는 몇 명의 수인족들이 들어왔다.

서다래는 차윤성이 기다리라고 했던 호텔로 다시 되돌아가기 위해 지하철역을 향해 걷는 중이었다. 걸으면서 그녀는 자신을 걱정하고 있을 엄마에게 전화를 걸어 통화를 하고 있었다.

"응, 엄마. 주인아주머니 만나서 잘 얘기하고 월급날 밀린 월세 다 드리기로 했어."

—그럼 이제 문제없는 거야? 방을 빼야 된다거나 그런 거 아니지?

"응. 이제 괜찮아, 걱정 끼쳐서 미안해."

—정말 다행이다. 엄마가 그런 전화 갑자기 받고 얼마나 놀랐는지 몰라.

"미안. 엄마한테 미리 말했어야 되는데 걱정할까 봐 그냥 월급 받으면 내려고 말 안 했는데…… 괜히 더 걱정만 끼쳤네."

—네 마음 알지만 그래도 이런 일 있으면 혼자 고민하지 말고 엄마한테 말해. 엄마가 돼선 딸이 이런지도 모르고…….

"에이, 아니야! 내가 우겨서 온 대학인데 당연히 이 정도 고생은 감수해야지. 나 다 각오했던 일이야. 괜히 엄마가 미안할 필요 하나도 없네요."

서다래는 걸으면서 엄마와 두런두런 대화를 나눴다. 그러다가 이제 전화를 끊어야 된다는 엄마의 말에 서다래가 말했다.

"응. 그럼 나중에 또 전화할게, 엄마."

통화를 마친 서다래가 휴대폰을 주머니에 넣으며 다시 길을 재촉했다.

평소 다니던 것처럼 지름길로 가기 위해 서다래는 후미진 골목으로 들어갔다. 좁은 골목들 사이를 헤치며 그녀가 걷고 있을 때였다.

휘익!

갑자기 그녀를 잡아끄는 강한 힘에 서다래의 몸이 휘청거리며 어두운 골목으로 끌려갔다.

"……!"

소리를 지르고 싶었지만 아무런 소리도 지르지 못하게 누군가가 이미 입을 단단히 틀어막은 상태다.

그제야 서다래의 머릿속에 위험할지도 모른다는 차윤성의 경고가 떠올랐다.

바로 어제 경험했던 수인족의 무서움이 다시금 떠오르며 서다래가 잔뜩 두려운 얼굴로 눈앞에 있는 사람을 올려다볼 때였다.

거기에는 서다래로선 전혀 생각지도 못한 인물이 서 있었다.

바로 옅은 갈색 머리카락을 휘날리며 서 있는 이은호였다.

이은호는 서다래와 눈이 마주치자 한 손가락을 세워 자신의 입가로 가져가며 조용히 하란 뜻을 밝혔다.

서다래는 지금 그가 왜 이런 행동을 하는지 이유를 몰랐지만 일단 알았다는 뜻으로 고개를 위아래로 끄덕였다. 그러자 이은호가 그녀의 입을 막고 있던 손을 치워주었다.

그렇게 두 사람이 숨을 죽인 채 잠시 골목에 숨어 있을 때였다.

타다다닥!

곧이어 가벼운 발걸음 소리가 들려왔다.

"어디로 갔지?"

"절대 놓쳐선 안 된다. 어디로 갔는지 확인해야 해. 당장 주변을 수색해!"

낮은 목소리의 남자들이 대화하는 소리가 서다래의 귓가에 또렷이 들려왔다.

서다래는 직감적으로 저들이 자신을 쫓고 있는 수인족이라는 사실을 알아차렸다.

정말로 그들에게 쫓길 거라 서다래는 생각하지 못했었다. 그녀는 자신도 모르게 잔뜩 긴장한 채로 희미하게 들리는 그들의 소리에 집중했다.

그렇게 점점 멀어지던 소리가 완전히 들리지 않을 때였다.

"괜찮아요?"

가까이 들리는 이은호의 목소리에 서다래가 그를 보기 위해 다시 고개를 돌렸다. 그러자 가깝게 다가와 있는 이은호의 얼굴이 보였다.

서다래는 그제야 그와 너무 가까이 붙어 있었다는 사실을 알아차릴 수 있었다.

주춤.

서다래는 자신도 모르게 몸을 뒤로한 걸음 빼며 고개를 끄덕거렸다.

"괜찮아요. 그런데…… 저들이 절 쫓아오는 걸 어떻게 알고 도와주신 거예요?"

"저들?"

서다래의 말에 이은호의 눈빛이 빛났다.

처음에는 수인족들이 그녀의 뒤를 쫓고 있는 게 이해가 되지 않았던 그였다. 하지만 정작 당사자인 서다래는 누군가 자신을 쫓을 거라는 사실을 이미 알고 있는 듯했다.

이은호는 지금 서다래가 내뱉은 말 한 마디로 많은 사실을 유추해낼 수 있었다.

잠시 고민하던 이은호가 조심스럽게 말을 했다.

"다래 씨를 쫓아온 이들이 누군지 압니까?"

"네. 짐작 가는 일이 있어요."

"혹시 저들의 정체도 알고 있습니까?"

"네? 그, 그게……."

서다래는 잠시 할 말을 잃었다.

수인족이라는 존재를 입 밖으로 떠벌리고 다닐 수는 없기 때문이었다. 하지만 버벅거리는 그녀의 대답만으로도 이은호는 설마 하는 의구심이 피어올랐다.

그가 차마 거기까지 생각하지 못했던 것일 뿐. 어쩌면 간단한 일이었다.

수인족들이 인간을 쫓는다.

그럴 만한 이유는 그리 많지 않았다. 더군다나 서다래 같은 그저 평범한 여자를.

이은호가 착 가라앉은 눈빛으로 서다래를 향해 진지하게 물었다.

“우리들의 정체를 알고 있는 겁니까?”

“우리들이요? 설마 당신도……?”

서다래가 눈을 크게 뜨고 이은호를 쳐다봤다.

이은호로서는 그녀의 반응을 보기 위해 한 번 떠본 것이었지만 이걸로 자신의 예상이 틀리지 않았다는 사실을 알아차릴 수 있었다.

수인족은 자신의 정체를 들킬 시에 그것을 알게 된 인간을 죽인다.

가장 우선시되는 이 규율은 모든 수인족들에게 공통으로 적용되는 사항이었다. 그러므로 고양이과 이은호라고 해서 이 규율에서 자유로운 것은 아니었다.

찰나의 순간 이은호는 갈등했다.

절대적인 규율.

그것을 어긴다는 건 있을 수 없는 일이었다.

분명 눈앞에 있는 서다래라는 인간 여자는 이은호가 마음만 먹으면 쉽게 해치울 수 있는 대상이었다. 그리고 정체를 안 이상

반드시 그래야만 하는 일이기도 했다. 평소의 그였다면 절대 망설이지 않았을 일…….

이은호의 머릿속에는 잠시 '죽여야 하는 건가?' 하는 물음이 떠올랐지만 그것은 금세 사라졌다.

설령 서다래가 수인족이라는 자신들의 정체를 알고 있다고 해도 당장 죽일 필요는 없었다. 아니, 정확히는 그러고 싶지 않았다.

조금 더 상황을 지켜보기로 생각을 정리한 이은호는 나지막한 목소리로 말했다.

"일단 여기서 나가죠. 잠깐 몸을 숨긴 건 어렵지 않았지만, 저들의 포위망을 뚫고 이곳을 나가는 건 그리 쉬운 일이 아닙니다."

"제가 어떻게 하면 되죠?"

서다래는 걱정스럽게 물었다.

흔들리는 서다래의 눈동자를 내려다보며 이은호는 문득 그녀를 안아주고 싶다는 생각이 떠올랐다.

갑작스럽게 생긴 욕구가 강하게 치밀어 올랐지만 그런 행동을 실행에 옮길 수는 없었다. 그러기엔 둘 사이의 거리가 너무 멀었기 때문이다.

이은호는 갑자기 치밀어 오른 충동을 애써 누르며 서다래를 향해 뒤돌아섰다. 그러곤 무릎을 살짝 굽히며 그가 나지막이 말했다.

"업히세요."

"네?"

전혀 생각지도 못한 이은호의 말에 서다래가 어정쩡하게 서서 그의 뒷모습을 바라봤다.

그러자 이은호가 재차 말했다.

"빨리 업히세요. 지금 걸어서는 이곳을 안전하게 나갈 수가 없습니다."

그럼에도 서다래는 선뜻 이은호의 등에 업히지 못한 채 망설였다.

하지만 이미 답은 뻔히 나와 있는 상태다.

"그럼 죄송하지만 등 좀 빌릴게요."

마음의 결심을 한 서다래가 조심스럽게 그의 등에 기대며 몸을 밀착시켰다. 그러자 이은호가 그녀를 등 뒤로 업은 채 가볍게 몸을 일으키며 말했다.

"미리 말씀 드리지만, 소리는 지르시면 안 됩니다."

"아, 네!"

이미 한 번 차윤성과 관람차에서 뛰어내리는 기막힌 경험을 했던 그녀다. 서다래는 그가 시키는 대로 자신의 입가를 손으로 단단히 막을 때였다.

"그럼 갑니다."

이은호가 그 말을 끝으로 발을 움직였다.

휘익!

제자리에 서서 점프를 했을 뿐인데 이은호는 순식간에 높은 곳으로 뛰어올랐다.

"읍!"

서다래는 입가를 막은 손에 힘을 주며 소리를 지르지 않기 위해 노력했다. 오로지 눈만 동그랗게 뜬 채로 앞을 보고 있자니 마치 자전거를 탄 것처럼 풍경들이 빠르게 휙하고 지나쳐 갔다.

이런 상황들에 긴장하고 있는 서다래와는 달리 그녀를 업고 있는 이은호의 심경은 미묘했다.

바짝 밀착된 등. 그런 등 뒤에서 느껴지는 미칠 듯이 달콤한 향기.

서다래의 체취는 언제나 이은호를 자극하고 있었다.

이은호는 고양이과답게 아주 날렵한 동작으로 높은 데까지 순식간에 뛰어오르며 건물 사이를 날아다니듯 오고 갔다.

잠시라도 발을 디딜 곳이 있다면 그곳에 멈춰 서서 다시 도약하는 방식이었다. 하지만 그 동작들이 너무 재빨라서 정확히는 점프를 하는 것이었지만 마치 날아다니는 것 같이 느껴졌다.

이은호는 그렇게 서다래를 업고 사람들이 지나다니지 않는 거리를 순식간에 지나쳤다.

타앗.

이은호가 마지막으로 발걸음을 멈춘 곳은 페인트칠이 군데군데 벗겨진 허름한 건물이었다.

열려 있는 창문을 통해 5층 정도로 보이는 건물 안으로 들어온 이은호는 주변을 살폈다.

인기척이 전혀 느껴지지 않아 들어온 것인데 역시나 그의 예상대로 임대 중이라고 적혀 있는 글자가 보였다.

이은호는 업고 있던 서다래를 등에서 내려주며 말했다.

"여기서 잠시만 기다렸다가 내려가죠. 사람들이 많은 곳까지 이렇게 움직이긴 힘드니까요."

"내려가면 그자들이 가고 없을까요?"

"다래 씨가 근처에 없다는 걸 알아차렸으니 점점 수색하는 범위를 넓히느라 허점이 생길 겁니다. 우리가 입구를 통해 걸어서 들어온 것도 아니라 목격자도 없을 테니 걱정 마세요."

안전하다는 생각이 들자 서다래는 자신도 모르게 안도의 한숨을 내쉬었다.

이게 다 자신의 방심으로 인해 생긴 일이었다.

차윤성이 위험할지도 모른다고 경고를 했는데도 서다래는 사실 마음 한편으로 '설마 그런 일이 일어나겠어?'라는 생각을 하고 있었다.

서다래는 눈앞에 이은호를 쳐다보며 고개를 숙이며 말했다.

"도와 주셔서 감사해요. 정신이 없어서 인사가 늦었네요."

"아닙니다. 아직 감사의 인사를 받기엔 이른 것 같네요."

말을 하며 이은호는 입고 있던 재킷을 벗었다. 그러고는 벗은 재킷을 먼지가 가득한 바닥에 깔며 다시 말했다.

"많이 놀랐을 텐데 일단 여기 앉으세요."

"아!"

서다래는 눈앞에서 값비싼 재킷이 바닥에 닿아 더럽혀지는 걸 보고 깜짝 놀랐다. 하지만 이미 말릴 새도 없이 바닥에 깔린 터라 손 쓸 방법이 없었다.

그러고 보니 주위는 아무도 사용하지 않는 창고처럼 지저분하기 그지없었다.

이미 이렇게 된 거 거절하는 것도 예의가 아닌 듯해서 서다래는 하는 수 없이 이은호가 깔아 준 재킷 위에 앉으며 말했다.

"감사합니다."

조심스럽게 앉는 서다래를 바라보며 이은호는 부드럽게 웃었다.

"당연히 해야 할 일입니다."

예의가 몸에 배어 있기 때문에 여자를 에스코트하는 일쯤은 그에게 일상이나 다름없었다.

하지만 지금 서다래에게 해 주는 행동과 지금까지 다른 여자들에게 무의식적으로 했던 매너 있는 행동은 엄연히 달랐다.

아무 생각 없이 하는 몸에 밴 행동이 아니라 진심으로 서다래를 위해서 나온 행동이었으니까.

"그런데 이 근처에는 어쩐 일로 오신 거예요? 괜히 저 때문에 곤란한 건 아닌지……."

"아뇨. 그게…… 마침 지나가는 길에 우연히 다래 씨를 봤습니다."

"우연히요?"

갑작스러운 서다래의 질문에 이은호가 당황해서 고개를 세차게 끄덕거렸다.

하지만 그의 걱정과 다르게 서다래는 아무런 의심도 하지 않은 채 말했다.

"운이 좋았네요. 이렇게 은호 씨랑 마주치지 못했다면 큰일 날 뻔했어요."

서다래의 말에 이은호는 괜스레 속이 뜨끔했다.

그는 살면서 단 한 번도 정해진 규칙을 어겨본 적이 없었다.

왜냐하면 그는 고양이과 후계자였기 때문이다.

이은호는 항상 자기 자신이 원하는 것보다는 그가 가져야 할 의무감, 사명감, 책임감으로 움직이는 원리원칙주의자였다.

그렇기 때문에 서다래가 수인족의 정체를 안다는 사실을 눈치챈 순간 가장 먼저 든 생각도 그녀를 죽여야 한다는 생각이었다.

하지만 결과적으로 지금까지는 그러지 못했다.

서다래는 모를 것이다. 그가 지금 서다래를 살려 둔 행동이 이은호 인생에 처음으로 규칙에서 벗어난 행동이란 사실을.

이은호는 갑자기 떠오른 궁금증에 서다래를 향해 말했다.

"저도 하나만 묻겠습니다. 다래 씨는 어쩌다가 저희들, 수인족의 정체를 알게 된 겁니까?"

"그게 말이에요……."

서다래는 바로 대답하지 못하고 잠시 뜸을 들였다.

그녀가 수인족에 관련한 이야기를 하려면 차윤성의 이름이 나와야 하는데, 그래도 될지 확신이 서지 않았기 때문이다.

하지만 위험할지도 모르는 상황에서 자신을 구해 준 이은호에게 비밀로 할 이야기는 아닌 것 같아 마음의 결심을 한 서다래가 입을 열었다.

"사실 저희 회사 이사님이 다친 걸 제가 구해 준 적이 있어요. 처음에는 그냥 개인 줄 알았는데, 알고 보니 갑자기 사람으로 변해서……."

"윤성 도련님을 말씀하시는 겁니까?"

"네 맞아요. 저번에 보니까 두 분이 아는 사이인 것 같던데 맞나요?"

"윤성 도련님은 워낙 유명한 분이셔서 이쪽에선 모르는 사람이 없죠."

이은호는 아무런 감정이 담기지 않은 무표정으로 말을 했다. 서다래는 이상하게도 그 모습이 조금은 언짢아 보인다고 생각했다.

잠시 생각하던 이은호가 다시 입을 열었다.

"그럼 언제부터 다른 수인족들에게 쫓기신 겁니까?"

"어제부터요. 이사님이랑 같이 있는데 갑자기 나타났어요."

"윤성 도련님이랑요?"

"네."

서다래의 말을 들은 이은호의 머리는 복잡했다.

일단 그로서는 서다래를 살려두고 지금까지 보호한 차윤성이 이해가 가질 않았다. 하지만 덕분에 두 사람이 왜 친분이 있었는지는 명확하게 알게 됐다.

이은호는 잠시 생각에 잠기는 듯하더니 자리에서 벌떡 일어나며 말했다.

"서다래 씨, 당장 일어나세요."

"네?"

"제가 예상했던 것보다 더 위험할지도 모르겠습니다. 일단 내려가서 상황을 다시 살펴봐야겠어요."

아까까지만 해도 안전하다는 식으로 말했던 이은호가 갑자기 움직이자 하니 서다래는 이해가 안 됐다.

서다래가 궁금증이 담긴 얼굴로 이은호를 바라보며 물었다.

"벌써요?"

이은호가 눈빛을 차갑게 빛내며 말했다.

"윤성 도련님과 연관된 일은 항상 위험천만하거든요. 만약 지금 상황을 그의 어머니가 만든 거라면 조금 더 주의를 기울여야겠습니다."

"차윤성 씨 어머니요?"

"지금은 길게 설명할 시간이 없습니다."

서다래로선 전혀 이해가 안 되는 말투성이었지만 다급해 보이는 이은호를 따라 그녀도 자리에서 일어날 수밖에 없었다.

이은호가 자리에서 일어선 서다래를 향해 말했다.

"이쪽으로 내려가죠."

그가 먼저 앞장서며 두 사람은 비상계단을 향해 걸어갔다.

갑자기 이런 상황들을 맞이하게 된 서다래의 심경도 복잡하기 그지없었지만, 앞서 걷는 이은호의 마음도 어지럽긴 마찬가지였다.

그는 서다래를 살려두기로 완전하게 결정하지 못한 상태다. 하지만 어느새 그의 머리와 몸이 서다래의 안전을 향해 움직이고 있었다.

이은호가 여전히 갈등을 하며 비상계단을 내려가고 있을 때였다.

그 시각, 이은호의 예상대로 서다래를 쫓던 수인족들이 모여 있었다. 그들은 서다래를 쉽게 놓아줄 생각이 전혀 없었다.

"젠장, 어디로 숨은 거지?"

"어차피 인간 아닙니까. 그리 멀리 가진 못했을 겁니다. 어딘가 숨어 있는 게 분명한데…… 건물 안을 수색해야 할 듯싶습니다."

둘이 대화를 주고받던 중 다른 수인족이 말했다.

"전기를 끊는 게 어떻습니까? 엘리베이터를 이용해 움직이면 쫓는 것도 어렵고, 어둠 속이라면 저희가 훨씬 유리합니다."

전기를 끊자는 말에 우두머리로 보이는 남자가 눈을 빛냈다.

나쁘지 않은 계획이라는 생각에 그가 고개를 끄덕였다.

"좋아, 우선 전기를 끊으면 우리가 움직이는 것도 훨씬 용이할 테니 그렇게 하지. 전기가 끊겨 있는 동안 주변을 샅샅이 뒤져서 서다래라는 인간 여자를 찾아야 한다."

그의 명령에 수인족 중 하나가 주변과 이어진 전깃줄들을 마구 끊어 버렸다.

콰지지직.

전기가 끊김과 동시에 거리에는 일순 암흑이 찾아왔다.

그 암흑은 이은호와 서다래가 걷고 있는 비상계단에 더 짙게 드리워졌다.

한순간에 단 한 점이 빛도 없이 시꺼멓게 변한 주변을 서다래가 어리둥절하게 둘러볼 때였다.

"이게 무슨……?"

서다래의 말이 채 끝나기도 전이었다.

털썩!

주변이 어둡게 변하는 것과 동시에 이은호가 바닥에 주저앉았다.

덜덜덜.

동시에 이은호의 온몸이 사시나무 떨리는 듯 떨려 왔다.

"으윽."

그의 비틀린 입술 사이에서 자신도 모르는 신음 소리가 흘러나왔다.

아무에게도 밝히지 않은 채 숨겨왔지만 이은호는 극심한 어둠공포증을 앓고 있었다.

어렸을 때 겪었던 일이 트라우마가 돼서 여전히 그를 끔찍이도 괴롭힌다.

"가둬 버려. 재수 없는 자식!"

지금도 여전히 그를 핍박하고 괴롭혔던 이들의 목소리가 귓가에 들려오는 듯했다.

이은호에게는 이복형제들이 많았다.

어렸을 때부터 뛰어났던 이은호는 형들의 기분이 상할 때마다 좁고 어두운 곳에 갇혀야 했다. 폭력을 쓰기엔 몸에 상처가 남았기에 이런 방식으로 그를 괴롭혀왔던 것이다.

나중에 그의 할아버지가 이 일을 알고 관련된 자들을 모두 집에서 쫓아냈지만 그땐 이미 늦어 버린 상태였다.

어느 순간부터 이은호는 빛 한 점 들어오지 않는 어두운 곳에 들어가기만 하면 이성을 잃었다.

고양이의 특성상 어두운 곳을 남들보다 더 잘 볼 수 있었는데도 불구하고 그에게는 그런 습성이 전혀 소용이 없었다.

이은호는 몸을 웅크린 채로 고개를 무릎 사이에 파묻었다.

무서웠다.

어두운 곳에 혼자 남겨진다는 것이 죽을 만큼 싫었다.

짧은 시간이지만 벌써 이은호의 몸은 식은땀으로 인해 축축이 젖어 들어갔다.

"저기요, 괜찮아요?"

이은호의 낌새가 이상하다는 걸 눈치챈 서다래가 어둠 속에서 더듬더듬 손을 휘저으며 그를 찾기 시작했다.

아무런 대답이 들리지 않자 서다래는 다시 입을 열어 말했다.

"이은호 씨 어디 있어요?"

재차 들리는 서다래의 목소리에 이은호의 고개가 소리를 들리는 방향으로 움직였다.

그러자 생각지도 못한 냄새가 풍겨왔다.

바로 언제나 서다래의 몸에서 나던 그녀의 체취였다.

항상 그를 자극하던 그녀의 달콤한 향기가 느껴지는 그 순간 이은호에게 놀라운 일이 생겼다. 막혀 있던 숨이 단번에 뚫렸다. 동시에 두려움만이 가득했던 머리에 생각이 돌아왔다.

이은호가 숨을 토해 냈다.

"하아!"

거칠게 숨을 내뱉는 소리에 서다래는 이은호의 위치는 어느 정도 파악한 듯 몸을 돌렸다.

잠시 시간이 걸리긴 했지만 더듬거리며 그녀는 금세 이은호가 웅크리고 앉아 있는 곳까지 도달할 수 있었다.

서다래의 손이 무심결에 이은호의 등에 닿자 그녀가 순간 깜짝 놀라 몸서리치고 말았다.

그의 옷은 물에 흠뻑 젖은 것처럼 땀투성이였다.

"갑자기 왜 그래요? 괜찮아요?"

서다래의 작은 손이 어둠 속에서 더듬거리며 이은호의 어깨를 붙잡았다.

이은호는 미동도 하지 않고, 여전히 웅크린 채 앉아 있었다. 하지만 이상하게도 평소처럼 이 어둠이 무섭지 않았다. 그 어둠 너머에서 느껴지는 서다래의 향기가 있었으니까.

스륵.

이은호는 자신도 모르게 눈을 감았다.

눈을 감은 거나 뜬 거나 다를 것 없는 어둠이었다.

그런데 희한하게도 점점 이은호의 몸에서 떨림이 잦아들기 시작했다.

가까이에서 느껴지는 서다래의 향기. 그리고 그녀의 손을 통해서 전해지는 작은 온기를 느끼며 이은호는 조금씩 진정이 되고 있었다.

처음 만난 순간부터 이상하게 끌렸다.

스스로 납득이 안 될 정도로 자꾸만 머릿속에 떠오르던 그녀.

어둠 속에서 서다래의 향기를 맡고 있자니 그는 왜 자신이 그녀에게 끌렸는지 알아차릴 수밖에 없었다.

서다래의 온도, 생김새, 채취.

굳이 향기뿐만이 아니었다. 그녀가 가지고 있는 모든 게 이은호만을 위해 만들어진 마약과도 같았다.

이은호가 끊어질 것 같은 목소리로 다시 입을 열었다.

"서다래 씨."

"네. 저 여기 있어요. 무슨 일이에요?"

"전 어두운 게…… 무섭습니다."

나지막한 이은호의 고백에 서다래는 깜짝 놀라고 말았다.

이은호는 자신의 입으로 이런 말을 내뱉은 적은 처음이었다.

그가 어둠공포증이 있다는 사실은 그의 할아버지밖에 알지 못했다. 또한 그 공포증을 이기기 위해 정신과 치료를 받고 있었지만 조금의 효과도 보지 못했다.

이은호가 아직도 미세하게 떨리는 손으로 자신의 어깨를 잡은 그녀의 손을 잡았다. 손안에 잡혀오는 서다래의 작은 손이 따스해서 좋았다.

그때였다.

주섬주섬 자신의 주머니를 뒤지던 서다래가 휴대폰을 찾아내서 액정을 켰다.

팟!

어둠 속에 한 줄기 빛이 생겼다.

빛이 보이자 두 사람이 아주 가깝게 붙어 있다는 사실을 깨달았다.

서다래는 창백하게 질린 이은호의 땀범벅인 얼굴을 바라보며 걱정스럽게 물었다.

"어때요? 이러니까 좀 나아요?"

서다래의 질문에 이은호는 아무런 말도 하지 못했다.

한 점의 밝은 빛보다도 어둠 속에서 희미하게 보이는 그녀의 얼굴을 보고 나니 마음에 안정이 찾아왔다.

항상 혼자였던 어둠. 지금만큼은 그는 혼자가 아니었다.

"서다래 씨……."

잔뜩 갈라진 목소리로 이은호가 그녀의 이름을 다시 한 번 부를 때였다.

콰앙!

갑자기 거칠게 문이 열리는 소리가 들리더니 곧이어 남자들의 목소리가 들려왔다.

"난 이쪽을 살펴볼 테니 넌 저쪽으로 가."

"알겠습니다."

"혹시라도 발견하면 바로 신호하도록."

대화 내용을 들은 두 사람은 단번에 저들이 서다래를 쫓고 있는 수인족 무리라는 걸 알아차렸다.

서다래의 얼굴이 순식간에 파랗게 질리며 소리가 들려온 방향을 걱정스럽게 쳐다볼 때였다.

"쉿."

이은호가 작은 목소리로 말하며 손가락 하나를 입가에 세워 조용히 하란 뜻을 전했다. 그리고 이은호는 자신들이 있는 곳으로 들어오는 비상구 입구를 말없이 쳐다봤다.

어쩌면 기회나 다름없었다.

지금 저들에게 서다래를 넘긴다면 그는 자신의 손에 피를 묻히지 않고도 오랫동안 지켜 왔던 원칙을 지켜낼 수 있었다.

하지만…….

이은호는 지금 잡은 서다래의 작은 손을 놓고 싶지 않았다. 아니, 놓치고 싶지 않았다.

이은호는 두려운 듯이 떨고 있는 서다래의 눈동자를 들여다보며 생각했다.

갖고 싶다.

그 무엇보다 서다래가 갖고 싶어졌다.

지금 그의 코끝을 어지럽히는 이 향기를 잃고 싶지 않았다.

이번만큼은 그가 지금까지 가장 최우선으로 생각했던 규칙보다 이 마음이 더 간절했다. 너무 간절해서 아무리 냉혈하다는 평을 듣는 이은호라 해도 외면할 수 없을 만큼.

마음이 결정을 내리자 우습게도 방금 전까지 했던 갈등이 완전히 머릿속에서 사라졌다.

그때였다.

저벅저벅.

한 남자가 두 사람이 있는 비상계단 쪽으로 걸어오는 소리가 들렸다.

방금까지 식은땀을 흘리던 사람이라고는 믿겨지지 않을 만큼 이은호의 눈빛이 서늘하게 변하기 시작했다.

항상 본가의 사람들에게 한 수 접어주며 자신을 낮추는 그였지만, 그건 결코 그의 본 실력이 차윤성보다 아래여서가 아니었다.

단지 고양이과 수인족의 숫자가 그들보다 적었기 때문이다.

'들어오는 순간…… 죽인다.'

마음을 먹는 것과 동시에 이은호의 옅은 갈색 눈동자가 점점 변하기 시작했다. 순식간에 그의 눈동자가 황금빛으로 물들었다.

동시에 차윤성이 변신했을 때와 마찬가지로 그의 손톱과 이빨이 기다랗게 자라났다.

"……!"

서다래는 눈앞에서 펼쳐지는 광경에 소리조차 지르지 못한 채 입을 벌리고 쳐다봤다. 이미 한 번 본 적은 있었지만 이런 건 아무리 봐도 적응이 되지 않을 것 같았다.

이런 순간을 마주할 때마다 서다래는 다시 한 번 깨닫고 만다. 이들은 인간이 아니라는 사실을.

저벅저벅.

발걸음 소리는 멈추지 않고 점점 더 두 사람이 있는 곳을 향해 가까이 다가왔다.

그 소리를 듣고 있던 서다래는 너무 긴장되는 마음에 자신도 모르게 두 눈을 꼭 감았다.

그렇게 발걸음 소리가 코앞까지 다가왔을 때였다.

웅성웅성.

갑자기 여러 사람들의 말소리가 한꺼번에 섞여 들려왔다. 덕분에 잘 들리지는 않았지만 주위가 많이 소란스러워졌다는 사실은 알아차릴 수 있었다.

발걸음 소리에 귀 기울이던 서다래는 이상하다는 생각에 슬그머니 감았던 눈을 떴다. 그녀의 시선이 다시 비상구의 입구를 향했다.

그러자 그 방향에서 낮은 남자의 목소리가 들려왔다.

"하는 수 없지. 여기서 그만 철수한다."

또렷이 들려오는 그 말에 순간 서다래의 안색이 눈에 띄게 밝아졌다.

잠시 후, 다시금 멀어지는 그들의 발걸음 소리를 들으며 서다래는 안도의 한숨을 내쉴 수 있었다.

"하아."

지금 이은호의 몸 상태도 많이 좋아 보이지 않을뿐더러 더 이상 그에게 폐를 끼치는 것도 마음에 걸렸었다.

위에서 무슨 일이 벌어진 건지는 모르겠지만 서다래는 저들이 자신을 발견하지 못해서 얼마나 다행인지 몰랐다.

그때였다.

파직!

휴대폰으로 비추던 작은 불빛이 무의미해질 만큼 환한 불빛이 비상계단에 있는 전등에 들어왔다.

"아!"

어둠이 무섭다던 이은호다. 타이밍 좋게 불까지 들어와 주니 서다래가 기쁘다는 듯이 환하게 웃으며 다시 말했다.

"다시 불이 들어왔네요. 다행이에요!"

환하게 웃는 그녀를 보며 이은호는 자신도 모르게 옅게 미소 지었다.

만약에 서다래를 찾던 수인족이 비상구로 들어왔다면 큰 싸움으로 번질 수도 있는 상황이었다.

이은호는 자신이 질 거라고 생각하지는 않았지만 그래도 일단은 이렇게 위기를 모면한 게 다행스럽게 여겨졌다.

하지만 그런 마음보다는 그저 밝은 표정의 서다래를 보고 있자니 그 자신도 모르게 입가에 미소가 그려졌다.

서다래가 한결 나아진 이은호의 얼굴을 바라보며 물었다.

"이제 밝으니까 좀 괜찮아요?"

"네. 이제 괜찮습니다."

"그럼 얼른 여기서 나가요."

서다래가 앉아 있던 몸을 일으키며 그와 잡고 있던 손을 슬쩍 놓았다.

스윽.

갑자기 사라진 그녀의 온기에 이은호가 서다래를 쳐다봤다. 얼마나 잡고 있었다고 우습게도 그는 벌써 허전함이 느껴졌다.

뚜벅.

때마침 서다래가 먼저 앞으로 한 걸음을 내디딜 때였다.

그 순간이었다.

이유는 없었다.

방금 전까지는 아주 가깝게 느껴졌던 서다래가 한순간에 다시 어마어마하게 멀어진 기분이 들었다.

이은호는 이전보다 더 간절하게 서다래를 원하게 됐지만 그렇다고 둘 사이가 변한 건 아니었다.

여전히 두 사람의 사이는 멀었다.

덥석.

이은호는 자신도 모르게 앞서 가는 서다래의 손목을 잡아챘다.

"……?"

이은호의 행동에 서다래가 뒤를 돌아봤다.

순식간에 다시 인간의 모습으로 돌아온 그였지만, 여전히 식은땀에 흠뻑 젖어 있어서 걱정이 되는 모습이었다.

서다래가 무슨 일이냐는 듯 이은호를 걱정스러운 표정으로 바라봤다.

"다래 씨."

"네?"

막상 그녀의 이름을 불렀지만 뭐라고 말을 꺼내야 할지 막막했다.

이은호는 진심이 되어 버린 상대에게 어떻게 다가가야 하는지 알지 못했다. 지금까지 누구에게도 진심을 내보인 적이 없기 때문이다.

잠시 망설이던 이은호가 다시 입을 열었다.

"전에 제가 한 질문에 대한 대답은 생각해 보셨습니까?"

"아……."

그제야 서다래는 까맣게 잊고 있었던 데이트 신청이 떠올랐다.

서다래는 말없이 새삼스러운 눈빛으로 눈앞에 서 있는 이은호를 쳐다봤다.

색이 옅은 갈색 눈동자와 그와 같은 색의 가는 머리카락. 파마를 한 머리가 매우 세련되게 잘 어울리는 그는 누가 봐도 입이 벌어질 만큼 잘생긴 남자였다.

솔직히 서다래로선 믿어지지 않는 일이었다.

'이런 남자가 왜 나를?'이라는 생각이 제일 먼저 들었으니 말이다.

잠시 곰곰이 생각하던 서다래가 막 입을 떼려고 할 때였다.

"저는……."

"해 주세요. 데이트."

이은호가 그녀의 말을 가로채며 재빨리 입을 열었다. 서다래가 당황한 표정으로 그를 바라보자 그가 재빨리 다시 말을 이었다.

"저한테 지금 신세졌잖아요. 그거 갚으셔야죠."

"데, 데이트로 신세를 갚으라고요?"

당황해서 다시 한 번 되묻는 서다래를 향해 이은호가 쑥스러운 얼굴로 고개를 끄덕였다.

이은호는 자신이 한 데이트 신청에 대한 서다래의 대답을 일부러 듣지 않았다. 생각해 보니 그녀의 대답이 무엇이든 상관없었기 때문이다.

그는 지금 그녀와 시작이란 걸 하고 싶었다.

* * *

달리는 차 안.

강지욱은 말없이 차윤성을 쳐다봤다.

차윤성은 그런 그의 시선이 갑갑해서 평소답지 않게 먼저 입을 열었다.

“대체 왜 그렇게 보는데?”

“제가 아는 윤성 도련님이 맞는 건지 확인하려는 겁니다.”

“평소랑 똑같은데 뭘 그래.”

“……도대체 무슨 생각이신 겁니까?”

많은 의미가 담겨 있는 강지욱의 질문에 차윤성이 잠시 말을 멈췄다. 지금 그의 감정을 어떻게 설명해야 할지 몰랐기 때문이었다.

하지만 강지욱은 그런 차윤성의 대답을 기다리지 않고 먼저 다시 입을 열었다.

“정신 차리세요.”

“그 말은 내가 제정신이 아니라는 소리야?”

“제가 보기엔 그렇습니다. 정말 서다래 씨를 책임이라도 지실 생각입니까?”

“그렇다면?”

"도련님!"

천연덕스럽게 대답하는 차윤성을 향해 강지욱이 자신도 모르게 큰 소리를 냈다.

모든 상황을 뻔히 알면서도 차윤성이 어떻게 이런 말을 할 수 있는지 강지욱으로선 도통 이해가 가질 않았다.

설령 서다래에게 마음이 간다고 해도 지금 차윤성의 입장에서 이런 선택은 목숨을 건 것이나 다름없었다.

너무 위험하다.

그냥 위험하다는 한 마디로 표현이 안 될 정도로 위험했다.

마치 불을 향해 뛰어드는 불나방같이.

"서다래 씨한테 마음 그만 주세요. 더는 안 됩니다. 너무 위험해요."

강지욱이 속사포같이 내뱉는 말에 차윤성은 피식 웃었다.

가볍게 웃고 마는 차윤성을 바라보며 강지욱은 속에서 천불이 일어났다. 그가 다시 입을 열어 잔소리를 하려 할 때였다.

차윤성이 나지막한 목소리로 말했다.

"내가 준 적 없어."

"무슨……?"

"내 마음 서다래한테 준 적 없다고."

"그럼 대체 뭐가 문제인 겁니까?"

"나는 분명 준 기억이 없는데, 언제부터인가 내 머릿속을 꽉 채우고 있는 게 서다래더라고."

차윤성의 말에 강지욱이 어처구니가 없다는 듯 퉁명스럽게 말했다.

"왜요? 아예 서다래 씨가 도련님 마음을 훔쳐갔다고 하시죠."

"그런 건지도."

"도련님!"

답답한 마음에 강지욱이 재차 소리를 지를 때였다.

지금까지는 장난스럽게 받아쳤던 차윤성의 표정이 진지하게 변했다.

그 순간 두 사람 사이의 공기가 달라졌다.

강지욱도 더 이상 말을 하지 않은 채 그를 가만히 쳐다볼 때였다.

"내가 결정한 일이야. 결과가 어떻게 되든 책임도 내가 져."

그 말에 강지욱은 여전히 입을 다문 채 어금니를 꽉 깨물었다.

이게 그가 가장 우려하던 일이었다.

차윤성이 내뱉은 책임이라는 단어의 무게는 상상 이상으로 컸다.

얼마나 위험할지 알면서도 결과를 책임지겠다는 소리는, 그게 설령 목숨값이라고 해도 필요하다면 내놓겠다는 소리다. 차윤성이 이렇게 말하면 강지욱 자신도 더 이상 말릴 수가 없었다.

강지욱은 방금 전보다 더 어두운 얼굴로 차윤성을 향해 말했다.

"마지막으로 한 번만 더 묻겠습니다. 정말 서다래 씨를 버리지 않으실 겁니까?"

"대답은 한 번으로 족하지 않나?"

차윤성은 언제까지 같은 말을 반복해야 되냐는 듯이 지루한 표정으로 강지욱을 쳐다봤다.

조금의 흔들림도 없는 단호한 눈동자를 보자 강지욱은 고개를 절레절레 젓고 말 만큼 답답했다. 하지만 어쩌겠는가.

이게 바로 그가 선택한 사람이었다.

차윤성이 복잡한 표정을 짓는 강지욱을 바라보며 다시 말했다.

"내키지 않으면 지금이라도 빠져."

그 말에 강지욱의 미간이 좁아졌다.

"전에도 말하지 않았습니까. 항상 도련님의 선택이 제 선택이고 제가 가야 할 길입니다."

차윤성이 서다래를 지키기로 마음먹었다면 그것은 곧 이제부터 강지욱의 일이기도 했다.

그제야 차윤성은 만족스럽다는 표정을 지어 보이곤 나른하게 말했다.

"앞으로 더 바빠지겠군."

4.
창피하니까 말하지 마

차윤성과 강지욱이 호텔 앞에 도착했다.

탁!

차가 멈춰 서자 차윤성이 서둘러 차 안에서 내렸다. 급하게 몇 가지 일을 처리하다 보니 생각보다 시간이 늦어진 탓이다.

서다래를 혼자 호텔에 남겨뒀다고 생각하니 걱정이 안 될 수가 없었다.

“지욱아, 내일…….”

말을 하던 차윤성은 뭔가에 홀린 듯 뒤편에 시선을 주고 있는 강지욱의 눈빛을 읽었다. 평소와 다른 강지욱의 모습에 차윤성이 그의 시선이 향해 있는 곳으로 고개를 돌렸다.

“……!”

거기에는 서다래와 이은호가 서 있었다.

전혀 생각지 못한 그림에 차윤성은 놀라고 말았다. 하지만 곧 이어 그의 미간이 슬쩍 찌푸려졌다.

기분이 나쁘다.

불과 얼마 전에도 차윤성은 이런 장면을 목격한 적이 있었다. 이로써 저 두 사람이 함께 있는 장면을 목격한 것은 두 번째였다.

이은호가 호텔을 한번 슥 훑어보며 입을 열었다.

"여깁니까?"

"네. 데려다주셔서 감사해요. 이렇게까지 안 해 주셔도 되는데……."

"제가 걱정이 돼서 한 일이니 부담 갖지 마세요. 좀 전에 그런 일을 겪고 어떻게 다래 씨 혼자 보냅니까?"

다정하게 말하는 이은호의 말에 서다래는 자신도 모르게 입가에 희미한 미소를 지으며 말했다.

"오늘 여러 가지로 정말 감사해요."

"그럴 필요 없습니다. 어차피 그만큼 다래 씨한테 뜯어낼 거거든요."

"풋."

장난스러운 이은호의 말에 서다래는 결국 웃음을 터뜨리고 말았다.

잠시 웃던 그녀가 다시 이은호를 향해 말했다.

“그럼 전 이만 들어가 볼게요. 오늘 정말 감사했어요.”

“네. 조심히 들어가세요.”

인사를 마친 서다래가 막 몸을 돌리려고 할 때였다.

그녀를 물끄러미 바라보던 이은호가 갑자기 할 말이 떠올랐는지 다급하게 그녀를 불렀다.

“다래 씨, 잠시만요.”

“네?”

자신을 부르는 목소리에 서다래가 발길을 멈추고 다시 이은호를 쳐다봤다. 하지만 안타깝게도 이은호의 말은 끝까지 이어지지 않았다.

그것은 갑작스럽게 들려온 차윤성의 목소리 때문이었다.

“서다래, 여기서 뭐하는 거야?”

그의 목소리에 깜짝 놀란 서다래가 소리가 들린 쪽을 향해 고개를 돌렸다. 그러자 차윤성이 삐딱하게 서서 두 사람을 쳐다보고 있는 모습이 보였다.

차윤성을 발견한 서다래가 반가운 얼굴로 말했다.

“지금 오는 길이에요?”

“아무데도 가지 말라니까 왜 이놈이랑 같이 있는 거야?”

“그게…… 사정이 있었어요.”

분명 호텔에서 나가지 않겠다고 대답하고 혼자 밖으로 나간 건 서다래의 잘못이었다. 서다래가 미안한 표정을 지을 때였다.

차윤성이 그녀에게서 시선을 돌려 이은호를 쳐다봤다.

"내가 그때 분명히 경고했을 텐데? 봐주는 건 한 번뿐이라고."

"다래 씨를 만나는데 제가 윤성 도련님의 허락을 받아야 하는 이유가 뭡니까?"

"지금 내 말에 토를 다는 거냐?"

"본가 도련님이면 뭐든 막무가내로 할 수 있다고 여기시는 겁니까?"

지금까지 굳이 드러낼 필요가 없어서 감췄을 뿐. 이은호는 사실 처음부터 차윤성이 마음에 들지 않았었다.

이은호가 더 이상 숨기지 않은 채 자신의 감정을 적나라하게 드러내자 차윤성의 눈빛이 순간 서늘하게 변했다.

"막무가내든 뭐든 간에 확실한 건 넌 지금 내 말에 따라야 한다는 거지."

차윤성의 도발적인 발언에 이은호 역시도 방금 전과 눈빛이 판이하게 달라졌다.

지금까지는 자신을 감췄지만 이제부터는 다르다.

이은호는 앞으로 서다래를 누구에게도 양보할 생각이 없었다. 그게 본가의 첫째 도련님인 차윤성이라 할지라도 마찬가지였다.

여태까지는 중립을 지키며 쓸데없는 일에 휘말리지 않으려 했을 뿐, 사실 현재 고양이과 수인족의 힘은 결코 적지 않았다.

그리고 그런 힘을 좌지우지할 수 있는 게 바로 이은호였다.

이렇게 세 사람이 모이자 눈에 보이지 않는 전류 같은 게 흐르는 것만 같았다. 점점 험악해지는 분위기에 서다래가 참다못해 나섰다.

"은호 씨한테 뭐라고 하지 말아요."

"은호 씨?"

서다래의 발언에 차윤성의 눈빛이 더욱 싸늘하게 변했다. 그런 차윤성의 반응에 당황한 서다래가 재빨리 말을 이었다.

"오늘 은호 씨가 저를 구해 줬어요. 집에 가려고 나갔는데 갑자기 수인족들이 쫓아오는 바람에……."

서다래의 말이 채 다 끝나기도 전이었다.

휙!

차윤성이 서다래의 손목을 확하고 잡아챘다.

"아, 아파요."

생각보다 강한 힘에 서다래가 순간 눈살을 찌푸릴 때였다. 차윤성이 그녀의 모습을 이리저리 둘러보며 걱정스러운 목소리로 말했다.

"집으로 갔다는 게 무슨 소리야? 그래서 다친 덴 없는 거야?"

"이, 일단 진정하고 하나씩 물어봐요."

"지금 내가 진정하게 생겼어? 왜 나한테 말하지 않은 거야?"

버럭 화를 내는 차윤성을 향해 서다래가 곤란하다는 표정을 지으며 말했다.

"일이 이렇게 될 줄은 몰랐어요. 말 안 하고 나간 건 미안해요. 그래도 여기 은호 씨 덕분에 무사하게 돌아올 수 있었어요."

"……."

서다래의 말에 차윤성이 입을 다문 채 가만히 이은호를 쳐다봤다.

서다래가 정말 집으로 갔다면 그녀가 이렇게 무사히 돌아온 게 얼마나 다행스러운 일인지 모른다. 이 일과 관련해서 이은호가 서다래를 위험에서 구해 준거라면 더없이 고마운 일임은 틀림없다.

하지만 왜?

감정이 없기로 소문 난 이은호가 도대체 왜 서다래를 도왔느냐 하는 것이 문제였다. 그리고 무엇보다 그의 기분을 거스르는 건, 서다래가 자신의 앞에서 이은호를 감싸고 있다는 사실이다.

차윤성이 표정을 굳히고 서 있자 서다래가 그의 눈치를 보며 이은호에게 조심스럽게 말했다.

"은호 씨, 그만 들어가 보세요. 저도 이만 올라가 볼게요. 그럼 다음에 봬요."

대충 여기서 헤어지는 걸로 상황을 정리하려는 서다래의 말에 이은호는 내키지 않았지만 고개를 살짝 끄덕였다.

물론 마지못해 움직이는 건 이은호뿐만이 아니었다.

서다래가 차윤성의 팔을 잡고 그를 호텔 안으로 끌고 들어가고 있었다.

"일단 올라가요. 네?"

쉽게 걸음을 떼지 않으려던 차윤성도 서다래의 부탁하는 듯한 말투에 하는 수 없다는 듯이 발걸음을 옮겼다.

이은호는 그 자리에 서서 두 사람의 뒷모습을 바라봤다. 특별한 이유가 있어서는 아니었다. 하지만 확실히 두 번 다시 보고 싶지 않은 모습임은 틀림없었다.

'도련님, 저도 경고 하나 드리죠. 이렇게 서다래 씨를 보내주는 건 이번이 마지막일 겁니다.'

이은호가 씁쓸한 얼굴로 두 사람의 뒷모습을 지켜보다가 뒤돌아섰다.

그런 그들의 모습을 빠짐없이 지켜보고 있던 한 사람이 있었다.

바로 강지욱이었다.

저번에는 큰 싸움이 일어날까 봐 다가가서 말렸지만 이번은 달랐다. 강지욱은 차 안에 앉아서 조용히 세 사람을 지켜봤다.

한 번은 그러려니 여겼지만 두 번은 다르다.

이런 만남이 쉽게 일어날 리가 없다는 걸 강지욱은 누구보다 잘 알고 있었다. 그는 처음으로 이은호가 서다래를 어떻게 생각하는지 궁금해졌다.

곰곰이 생각하던 강지욱의 머릿속에 문득 이은호가 했던 질문이 떠올랐다.

"이곳에서 아주 냄새가 좋은 여자를 한 명 봤는데 누군지 아십니까?"

지금 생각해 보니 그때 이은호가 물었던 여자는 서다래임이 틀림없었다.

"설마……."

강지욱은 아주 불길한 예감이 들었다.

"은호 도련님도 서다래 씨를……?"

강지욱은 생각하고 싶지 않다는 듯 말을 하다 말고 고개를 좌우로 저었다.

삼각관계가 아무리 복잡하다지만, 수인족을 대표하는 저 두 사람이 동시에 한 여자를 좋아한다는 건 단순히 복잡하다는 한 마디로 다 표현할 수 없는 수준이었다.

말도 안 되는 일이라 스스로를 타일렀지만 그래도 가능성이 없지 않다는 사실을 알아 버렸다.

강지욱의 얼굴이 어둡게 변했다.

만약 이게 사실이라면 지금까지완 또 다른 종류의 태풍이 휘몰아칠지도 모른다.

서다래의 작은 손에 잡혀 끌려가면서 차윤성은 한 마디도 하지 않았다.

이은호가 한 말은 틀리지 않았다.

서다래가 누굴 만나든 그걸 차윤성이 참견할 수는 없었다. 잘 알고 있었지만 이 더러운 기분은 어떻게 할 수가 없었다.

"……서다래."

갑자기 들리는 차윤성의 낮은 목소리에 서다래가 흠칫 놀랐다.

앞서 걷던 그녀가 걸음을 멈추고 차윤성을 돌아봤다. 잔뜩 굳은 표정의 차윤성의 얼굴을 보자 그녀는 자신도 모르게 긴장하고 말았다.

"왜, 왜요?"

"내 이름 몰라?"

"그럴 리 없잖아요."

"그런데 왜 한 번도 안 불러?"

따지듯이 묻는 차윤성의 질문에 서다래는 잠시 할 말을 잃었다.

의식해서 그렇게 부른 게 아니었기 때문에 지금까지 그의 이름을 딱히 부른 적이 없다는 사실도 처음 알았다.

"왜 저놈은 은호 씨고 난 그쪽인건데?"

"그게……."

차윤성을 항상 당신이나 그쪽이라고 부른 건 사실이다.

서다래가 잠시 머뭇거리고 서 있자 차윤성이 심각한 표정으로 다시 입을 열었다.

"불러봐."

"예?"

"내 이름."

그냥 앞으로 이름으로 부르겠다고 대답하고 싶었지만 그렇게 대충 넘기기엔 차윤성의 눈빛이 너무 진지했다.

이렇게 대놓고 이름을 부르라고 시키니 서다래는 뭔가 쑥스러웠다.

우물쭈물 거리며 차윤성을 바라봤지만 그는 꼭 듣고야 말겠다는 표정으로 가만히 서서 그녀를 내려다보고 있었다.

서다래가 눈을 질끈 감고 말했다.

"차……윤성."

이름을 부르고 슬며시 눈을 뜬 서다래는 깜짝 놀라고 말았다. 차윤성이 그녀를 바라보며 기분 좋다는 듯이 웃고 있었다.

이렇게 환하게 웃은 적은 몇 번 없었기에 서다래는 당황했다.

이름 한 번 불러준 게 뭐 대수로운 일이라고 이렇게 웃는 건지 이해가 안 됐지만, 이상하게 그의 환한 얼굴을 보고 있자니 가슴이 술렁거렸다.

두근두근.

그때였다.

차윤성이 한 손을 들어 올려 그녀의 머리를 쓰다듬었다. 그의 손길에 서다래가 눈을 동그랗게 뜨고 그를 올려다보자 차윤성이 말했다.

"잘했어. 앞으로도 그렇게 불러."

"이, 이봐요."

"그렇게 말고."

"아, 알았어요. 차윤성 씨."

"좋아."

기분이 좋은 듯 아까와 달리 차윤성이 오히려 먼저 한 걸음을 앞으로 내디뎠다. 그러자 주춤거리던 서다래도 그를 뒤따라 다시 걷기 시작했다.

그렇게 두 사람이 나란히 걸을 때였다.

차윤성이 마침 생각난 듯 서다래를 보며 말했다.

"그리고 이은호랑은 더 이상 가까워지지 않는 게 좋아."

"왜요?"

영문을 모르겠다는 듯이 순수하게 자신을 쳐다보는 서다래의 얼굴을 보자 차윤성은 난감해졌다.

이유는 셀 수 없이 많았지만 그중에 몇 가지를 꼽자면 이랬다.

첫째로 이은호는 수인족이었고, 둘째로 분가로 불리는 고양이과는 속을 알 수 없는 놈들이라 가까이 지내봐야 좋을 게 없었다.

마지막으로 세 번째는 이은호가 그녀에게 관심을 갖고 있을지도 모르기 때문이다.

그 생각을 떠올리자 차윤성은 자신도 모르게 미간을 찌푸렸다.

"네 옆에 더 이상 수인족들이 늘어나 봐야 위험해지기만 할 뿐이야."

차마 있는 그대로 다 말할 수 없던 차윤성은 대충 둘러대고는 마음에 들지 않는다는 듯 고개를 돌렸다.

서다래는 안 그래도 오늘 차윤성을 만나면 물어보고 싶은 말이 있었다.

마침 떠오른 생각에 그녀가 입을 열었다.

"궁금한 게 있어요. 도대체 왜 수인족들이 저를 노리는 거예요?"

차윤성은 걱정스러운 표정으로 자신을 올려다보는 서다래를 힐끔 보고는 나지막한 목소리로 말했다.

"사실 안 그래도 지금부터 그 얘기를 할 생각이야."

차윤성이 고갯짓으로 호텔방 문을 가리키며 다시 말했다.

"자세한 건 들어가서 얘기하지."

얼마나 심각한 이야기이기에 안에 들어가서 말하자는 걸까. 서다래는 대화를 시작도 하기 전에 긴장이 되었다.

꿀꺽.

자신도 모르게 마른침을 한 번 삼키면서 안으로 들어섰다. 그러자 차윤성이 거실에 있는 의자를 하나 빼주며 그녀를 향해 말했다.

"일단 앉아. 얘기가 길어질지도 모르니까."

서다래는 살짝 고개를 끄덕이며 차윤성이 시키는 대로 의자에 앉았다.

그런데 차윤성은 그답지 않게 쉬이 입을 열지 못하고 주저했다.

"……뭐라도 마실래?"

차윤성의 그런 행동이 서다래를 더욱더 긴장하게 만들었다. 그녀는 고개를 절레절레 가로저으며 나직하게 말했다.

"아뇨. 난 준비됐으니 설명해 줘요."

서다래의 단호한 말에도 차윤성은 잠시 망설일 수밖에 없었다.

뭔가를 고민하는 듯 보이는 차윤성은 말없이 서다래의 반대편 의자에 앉았다. 그러곤 어렵게 말을 내뱉었다.

"미안해."

"네?"

전혀 예상치도 못한 말에 서다래는 놀랄 수밖에 없었다. 차윤성의 말이 도통 이해가 되질 않아 서다래가 재차 물었다.

"갑자기 나한테 뭐가 미안해요?"

"이게 전부 나 때문이니까."

나지막이 내뱉는 차윤성의 말에 서다래가 눈을 동그랗게 뜨고 그를 쳐다봤다. 차윤성은 그런 그녀의 시선을 피하고 있었다.

"그게 무슨 말이에요?"

"수인족한테는 절대적인 규칙이 있어. 그게 뭐냐면…… 자신의 정체를 들킬 경우 그것을 알게 된 인간을 죽여야 한다는 거야."

날벼락 같은 차윤성의 말에 서다래는 충격을 받을 수밖에 없었다.

"무슨 소리예요? 당신이 날 죽여야 된다는 거예요? 우리가 처음 만났을 때부터?"

차윤성은 말없이 고개를 끄덕거렸다.

이 사실을 믿기 힘든 서다래는 재차 입을 열었다.

"그럼 내가 지금 수인족들에게 쫓기는 이유도 이거예요?"

서다래는 잠시 침착함을 유지하기 위해 숨을 한 번 크게 쉬고는 다시 말을 이었다.

"제가…… 당신의 정체를 아니까."

차윤성은 다시 한 번 말없이 고개를 끄덕일 뿐이었다.

서다래는 믿을 수 없는 사실에 눈을 동그랗게 뜬 채로 나지막이 혼잣말을 중얼거렸다.

"……말도 안 돼."

말끝을 흐리며 서다래가 생각에 잠겼다.

죽인다니.

이게 무슨 액션 영화도 아니고…….

누군가를 죽인다는 말이 이렇게 현실적으로 들린 적은 지금까지 없었다. 그리고 이렇게 죽인다는 단어가 가깝게 느껴진 적도 처음이었다.

곰곰이 생각하던 서다래는 문득 떠오른 의문에 다시 입을 열었다.

"그럼 당신은 절 죽여야 한다면서 왜 살려 둔 거예요?"

"내 부주의로 인해 어처구니없게 정체를 들켜버린 거기도 하고…… 어찌 됐든 서다래 넌 내 생명의 은인이니까. 그러고 싶지 않았어."

어두운 서다래의 안색을 살피며 차윤성이 다시 말을 했다.

"네가 이런 일을 겪지 않게끔 내가 곁에서 보호하려 했어. 결국은 나 때문에 이렇게 들키고 말았지만."

"혹시 그래서 날 K토이에 입사시킨 거예요? 옆에 두려고?"

"맞아. 가능한 네가 수인족의 정체를 안다는 사실을 감추려고 했는데…… 오히려 내 옆에 있는 바람에 들통이 나고 말았지."

미리 예상할 수 있는 상황이었는데 막지 못했다.

현재 그는 총회를 앞둔 위험한 상태였다. 서다래와 함께 있을 때 자신의 목숨을 노리는 자들과 마주치게 될지도 모른다는 가능성을 염두에 두고 더 주의를 기울였어야 했다.

차윤성은 그런 부분을 자신의 탓이라 자책했다.

잠자코 차윤성의 말을 듣고 있던 서다래가 말했다.

"그러니까 이제 제가 수인족의 정체를 안다는 사실이 드러났으니까 다른 수인족들이 절 노리고 있다는 말이죠?"

지금껏 그녀만 몰랐을 뿐 사실 차윤성을 처음 만났던 그 순간부터 서다래는 위험했다.

서다래는 여전히 혼란스러운 눈동자로 다시 말했다.

"방금 나한테 미안하다는 게 이런 뜻이었어요?"

"날 원망해도 좋아. 지금 네가 위험에 빠진 건 내 탓이니까."

"당신을 만나서요?"

"그래, 네가 날 구해 줬으니까."

나지막이 내뱉는 차윤성의 말에 서다래도 잠시 할 말을 잃었다.

그를 구해 준 게 목숨을 위협받을 일이라니.

몹시 억울하기도 했지만 한편으론 차윤성의 처지가 안타깝게 느껴졌다.

잠시 망설이던 서다래가 다시 입을 열었다.

"하나만 더 물어볼게요."

"뭐든 물어봐도 돼."

"처음에 만났을 때도 그렇고, 출장 갔을 때도 그렇고…… 다른 수인족들이 당신을 죽이려고 하는 것 같은데 맞아요?"

"맞아."

"그건 왜 그러는 거예요?"

이제 진실을 알게 된 서다래로선 궁금해질 수밖에 없었다.

하지만 차윤성은 의외라는 듯 서다래를 쳐다봤다.

그로서는 그녀가 자신에 대해 질문을 할 줄은 몰랐다. 지금의 서다래는 자신의 상황만으로도 벅찰 거라 생각했으니까.

차윤성은 잠시 머뭇거렸지만 곧이어 낮은 목소리로 말했다.

"설명하자면, 수인족들은 인간들 사이에 섞여서 오랜 세월을 살아왔어. 그렇기 때문에 K그룹이라는 거대한 둥지를 만들 수 있었던 거고."

"그 말은 K그룹에서 일하고 있는 사람들이 모두 수인족이란 소리예요?"

"전부 다는 아니고. 실질적으로 K그룹을 운영하는 경영진들은 모두 그렇다고 보면 돼. 그중에도 계열사를 직접 운영하는 자들은 수인족들 중에서도 힘 있는 편인 거지."

"그렇군요."

"인간들 사이에 숨어 살아야 하는 수인족의 습성 상 안전하게 무리지어 있기 위해 우리들은 한 명의 지도자를 내세워서 그를 따르도록 되어 있어."

차윤성의 설명을 듣고 있던 서다래의 머릿속에 갑자기 번뜩하고 생각이 떠올랐다.

지금 K그룹의 회장은 바로 차윤성의 아버지이다.

"설마…… 현재 수인족들의 지도자가 당신 아버지란 말이에요?"

"맞아. 지금 아버지는 의식이 없는 상태이고, 아버지가 돌아가시고 난 후에 동생을 후계자로 삼기 위해 어머니가 날 제거하려고 하시는 거지."

"뭐, 뭐라고요?"

아무렇지 않게 내뱉는 차윤성의 말에 서다래가 입을 벌리고 그를 쳐다볼 수밖에 없었다.

그러고 보니 처음 그녀의 자취집에서 동생들 사진을 보여줬을 때 차윤성이 동생이란 존재에 대해 탐탁지 않게 말했었다.

그의 상황을 알고 보니 이제서야 그럴 수밖에 없겠다는 생각이 들었다.

순간 당신 어머니는 왜 그러시는 거냐고 묻고 싶었다. 아니, 그뿐만이 아니라 수많은 묻고 싶은 말들이 머릿속에 떠돌아다녔다.

그렇게 입술만 달싹거리던 서다래가 조심스럽게 말했다.

"괜찮아요?"

그 말을 들은 차윤성의 눈에 이채가 스쳤다.

모든 상황을 다 알고도 그녀가 이렇게 행동할 줄은 정말 꿈에도 몰랐다. 차윤성은 아까보다도 더 복잡해진 얼굴로 서다래를 보며 말했다.

"네가 지금 내 걱정할 때야? 나 때문에 네가 죽을 지도 모르는데?"

"그건 맞는 말이지만. 그렇다고 이미 벌어진 일 어떻게 되돌릴 수는 없는 거잖아요. 다시 시간을 돌려서 당신을 안 구할 수도 없는 거고…… 그리고 그때 내가 안 도와줬으면 당신이 위험했을 거 아니에요. 안 그래요?"

그날 서다래를 만나지 못했다면 그가 위험했을 거라는 건 사실이다. 하지만 차윤성은 생각보다 너무 담담하게 받아들이는 그녀가 염려되었다.

"원래 그렇게 긍정적이야?"

"아뇨. 그렇진 않은데…… 바꿀 수 없는 일까지 일일이 신경 쓰다보면 끝이 없잖아요."

당연히 서다래라고 마음이 편한 건 아니다.

수인족의 능력을 직접 눈으로 보고 그들이 얼마나 무서운 존재인지 몸소 깨달았다.

그녀는 그들 앞에서 한없이 나약한 존재일 뿐이었다. 그런데 이제부터 그들이 자신을 노린다는데 어떻게 겁을 먹지 않을 수 있을까.

누군가에게 살해당할지 모른다.

살면서 그런 생각을 실제로 하게 될 줄은 정말 생각지도 못했다.

피할 수만 있다면 피하고 싶었지만 이미 그녀가 모르는 새에 휩쓸려 버린 상황이다.

서다래는 마음의 결심을 한 듯 차윤성을 똑바로 쳐다보며 물었다.

"말해 봐요. 그래서 이제 내가 어떻게 하면 돼요? 어떻게 해야 안전해질 수 있는 거예요?"

"……."

차윤성은 아무런 말도 하지 않은 채 가만히 눈앞에 있는 서다래를 쳐다봤다.

처음부터 특이한 여자라고 생각했다.

자신의 정체를 알고도 도망가지도 않고 누군가에게 알리지도 않은 채 그렇게 태연하게 대처할 거란 상상 자체를 해본 적이 없었다.

지금도 마찬가지다.

항상 서다래의 행동은 차윤성의 예상을 빗나갔다. 그녀가 먼저 이런 질문을 그에게 던질 줄은 전혀 예상하지 못했다.

차윤성이 아무 말도 하지 않은 채 있자 서다래는 덜컥 겁이 났다. 불길한 생각이 든 그녀가 조심스레 말을 꺼냈다.

"……설마 아무런 방법이 없는 건 아니죠?"

금방 울상이 되어 버린 그녀를 여전히 빤히 바라보며 차윤성이 다물고 있었던 입술을 떼었다.

"나 믿어?"

뜬금없이 물어 오는 그의 질문에 서다래는 조금 당황할 수밖에 없었다. 하지만 이 질문은 이전에도 받은 적이 있었다.

바로 관람차에서 뛰어내릴 때다.

서다래는 결심한 듯 단호하게 말했다.

"믿어요. 일이 이렇게 됐는데 지금 내가 믿을 사람이 윤성 씨 말고 누가 있겠어요?"

그녀의 입에서 나온 윤성이라는 이름이 좋아서일까?

차윤성은 딱딱하게 굳은 표정으로 설명을 하던 조금 전과는 다르게 근사한 웃음을 지으며 말했다.

"그럼 됐어."

마치 이제 모든 게 끝났다는 것만 같은 차윤성의 말에 서다래가 당황해서 물었다.

"뭐, 뭐가요?"

"내일은 많이 바쁠 거야."

"내일이요? 왜요?"

"내일이 수인족들이 일 년에 한 번씩 모인다는 총회라는 게 있는 날이거든."

"그게 저랑 무슨 상관인데요?"

"나랑 같이 갈 거야. 내일."

"누가요? 내가요?"

믿지 못하겠다는 듯이 말하는 서다래의 말에 차윤성은 가볍게 고개를 끄덕일 뿐이었다.

"네에?"

핵폭탄 같은 차윤성의 발언에 서다래가 입을 벌리고 그를 쳐다봤다.

지금까지 설명한 게 다 뭐란 말인가.

다른 수인족들이 그녀를 노리고 있어서 위험하다는 설명을 들은 지 얼마 되지도 않아서 수인족들이 모이는 자리에 가잔다. 이해가 될 리가 없었다.

눈을 동그랗게 뜨고 차윤성을 쳐다보고 있자 그가 나지막이 다시 말했다.

"나 믿는다며. 그럼 그냥 내가 하자는 대로 따라와."

지금 서다래로선 별다른 방법이 없기도 했다.

잠시 고민을 해봤지만 차윤성이 아무런 대책도 없이 이런 말을 하지 않을 거란 걸 잘 알았기에 서다래는 고개를 끄덕거렸다.

"알겠어요."

애써 대답만 했을 뿐, 그래도 여전히 풀리지 않는 불안감으로 인해 그녀가 얼굴을 굳히고 있을 때였다.

"하나 약속할게."

갑자기 들리는 중저음의 낮은 목소리.

높지도 낮지도 않은, 딱 귀에 듣기 좋은 차윤성의 매력적인 목소리에 서다래가 다른 데를 향하고 있던 시선을 돌려 다시 그를 바라봤다.

그러자 허공에서 그녀를 똑바로 쳐다보고 있던 차윤성의 시선과 마주쳤다.

그의 신비로운 오렌지빛 눈동자는 지금까지 봐 왔던 그 누구보다 올곧았다. 마치 화살을 겨냥하듯이 똑바로 마주쳐오는 차윤성의 눈동자를 들여다보고 있을 때였다.

"내가 존재하는 한 그 누구도 너에게 손대지 못하게 할 거야."

단호한 그의 목소리가 마치 마법이라도 된 것처럼 긴장감이 거짓말처럼 수그러들었다.

서다래가 여전히 그에게서 시선을 떼지 못할 때였다.

스윽.

어느샌가 다가온 차윤성의 긴 손가락이 그녀의 얼굴을 가볍게 쥐었다.

흠칫 놀란 서다래가 떨리는 눈동자로 그를 올려다보자 차윤성이 나지막이 말했다.

"그러니까 걱정하지 마."

서다래는 심장이 터져 버릴 것만 같았다.

두근두근두근.

그녀의 귓가에는 세차게 뛰는 자신의 심장소리밖에 들리지 않았다. 그런데 이상하게도 머릿속에는 아무런 생각도 들지 않았다.

오로지 눈앞에 있는 차윤성, 그밖에 보이지 않았다.

그때 차윤성의 몸이 조금 더 가까이 기울어졌다. 그의 얼굴이 그녀에게 점점 다가온다고 느껴졌다.

움직일 수가 없었다.

두근거리는 가슴, 눈앞에 아른거리는 그의 얼굴.

서다래는 직감적으로 지금 키스를 당할지도 모른다는 생각이 들었다.

그때였다.

툭.

그녀의 얼굴을 감싸던 차윤성의 긴 손가락이 서다래의 어깨 위로 내려와 앉았다. 마치 그녀를 격려하려는 손길 같았다.

화끈!

혼자만의 착각이란 것을 깨달은 서다래의 얼굴이 순식간에 붉게 물들었다.

'아! 창피해!'

순간 흐르는 미묘한 분위기에 차윤성이 자신에게 키스를 할지도 모른다고 생각했다. 잠시나마 그런 착각을 했다는 게 너무 창피해서 서다래는 쥐구멍에라도 숨고 싶은 심정이었다.

차윤성은 의자에서 몸을 일으키며 방금 전보다 더 허스키해진 목소리로 나지막이 말했다.

"그럼 그만 자. 난 가 볼 테니까."

재빨리 현관 쪽으로 걸어가는 그를 보며 정신을 차린 서다래가 다급하게 말했다.

"자, 잠깐만요. 어제는 같이 있었잖아요. 오늘은 어디 가려고요?"

"우리 둘이같이 지내긴 아무래도 불편하니까. 난 옆방에 있을 거야. 이제는 네가 얼마나 위험한지 충분히 알았을 테니까 만에 하나라도 혼자 행동하면 안 돼. 알았지?"

"알겠어요."

"그럼 쉬어."

달칵.

차윤성은 서둘러 바깥으로 나갔다.

그가 나간 문을 바라보며 서다래는 이상하게 서운한 마음이 들었다.

차윤성 하나가 방 안에서 사라졌을 뿐인데 호텔 안도 어제보다 훨씬 넓어진 느낌이다.

밀려드는 알 수 없는 허전함에 서다래는 앉은 자리에서 고개를 절레절레 흔들었다. 그런 마음을 떨쳐내기 위해서였다.

"후우."

밖으로 나온 차윤성은 긴 손가락으로 자신의 머리카락을 한 번 쓸어 올렸다.

위험했다.

그것도 아주 많이.

차윤성은 닫힌 문을 힐끔 뒤돌아보며 여전히 제어가 안 되는 스스로를 통제하기 위해 노력해야 했다. 하지만 아무리 노력을 해도 방금 전 보았던 서다래의 선홍빛 입술이 아직도 눈앞에 선했다.

꽈악.

차윤성은 주먹을 세게 쥐었다.

하얗게 변한 그의 손이 얼마나 강하게 움켜쥐었는지를 알려주고 있었다.

그의 마음 같아선 이깟 문 따위 날려 버리고 안으로 들어가고 싶었다. 하지만 같은 공간에 있게 됐을 때 서다래를 건드리지 않을 자신이 없었다.

아까도 그대로 그녀의 입술에 닿았다면 그는 이성을 지키지 못했을지도 모른다.

서다래는 모른다.

어젯밤만 해도 차윤성의 머릿속이 얼마나 복잡했는지를.

옆방으로 들어온 차윤성은 답답한 마음에 커다란 창문을 활짝 열어젖혔다.

밤이라 그런지 시원한 바람이 훅하고 불어왔다.

그제야 차윤성은 숨이 좀 트이는 느낌이 들었다.

자꾸만 그녀를 만지고 싶다. 머리부터 발끝까지 모든 것을 내 것으로 만들어야지만 겨우 이 갈증이 해소 될 것 같았다.

처음에는 이 욕구가 그녀만을 향한 것인지 몰랐다. 하지만 지금은 안다.

차윤성은 더 이상 부정하고 외면할 수 없었다. 인정해야만 했다.

그는 서다래에게 흠뻑 빠져 있었다.

*　　*　　*

"으음."

서다래는 침대에 누워서 뒤척거렸다.

눈부신 햇빛이 언뜻 보였지만 잠에서 깨고 싶지가 않았다. 어젯밤 이런저런 고민을 하다가 너무 늦게 잠든 탓이다.

서다래가 다시 베개에 고개를 파묻을 때였다.

"그만 일어나지?"

갑자기 들려오는 낮은 목소리에 베개 안에 파묻고 있던 서다래의 두 눈이 번뜩 뜨여졌다. 서다래가 두 눈을 동그랗게 뜨고 휙하고 고개를 돌리자 거기에는 커다란 그림자가 서 있었다.

바로 차윤성이었다.

어제와 마찬가지로 이미 말끔하게 차려입고 서 있는 차윤성은 오늘도 여전히 빛이 났다.

"여기, 여기에 언제부터?"

서다래가 더듬더듬거리면서 말을 할 때였다.

차윤성이 손목에 찬 시계를 힐끔 보더니 나지막이 말했다.

"아무리 기다려도 네가 일어나질 않아서 들어왔어. 지금 바로 일어나서 움직여야 해. 십 분 안에 준비하고 나와. 그럼 밖에서 기다리고 있을게."

자기 할 말만 다 하고 나가버리는 차윤성의 뒷모습을 서다래가 딱딱하게 굳은 채로 쳐다만 봤다.

그가 사라지고 난 후 서다래는 손을 들어 눈을 비비면서 안개에 낀 것처럼 멍했던 정신을 추스르고 생각했다.

'시, 십 분?'

달칵.

곧이어 서다래는 물기가 촉촉하게 묻은 상태로 허겁지겁 거실로 나왔다.

그러자 차윤성은 긴 다리를 한쪽으로 꼬고 소파에 앉아서 그녀를 가만히 쳐다보고 있었다.

"장난해요? 여자한테 준비 시간을 십 분 주는 게 어디 있어요? 이렇게 일찍 나가야 되는 거면 어제 시간을 미리 말해 줬어야죠."

"어제는 나도 이런 거 일일이 챙길 정신이 없었어."

"왜요? 무슨 일 있었어요?"

방금 씻고 나온 서다래가 촉촉하게 젖은 눈으로 차윤성을 쳐다보고 있었다.

그녀의 질문이 너무 얄궂게 느껴져서 차윤성은 슬쩍 미간을 찌푸리며 말했다.

"너 때문이야."

"내가 왜요?"

"됐어. 그만 나가자."

벌떡.

바로 자리에 일어서서 휘적휘적 밖으로 나가는 차윤성을 바라보며 서다래는 뭔가 허전하다는 생각이 들었다.

곧이어 그게 무엇인지 깨달은 그녀가 궁금하다는 듯이 물었다.

"그런데 오늘은 아침밥 먹자고 안 해요?"

서다래의 질문에 차윤성이 걸음을 멈추고 뒤돌아봤다. 뭔가 망설이는 표정에 그를 서다래가 유심히 쳐다볼 때였다.

"이미 차 안에 준비해 놨어."

"정말요?"

반은 농담으로 꺼낸 말인데 정말 아침밥을 준비해 놨다는 차윤성을 신기하게 쳐다볼 때였다.

차윤성이 그녀의 시선을 슬쩍 고개를 돌려 피하곤 말했다.

"시간 맞춰 가려면 빨리 가야 해. 얼른 나와."

그렇게 두 사람은 지하 주차장에 있는 차윤성의 차에 올라탔다.

서다래는 차윤성이 주는 샌드위치를 한 입에 덥석 물고는 우물우물거렸다.

그런 그녀를 쳐다보며 차윤성이 말했다.

"그렇게 잘 먹으면서 지금까지 어떻게 아침밥을 안 먹고 살았어?"

"누가 챙겨 주는 거 받아먹는 거랑 내 손으로 챙겨먹는 거랑 얼마나 다른데요. 그쪽이랑 있으니까 이런 점은 정말 좋네요. 예전에도 느꼈지만."

차윤성은 피식 웃으면서 운전대를 잡았다.

서다래가 마침 생각났다는 듯이 그를 쳐다보며 다시 입을 열었다.

"그런데 우리 지금 어디 가는 건데요?"

차윤성은 능숙한 솜씨로 주차된 차를 빼며 나지막이 말했다.

"가 보면 알아."

그렇게 차윤성과 함께 도착한 곳은 서다래로선 전혀 예상 밖인 곳이었다.

그곳은 외관부터 화려하기 그지없는 어느 한 고급스러운 샵이었다.

이미 예약이 되어 있던 건지 근무하는 직원들의 안내를 받으며 서다래는 어느새 커다란 거울 앞에 앉아 있었다.

"여기는 왜 온 거예요?"

영문을 모르는 서다래가 거울에 비친 차윤성을 향해 물었다. 그러자 그가 의미심장한 표정을 지으며 말했다.

"말했잖아. 오늘 아주 많이 바쁠 거라고."

애매모호한 그의 대답에 서다래는 여전히 궁금증 가득한 표정으로 그를 쳐다봤다. 하지만 곧이어 메이크업이 시작되는 바람에 더 이상의 대화는 나눌 수가 없었다.

어느 순간 보니 뒤편에 서 있던 차윤성은 보이지를 않았다.

그렇게 직원들이 시키는 대로 이리저리 따라다니며 한참의 시간이 지났을 때였다.

'아!'

서다래는 거울 속에 비치는 자신의 모습을 보고 입을 벌리고 말았다.

거울에는 자기 자신도 몰라볼 만큼 변한 그녀의 모습이 보였다.

지금까지 단 한 번도 이렇게 화장부터 시작해서 머리까지 완벽하게 세팅해본 적은 없었다. 다른 누구보다 서다래 스스로가 자신의 변한 모습에 놀랄 수밖에 없었다.

긴 생머리는 물결파마가 되어 더욱 여성스럽게 변해 있었고, 화장을 해서 더 또렷해진 눈매와 핑크빛이 도는 입술은 그녀 스스로가 봐도 예뻐 보였다.

놀란 마음에 거울에서 시선을 떼지 못할 때였다.

"이렇게 예뻐지면 데려가기 싫어지는데."

갑자기 들려오는 퉁명스러운 목소리에 정신을 차리고 보니 이곳에 처음 왔을 때처럼 뒤편에 그가 서 있었다.

"나, 괜찮아요?"

마음에 들지 않는다는 듯이 표정을 구기고 있던 차윤성의 얼굴이 순간 변했다.

드르륵.

서다래의 의자가 그의 손에 이끌려 차윤성이 서 있는 방향으로 돌아갔다.

순식간에 서다래는 거울 속에 비친 그가 아닌 실제 차윤성의 얼굴과 마주했다. 눈앞에는 무심해 보이던 방금 전과 달리 강렬하게 변해 있는 차윤성의 눈동자가 보였다.

"괜찮냐고? 지금 너…… 아무한테도 보여 주고 싶지 않을 정도야."

화끈.

차윤성의 단도직입적인 말에 서다래의 얼굴이 붉게 물들었다.

그가 예쁘다고 말해 주는 게 왜 이렇게 가슴 설레는지 모른다.

두 사람은 말없이 잠시 눈을 마주치고 있었다.

차윤성이 손목시계로 시간을 확인하곤 다시 서다래에게 말했다.

"가자. 일정이 빡빡해."

"이것 말고도 더 있다고요?"

깜짝 놀란 서다래가 되물었다.

한 세 시간 앉아 있었더니 서다래는 벌써 몸이 찌뿌둥했기 때문이다. 하지만 재촉하는 차윤성 때문에 하는 수 없이 몸을 일으킨 서다래는 그를 따라 다시 샵에서 나왔다.

차에 앉으니 벌써부터 피곤이 몰려오는 느낌이 들었다.

막 운전을 하는 차윤성을 보며 그녀가 말했다.

"오늘 저랑 간다던 그 총회라는 곳이요. 거기 가려고 이러는 거죠? 이렇게까지 해야 하는 이유가 있어요?"

"가 보면 알 거야."

"뭐가 이렇게 신비주의예요? 어제는 뭐든 다 말해 준다고 하지 않았어요?"

"어제 날 철석같이 믿는다고 한 건 너야."

"끄응."

차윤성의 말에 할 말이 없어진 서다래가 입을 다물 때였다.

그런 그녀를 힐끔 쳐다보며 차윤성이 다시 말했다.

"가 보면 자연스레 알게 될 거야."

벌써 지친 서다래는 말없이 고개를 끄덕였다.

그렇게 두 사람이 다시 도착한 곳은 또 어마어마하게 화려한 드레스 샵이었다. 쭉 진열되어 있는 마네킹들이 하나같이 아름다운 드레스를 입고 있었다. 그녀가 자신도 모르게 마네킹을 바라보며 시선을 뺏길 때였다.

어느새 다가온 직원이 서다래를 향해 말했다.

"이쪽으로 오세요."

직원의 안내를 받으며 피팅룸으로 들어가기 전에 서다래는 차윤성을 힐끔 쳐다봤다. 굳이 이렇게까지 해야 하냐는 감정을 시선에 담아 본 것이었다.

그녀가 말한 의미를 정확히 받아들였는지 차윤성이 턱짓으로 피팅룸을 가리키며 어서 들어가지 않고 뭐하냐는 눈빛을 보냈다.

"하아."

그러자 서다래가 한숨을 한 번 푹 쉬곤 비실비실 안으로 들어갔다.

차윤성은 그런 그녀를 기다리며 소파에 다리를 꼬고 앉아 있었다.

그렇게 잠시 시간이 지났을 때였다.

드르륵.

피팅룸의 문이 열렸다.

다른 데 시선을 두고 있던 차윤성이 소리를 듣고 서다래가 들어간 피팅룸을 바라볼 때였다.

눈으로 서다래를 확인하자마자 차윤성의 동공이 커졌다.

새하얀 차이나 드레스를 입은 서다래는 너무나 아름다웠다.

드레스는 목까지 올라와 있었기 때문에 노출이 심한 건 아니었지만, 전체적으로 몸매에 타이트하게 달라붙는 스타일이었기에 그녀의 굴곡이 적나라하게 드러났다.

그래서인지 살결이 드러나는 드레스보다 더욱 관능적인 분위기가 풍겼다.

차윤성이 놀란 건 잠시였다. 그는 곧이어 슬쩍 미간을 찌푸렸다.

이런 옷을 입어본 적이 없는 서다래는 전신거울에 비친 자신을 어색하게 바라봤다. 타이트한 옷 때문에 불편하기도 이만저만이 아니었다.

서다래가 차윤성을 바라보며 조심스레 물었다.

"어때요?"

대답 없이 잠시 그녀를 바라보고 있던 차윤성이 고개를 저으며 말했다.

"다른 거 입어 봐."

"이건 별로예요?"

"그건 아닌데, 마음에 들지 않아서 그래."

차윤성의 말에 서다래가 순순히 고개를 끄덕였다.

"알겠어요. 그럼 다른 거 입고 나올게요."

다시 피팅룸으로 들어가는 서다래를 보고 있던 차윤성은 그녀의 모습이 완전히 사라지자 자신도 모르게 깊은 한숨을 내쉬었다.

"후우."

데려가고 싶지 않다.

그렇게 서다래가 어느덧 열두 벌째 드레스를 입어볼 때였다.

여전히 마음에 안 든다는 듯이 고개를 절레절레 흔드는 차윤성을 향해 참다못한 서다래가 말했다.

"말해 봐요. 도대체 어디가 마음에 안 드는 거예요?"

그녀의 말에 차윤성이 다시 한 번 서다래를 쳐다봤다.

지금 입은 드레스는 치마 길이가 길었지만 대신에 옆트임이 허벅지까지 높이 올라와 있었다. 그녀가 한걸음 걸을 때마다 아찔하게 보이는 허벅지의 하얀 속살이 차윤성은 마음에 들지 않았다.

"하나같이 다 노출이 너무 심해."

"드레스인데 아예 노출이 안 되는 게 어디 있어요? 자꾸 이럴 거면 그냥 포대기 뒤집어쓰고 가요?"

지친 서다래의 투덜거림에 차윤성이 진지한 표정으로 물었다.

"그럴래?"

농담 같지 않은 그의 말에 서다래가 황당해져선 그를 올려다봤다.

"아무거나 입어도 되는 자리면 애초에 이렇게 신경 쓴 이유가 뭐예요?"

서다래의 말에 차윤성은 대답하지 못한 채 미간만 찌푸릴 뿐이었다.

그가 대답 없이 못마땅하다는 표정만 짓고 있자 서다래가 경고하듯이 다시 말했다.

"미리 말하지만, 이번에 입은 것도 아니라고 하면 그냥 제가 고를 거예요. 이렇게 하다간 끝이 없겠어요."

탁.

서다래는 그렇게 자신이 할 말만 내뱉은 채 피팅룸으로 들어가 버렸다.

차윤성도 마땅히 대꾸할 말이 없었다. 서다래의 말마따나 언제까지 이러고 있을 수는 없는 노릇이기 때문이다.

사실 지금까지 그녀가 입은 드레스는 모두 하나같이 잘 어울렸다.

문제는 서다래가 너무 예뻐서 아무에게도 보이고 싶지 않은 차윤성 자신에게 있었다.

하지만 지금은 저렇게 예쁘게 입힌 서다래를 총회에 데리고 가야 했다. 그 사실을 잘 알고 있었기 때문에 차윤성은 말없이 미간만 구길뿐이었다.

그때였다.

달칵.

다시 한 번 피팅룸의 문이 열렸다.

'……!'

서다래의 모습을 확인한 차윤성은 아름다운 그녀의 모습에 다시 한 번 놀라고 말았다. 그리고 그와 동시에 터져 나오려는 한숨을 간신히 삼켜야 했다.

이번엔 새하얀 미니 드레스였다.

브이라인으로 파인 상체는 그녀의 매끈한 쇄골이 드러났고, 상체는 꽃모양으로 자수가 되어 있어서 여성미가 물씬 풍겼다.

잘록한 허리서부터 떨어지는 치마는 튤립모양처럼 되어 있었는데 여러 겹으로 겹쳐서 내려오는 모양이 마치 캉캉 스커트 같은 느낌을 풍겼다.

"이건 어때요? 가장 노출이 적은 드레스에요."

차윤성이 여전히 아무 말도 하지 않은 채 가만히 서다래를 쳐다볼 뿐이었다.

이번에도 역시 마음에 안 든다는 그의 눈빛을 읽은 서다래는 미리 경고했던 대로 옆에 서 있는 직원을 향해 말했다.

"그냥 이걸로 할게요."

그렇게 두 사람은 예상 시간을 훨씬 초과하고 난 다음에서야 간신히 드레스 샵에서 나올 수 있었다.

나가는 문을 통과하며 서다래는 그제야 안도했다. 이렇게 몸에 타이트하게 달라붙는 드레스를 여러 벌 갈아입는 게 여간 힘든 일이 아니었다.

뿐만 아니라 평소에 운동화나 굽이 낮은 신발만 신고 다니던 그녀가 드레스에 어울리는 높은 하이힐을 신으니 걷기조차 불편했다.

서다래가 빨리 차에 올라타야겠다는 생각으로 발길을 재촉할 때였다.

딴에는 그래도 조심조심 한 걸음씩 내딛던 서다래의 발이 어느 한순간 바닥을 잘못 짚었다.

휘청.

높은 굽에 적응하지 못한 서다래는 그대로 발목을 삐끗하며 한쪽으로 몸이 쓰러졌다.

타악!

찰나의 순간 어느새 다가온 건지 차윤성이 그녀의 팔을 잡아챘다.

"아!"

넘어질 뻔한 서다래가 깜짝 놀라 옆에 다가온 차윤성을 쳐다봤다. 그러자 그가 걱정스러운 얼굴로 그녀를 내려다보며 말했다.

"괜찮아?"

서다래는 몸을 추스르고 똑바로 선 채로 제자리에서 발을 슬쩍 움직여 보았다. 다행히도 심하게 아프거나 하지는 않았다.

"네. 다행히 멀쩡한 것 같아요."

"조심해야지. 그러다 다치면 어쩌려고 그래."

"이렇게 높은 굽 신어본 적이 거의 없어서 걷기가 너무 힘들어요."

서다래가 조심스럽게 다시 한 발자국을 내디딜 때였다.

스윽.

옆에 선 차윤성이 자신의 팔을 내밀었다.

서다래가 잠시 멈춘 채 영문을 모르겠다는 표정으로 그를 보자 차윤성이 말했다.

"팔짱 껴. 잡아줄 테니까."

그 말을 듣는 순간 서다래의 얼굴이 붉게 물들었다. 그녀는 붉어진 얼굴을 반대편으로 감추며 나지막이 말했다.

"괜찮아요. 조심해서 걸을게요."

"그러다가 넘어져서 크게 다치지 말고 얼른 껴."

차윤성이 제자리에 석상처럼 서서 팔을 내밀고 있자 서다래는 눈을 질끈 감고 그의 팔에 슬쩍 자신의 팔을 끼워 넣었다.

슥.

서다래의 팔이 들어오자 차윤성이 자신의 팔을 굽히며 그녀의 가는 팔을 든든하게 받쳐 주었다.

서다래가 차윤성의 단단한 팔을 느끼며 괜스레 가슴이 설레 그를 올려다볼 때였다.

마침 차윤성의 시선도 그녀를 향했다.

허공에서 두 사람이 눈이 마주치자 차윤성이 낮은 목소리로 말했다.

"나중에도 이렇게 계속 내 옆에만 붙어 있어. 절대 넘어지지 않게 지켜줄 테니까."

"고, 고마워요."

그렇게 차윤성은 서다래의 느린 걸음 속도에 맞춰 천천히 차에 올라탔다.

그렇게 모든 준비가 끝난 줄만 알았던 서다래였지만 그것은 그녀의 크나큰 착각이었다.

이번에 차윤성이 그녀를 데리고 도착한 곳은 화려한 보석을 파는 액세서리 샵이었다.

서다래는 투명한 유리 너머로 이것저것 액세서리를 구경해 보기도 하고 그중에서 몇 개를 골라 착용해 보기도 했다.

드레스 샵에서와 달리 차윤성은 액세서리를 착용한 서다래의 모습을 유심히 바라보다가 어렵지 않게 한 세트를 골라주었다.

눈에 띄게 화려하지는 않았지만 치렁치렁하지 않은 심플한 귀걸이는 귀엽고 앙증맞았고, 목걸이는 포인트가 되어 더 빛이 났다.

구입한 액세서리까지 착용하곤 서다래는 커다란 거울 앞에서서 자신의 모습을 들여다봤다.

여러 각도에서 빛나며 번쩍거리는 보석이 예사롭지 않았다.

서다래는 자신이 찬 액세서리의 가격을 알지 못했지만, 사실 그녀가 지금 착용한 세트에는 웬만한 사람의 연봉보다 비싼 고가의 보석이 박혀 있었다.

거울 뒤편으로 보이는 차윤성을 향해 서다래가 말했다.

“여기서 또 뭐 더 해야 될 거 있어요? 이제는 정말 끝인 거죠?”

차윤성이 말없이 그녀를 쳐다보자 서다래가 불안한 표정을 지으며 다시 입을 열었다.

“나 더는 못 해요. 여기서 더 하면 거기 도착하기도 전에 지쳐서 쓰러질 지경이에요.”

그녀의 투덜거림을 가만히 듣고 있던 차윤성은 그저 피식 웃고 말았다.

이렇게 하루 종일 이곳저곳을 돌아다니다 보니 어느새 시간은 늦은 오후가 다 되어 가고 있었다. 아직 해가 지지는 않았으나 곧 있으면 해가 지고 어둑어둑한 밤이 찾아올 것이다.

저벅저벅.

아무런 말이 없던 차윤성이 갑자기 거울 앞에 서 있는 그녀를 향해 가까이 다가왔다.

그런 그의 모습을 서다래가 가만히 쳐다보고 서 있을 때였다.

"이게 마지막이야."

차윤성은 어느새 가지고 온 것인지 새하얀 클러치 백을 서다래를 향해 건넸다. 한눈에 척 보아도 고급스러움이 물씬 풍기는 클러치 백을 서다래가 얼떨결에 받아 들었다.

그러자 차윤성이 시선을 돌려 거울에 비친 서다래의 모습을 쳐다보며 다시 말했다.

"어떤 의미로는 이제부터 시작이지만, 준비는 다 된 것 같군."

그의 말을 들으며 서다래도 다시 한 번 눈앞에 있는 전신거울을 들여다보았다.

거기에는 지금까지 그녀가 알던 자신의 모습과 전혀 다른 사람이 서 있었다. 평소 그녀를 알던 사람이 지금의 모습을 본다면 몰라볼 것만 같았다.

머리서부터 발끝까지 모든 게 아름답게 변해 있었다. 마치 신데렐라가 호박마차를 타고 왕자님을 만나러 가기 전처럼.

몰라보게 변한 자신의 모습을 가만히 들여다보다가 서다래가 조심스레 물었다.

"나…… 아닌 것 같죠?"

너무나도 달랐다.

고급스럽게 변한 자신의 모습이 싫은 건 아니었지만, 평소와 너무나도 차이가 나는 모습에 서다래는 지금까지의 자신이 초라하게 느껴졌다.

그때였다.

스윽.

차윤성의 커다란 손이 그녀의 어깨를 감쌌다.

그 묵직하고도 든든한 느낌에 거울 속을 바라보던 서다래가 차윤성을 향해 시선을 돌렸다.

차윤성은 곧은 눈동자로 그녀를 똑바로 쳐다보고 있었다. 그의 강렬한 시선에 잠시 멍하니 그를 쳐다보고 있자 귓가에 차윤성의 나지막한 목소리가 들려왔다.

"뭔가 착각하나 본데, 내가 처음 만났을 때의 너와 조금도 다르지 않아."

그윽하게 들리는 그의 말에 서다래가 깜짝 놀라서 차윤성을 쳐다봤다.

말도 안 된다고 생각했다.

지금 자신의 모습은 완전히 달라져 있었다. 그녀 스스로가 보기에도 못 알아볼 정도로 말이다.

그런데 여전히 똑같다니…….

빈말일지도 모른다. 아니, 그럴 확률이 크다는 사실을 잘 알았다.

하지만 그 순간 서다래의 가슴이 미친 듯이 빠르게 뛰기 시작했다.

두근두근두근.

마치 죽을병에라도 걸린 것처럼 최근 차윤성을 보고 있자면 가슴이 떨려 왔다. 이런 경험은 처음이었기에 서다래가 어쩔 줄 모르며 떨리는 눈동자로 그를 올려다볼 때였다.

그녀와 눈을 마주치고 있는 차윤성은 당장이라도 떨리는 그녀의 눈동자에 고개를 숙여 입을 맞추고 싶은 충동을 억누르고 있었다.

손에 닿아 있는 그녀의 가녀린 어깨에 조금만 힘을 주면 자신의 품 안에 안겨올 것이다. 상상만으로도 기분이 좋아졌지만 행동으로 옮길 수는 없었다.

차윤성은 애써 고개를 반대편으로 돌렸다.

스윽.

그리고 차윤성이 손을 내밀었다.

"가자."

차윤성이 내민 손을 바라보며 서다래는 자신도 모르게 작게 미소 짓고 말았다. 서다래도 그를 향해 손을 내밀며 팔짱을 끼었다.

아까보다 훨씬 익숙해진 행동이었다.

"그래요."

두 사람은 그렇게 바깥으로 나왔다.

밖에는 언제부터 도착해 있던 건지 강지욱이 기다리고 있는 모습이 보였다.

"어?"

그를 발견한 서다래가 깜짝 놀라 소리를 냈다.

서다래의 놀란 표정을 보고도 강지욱의 얼굴에는 일말의 감정이 드러나지 않았다. 그는 그저 말없이 차 문을 열어주며 말했다.

"타시죠. 지금부터 운전은 제가 합니다."

얼떨결에 차에 올라탄 서다래는 그러고 보니 이 조합으로 그동안 함께한 적이 몇 번이나 있다는 사실을 새삼스럽게 깨달았다.

어색한 표정으로 앉아 있는 서다래를 바라보며 차윤성이 나지막이 말했다.

"이제부터 시작이야. 지금부턴 무조건 내가 하자는 대로 하는 거야. 내키지 않아도 그냥 연극이라고 생각하고 따라와."

서다래는 차윤성이 도대체 뭘 하려고 그러는 걸까 궁금증이 들었다.

하지만 차윤성이 지금까지 말을 안 해 준 것에도 분명 이유가 있을 거라는 걸 알기에 서다래는 그저 고개를 미세하게 끄덕이며 대답했다.

"알겠어요."

그렇게 세 사람은 드디어 총회가 열리는 장소에 도착할 수 있었다.

도착한 곳을 보고 서다래는 눈을 동그랗게 뜰 수밖에 없었다. 마치 영화에서나 보던 세트장에 온 것만 같았다.

뭐 하나 화려하지 않은 게 없었고, 어느 하나 반짝거리지 않는 게 없었다. 모든 것이 한눈에 척 보아도 최고급 그 이상이었다.

어여쁜 꽃들이 장식된 것을 가만히 바라보고 있을 때였다.

"조심해서 내려."

차윤성이 먼저 차에서 내려 그녀가 내릴 수 있도록 문을 열어 줬다.

서다래는 그런 그를 가만히 바라보다가 긴장되는 마음에 말했다.

"저 화장실 잠깐 다녀와도 되죠?"

"데려다줄게."

아무렇지 않은 표정으로 말을 하는 차윤성을 바라보며 서다래는 얼굴을 붉혔다.

"됐어요. 무슨 화장실까지 따라올 생각이에요?"

그녀의 말에 차윤성이 일순 당황해서 그녀를 쳐다볼 때였다.

"금방 다녀올게요."

서다래는 차에서 혼자 내려 조심조심 앞으로 걸어 나갔다.

이미 높은 하이힐 때문에 한 번 넘어질 뻔한 적이 있는 그녀였기에 차윤성은 어딘지 위태로워 보이는 뒷모습에서 시선을 떼지 못했다.

제자리에 서서 서다래를 바라보고 있자니 덩달아 그녀를 힐끔거리는 다른 남자들의 모습도 눈에 들어왔다.

그것을 본 차윤성의 미간이 슬쩍 좁혀질 때였다.

어느샌가 옆으로 다가온 강지욱이 퉁명스러운 목소리로 말했다.

"도련님이 이런 타입이실 줄은 몰랐습니다."

"뭔 소리야?"

"아끼는 걸 꽁꽁 숨겨놓는 분이실지 몰랐단 말씀입니다. 지금 서다래 씨를 바라보는 눈빛에 아주 못마땅하다는 기운이 가득하네요."

강지욱의 말에 차윤성이 시선이 그를 향했다.

그 말이 무슨 뜻인지 잘 알고 있었다.

차윤성은 이렇게 예쁘게 꾸며놓은 서다래를 남들 앞에 내보이기가 싫었다. 어떻게 알았는지 그새 강지욱이 그런 자신의 마음을 알아챈 모양이다.

살짝 귓가가 빨개진 차윤성이 나지막한 목소리로 경고하듯이 말했다.

"창피하니까 서다래한테는 말하지 마."

5.

오늘 하루는 내 신부니까

쏴아아—

서다래는 세면대에서 손을 씻고 있었다.

긴장하지 말아야지라고 생각하면서도 그게 마음처럼 잘되지 않았다.

현재 그녀의 마음은 어지러웠다.

한 번에 여러 가지의 감정들이 몰려온 탓이다.

두려움, 불안함…… 긴장감.

만약에 여기서 서다래가 수인족의 정체를 안다는 사실이 밝혀지면 이곳에 모인 그들이 전부 그녀를 죽이려 할지도 몰랐다.

이제는 그 사실을 잘 아는 그녀였기에 그러지 말아야지 생각하면서도 긴장이 되는 건 어쩔 수가 없었다.

"후아!"

서다래는 거울을 보며 심호흡을 했다.

아직 벌어지지 않은 일까지 생각하며 쓸데없는 걱정을 하고 싶지 않았다. 물론 그게 마음처럼 잘되지 않았지만.

서다래는 자신이 모든 사실을 알기 훨씬 전부터 자신을 지켜주려고 했던 차윤성을 믿었다. 특별한 말없이 이곳까지 따라온 이유도 그만큼 그를 믿었기 때문이다.

'긴장하지 말자!'

서다래는 거울 속의 자신에게 자기최면을 했다.

다시 한 번 마음을 굳게 다잡은 그녀가 차윤성을 오래 기다리게 하고 싶지 않아 몸을 돌릴 때였다.

툭.

갑자기 부딪쳐오는 어깨에 서다래가 휘청거렸다.

비틀.

가뜩이나 높은 하이힐을 신고 있던 터라 익숙하지 않은 서다래의 몸이 지나치게 흔들렸다.

다행히 꼴사납게 쓰러지지 않은 채 간신히 중심을 잡고 서다래가 앞을 바라봤다. 앞에는 두 명의 여자가 서서 그녀를 쳐다보고 있었다.

이유는 모르겠지만 이상하게 자신을 바라보는 시선이 곱지 않다고 느껴졌다.

지금 서다래와 부딪친 두 명의 여자는 이 총회에 참석하기 위해 온 수인족이었다.

그녀들의 이름은 박민혜와 이지수.

오랜 친구인 둘은 아침부터 이곳에 오기 위해 꽃단장을 한 상태였다. 그러다가 우연히 들어온 화장실에서 서다래와 마주친 것이다.

서다래를 눈으로 본 둘은 약속이나 한 듯이 표정을 구겼다.

한 눈에 시선을 사로잡을 정도로 서다래는 예뻤다. 더군다나 지금 서다래가 입고 있는 드레스나 액세서리가 너무 고가의 제품이기 때문이다.

불쾌한 감정은 서다래의 목걸이를 보는 순간 폭발했다. 그것은 오래전부터 박민혜가 갖고 싶어서 찜해 두었던 제품이었다. 그런데 가격이 너무 비싸서 차마 구입하지 못했던 것.

자신이 갖지 못한 것을 다른 여자가 착용하고 있는 걸 보는 게 결코 기분이 좋을 리가 없었다.

가뜩이나 불쾌한 감정으로 서다래를 내려 보던 그녀들은 문득 이상하다는 사실을 알아차렸다.

바로 서다래가 인간이라는 사실이다.

처음에 그녀들은 서다래가 인간일 거라고 전혀 생각하지 못했었다. 오늘 같은 날, 이 근처에 인간이 있을 리가 없었으니까.

서다래가 한낱 인간에 불과하다는 사실을 알아버리자 그게 더 기분이 상한 그녀들이었다.

"부딪쳐 놓고 사과 안 해요?"

짜증이 섞인 날카로운 목소리가 서다래의 귓가에 들렸다.

서다래는 당황했지만 그래도 할 말은 해야 했기에 나지막이 말했다.

"제 잘못으로 부딪친 건 아닌 것 같은데요?"

"하!"

서다래의 말에 이지수가 기가 막히다는 듯이 콧방귀를 꼈다. 그리고 다시 말을 했다.

"그 말은 부딪친 게 내 잘못이라도 된다는 거예요? 하마터면 부딪쳐서 내 드레스가 상할 뻔했잖아요. 그런데 사과도 안 하고 가겠다는 거예요, 지금?"

말도 안 되는 트집이었다.

하지만 상관없었다.

그들의 눈에 서다래는 한낱 인간 여자일 뿐이기 때문이다.

그렇기 때문에 어떤 이유든 간에 조금이라도 자신들의 마음을 상하게 했다면 시비를 걸어도 무방했다.

그녀들은 여자라곤 해도 수인족이다.

야성적인 감각과 지닌 힘이 결코 인간과 비교할 수준이 아니었다.

그런데 그녀들의 위협적인 분위기에도 서다래는 시선을 피한다거나 조금도 움츠러드는 기색이 없었다.

그런 서다래의 태도가 점점 더 그녀들의 기분을 상하게 만들어 순간 울컥하는 감정이 치밀어 올랐다. 자신도 모르게 손끝에 미미하게 힘을 주며 이지수가 다시 입을 열었다.

"사과하라고 당장. 너 말귀 못 알아듣니?"

갑작스러운 반말에 서다래도 황당하다못해 기분이 상했다.

"아까도 말했지만 내가 잘못한 게 없는 것 같은데 사과할 생각은 없네요. 그럼."

할 말을 마친 서다래가 그녀들을 지나치려고 할 때였다.

별거 아닌 일이었지만, 이미 기분이 상할 대로 상한 이지수다. 이대로 서다래를 얌전히 보내고 싶은 마음은 조금도 없었다.

휘익!

순식간에 이지수가 손을 치켜들며 자신을 지나쳐 가는 서다래를 잡아채려고 할 때였다.

"그 여자한테 손가락 하나라도 대봐."

써늘하기 그지없는 목소리가 들려왔다.

우뚝.

거짓말처럼 이지수는 높이 치켜들었던 손을 그대로 멈출 수밖에 없었다.

그 이유는 수인족끼리만 느끼는 바로 그 기운 때문이었다. 강렬한 기운이 지금 그녀들을 옴짝달싹 못하게 묶어놓고 있었다.

이지수가 떨리는 눈동자로 목소리의 근원지를 향해 시선을 돌렸다. 그리고 확인한 얼굴에 그녀들은 깜짝 놀라서 입을 떡하니 벌릴 수밖에 없었다.

거기에는 수인족의 후계자로 지목되고 있는 사람 중의 하나인 차윤성이 서 있었기 때문이다.

"도, 도련님?"

수인족 중에 차윤성의 얼굴을 모르는 이는 없었다.

수인족의 가장 진한 피를 이은 고귀한 혈통이 바로 그였기 때문이다.

갑작스러운 그의 등장에 놀란 건 서다래 또한 마찬가지였다.

"여긴 어떻게……?"

서다래가 놀라서 끝까지 말을 하지 못한 채 말꼬리를 흐렸다.

가만히 서 있던 둘은 이해가 안 된다는 눈빛으로 차윤성을 바라봤다.

서다래는 한낱 인간이고 그들은 수인족이다.

수인족은 정체를 감추며 숨어 사는 만큼 그들끼리 끈끈한 유대감이 있었다. 한낱 인간 여자의 편을 드는 차윤성이 이해될 리가 없었다.

그런 그녀들의 시선을 알아차린 차윤성은 나지막이 말했다.

"내 신부야."

"……!"

지금 차윤성이 내뱉은 한 마디에 둘은 방금 전보다 더 놀랄 수밖에 없었다.

두 사람은 경악에 물든 눈으로 차윤성을 쳐다봤다.

하지만 그녀들만큼이나 그 말 한마디에 놀란 건 서다래도 마찬가지였다.

"네에?"

서다래가 자신도 모르게 차윤성을 향해 되물을 때였다. 차윤성이 다가와서 서다래의 어깨를 감싸 쥐고는 다시 말했다.

"이런 무례를 용서하는 건 한 번뿐이다. 두 번 다시 이 여자를 건드리면 무사치 못할 줄 알아."

차윤성이 서다래를 데리고 나가면서 곁눈질로 그녀들을 흘겨봤다. 그 차가운 한기가 어린 눈빛은 등골이 써늘해질 만큼 위협적이었다.

그 시선과 마주하자 순식간에 정신을 차린 그녀들이 아무런 대답도 못한 채 고개만 끄덕였다.

저벅저벅.

타박타박.

그렇게 차윤성이 서다래를 데리고 여자 화장실에서 나왔다.

어느 정도 거리를 벌린 차윤성이 기가 막히다는 듯이 서다래를 뒤돌아보며 말했다.

"왜 이렇게 안 오나 해서 가봤더니, 내가 정말 여자 화장실까지 따라가야 되겠어? 자꾸 이러면 어딜 내보내도 걱정이 돼서 혼자 둘 수가 없잖아."

"지, 지금 그게 중요한 게 아니라…… 아까 그 말 무슨 소리예요?"

방금 전 차윤성이 내뱉은 신부란 단어에 대해 서다래가 묻자 그가 잠시 말을 멈췄다.

결국 올 것이 오고야 말았다.

몇 번이나 설명하려고 했지만 이런 말을 어떻게 꺼내야 할지 몰랐다. 또한 서다래가 거부하면 어떻게 하나 걱정이 들기도 했다.

하지만 결국엔 설명을 해야 했다.

그 시간이 생각보다 앞당겨져 어떻게 해야 할지 당황스럽긴 했지만 애초에 감출 생각은 없었다.

차윤성이 걸음을 멈추고 똑바로 서다래를 바라보며 말했다.

"아까 말한 그대로야."

"그대로라뇨?"

"오늘 난 서다래, 널 내 신부라고 소개할 거야."

"뭐, 뭐라고요?"

"내 신부라는 게 밝혀지면 어머니가 너까지 노리게 되겠지만, 그런 부분을 각오하더라도 수인족 전체를 등 돌리게 할 수는 없어. 오히려 널 지키기 위해선 어머니가 공식적으로 이 문제를 걸고넘어지기 전에 내가 먼저 선수를 쳐야 해."

"무슨 말인지 이해가 잘 안 돼요. 내가 만약에 윤성 씨의 신부라고 치면 대체 뭐가 달라지는 건데요?"

"수인족들 중에서도 인간과 결혼하는 이들이 있어. 그런 경우에는 부득이하게 자신의 정체를 밝히기도 하지. 그렇기 때문에 네가 내 신부라면 수인족 정체를 알게 된 사실을 이해받을 수 있을 거야."

"그럼 이 자리에 내가 온 이유가……."

"그래, 맞아. 모두에게 널 내 신부라고 소개하기 위해서지."

서다래는 복잡한 눈빛으로 차윤성을 바라봤다.

혼란스러웠다.

그녀는 차윤성의 신부가 아니다. 그런데 이런 거짓말을 해도 되는 걸까. 답이 없는 질문들이 머릿속에서 쏟아져 나왔다.

고민스러운 표정이 역력히 드러난 얼굴로 서다래가 말했다.

"……왜 미리 말 안 했어요?"

차윤성이 잠시 입술을 달싹거리다가 나지막이 대답했다.

"네가 이럴까 봐."

"그게 무슨 말이에요?"

"네가 이렇게 싫다고 할까 봐 말 안 했어."

서다래는 이제야 차윤성이 차를 타고 이곳으로 오면서 그냥 연극이라고 생각하라던 말이 이해가 됐다.

서다래는 잠시 생각을 하다가 다시 입을 열었다.

"정말 저랑 결혼할 것도 아닌데 이런 거짓말을 하게 되면 나중에 문제가 생기는 거 아니에요?"

"그런 부분에 대해선 걱정하지 마. 모든 일에 대한 책임은 내가 질 테니까. 지금은 이 방법이 최선의 선택이니까 내키진 않더라도 오늘 하루만 참아줘."

차윤성은 빈말을 하는 게 아니었다.

당장 눈앞의 위기를 피하기 위해 생각해낸 방법이지만 설령 이게 문제가 된다면 모든 책임은 그가 감당할 것이다.

지금 당장 그에게 최우선은 서다래의 안전이었다.

여전히 걱정이 가득해 보이는 서다래의 얼굴을 가만히 바라보다가 차윤성이 다시 입을 열었다.

"그새 잊었어? 내가 약속했잖아."

차윤성이 긴 손가락으로 서다래의 갸름한 얼굴을 감싸 쥐었다.

그의 손에서 전해지는 따뜻한 온기를 느끼며 서다래는 그의 얼굴을 가만히 바라봤다.

"아무도 너에게 손대지 못하게 할 거야. 날 믿는다고 했잖아. 서다래."

그의 말에 서다래는 이내 고개를 끄덕일 수밖에 없었다.

차윤성의 따뜻한 손길이, 부드러운 눈빛이 그녀의 마음을 편안하게 해 주었으니까.

"저도 말했잖아요. 누구보다 당신을 믿고 있어요."

서다래는 당연히 자신의 안전이 걱정되었지만, 그에 못지않게 차윤성의 입장 또한 걱정이 되었다.

차윤성의 설명으로 그가 이렇게 행동하는 이유가 자기 자신 때문이라는 사실을 알았다. 하지만 이런 행동들이 나중에 차윤성에게 피해가 가지 않을까 염려가 됐다.

그래서 차윤성에게 이런저런 당부의 말을 하려고 서다래가 다시 입을 열었다. 하지만 곧이어 아무런 말도 하지 못한 채 멈추고 말았다.

"……!"

그녀의 믿는다는 말을 들은 차윤성이 자신의 얼굴을 양손으로 쥔 채로 환하게 웃었기 때문이다.

가끔 보이는 이 태양 같이 밝은 미소가 서다래의 마음을 자꾸만 뒤흔들었다.

두근.

다시금 떨려오는 심장에 서다래가 차윤성에게서 고개를 돌리려고 할 때였다.

차윤성이 그녀의 얼굴을 쥐고 있던 손에 힘을 주며 서다래가 자신을 쳐다보도록 만들었다.

"놔, 놔줘요."

괜스레 부끄러운 마음에 서다래가 시선을 피하기 위해 발버둥 치려 했다.

하지만 차윤성은 여전히 그녀의 시선을 자신에게 고정시키며 나지막이 말했다.

"……오늘 하루는 내 신부니까."

서다래는 얼굴이 뜨겁다고 느껴졌다.

볼에서 느껴지는 온도가 서다래 자신의 얼굴이 붉어져서인지 그의 손바닥이 뜨거워져서인지 알 수가 없었다.

차윤성은 그녀에게 시선을 돌리지 않은 채 계속 말을 이어 나갔다.

"나한테서 도망가지 마."

서다래는 옴짝달싹 못한 채 차윤성의 신비로운 오렌지빛 눈동자를 바라봤다.

숨을 고르기 힘들 만큼 심장이 빨리 뛰기 시작했다.

차윤성은 서다래를 데리고 총회가 열리고 있는 연회장을 향해 걸어갔다. 두 사람이 함께 걸어가고 있을 때였다.

그들을 기다리고 있던 강지욱이 두 사람을 발견하고 가까이 다가왔다. 강지욱이 나지막한 목소리로 차윤성을 향해 말했다.

"늦으셨습니다."

그 말에 차윤성은 강지욱을 한 번 힐끔 쳐다보곤 아무렇지 않다는 듯이 말했다.

"그게 어때서?"

하지만 차윤성과 반대로 뒤따라 걷던 서다래가 걱정스러운 말투로 강지욱을 향해 물었다.

"약속 시간이 언제였어요? 저희가 많이 늦은 거예요?"

이렇게 시간이 늦은 이유를 서다래는 자신의 탓이라고 생각했다. 그녀가 화장실을 가는 바람에 시간이 지체된 데다 중간에 차윤성을 향해 이것저것 묻느라 더 늦어졌기 때문이다.

서다래의 걱정스러운 표정을 본 차윤성이 나지막한 목소리로 말했다.

"신경 쓰지 마. 원래 주인공은 늦는 법이니까."

말을 하는 차윤성을 바라보며 강지욱은 이상하게도 그의 기분이 좋아 보인다는 생각이 들었다. 딱히 차윤성이 실실거리며 웃는다거나 하는 것도 아닌데 이상하게 그런 기분이 들 때였다.

"윽!"

갑자기 미약한 신음 소리가 서다래의 입에서 흘러나왔다.

우뚝.

그녀의 목소리에 차윤성과 강지욱이 일제히 걸음을 멈추고 서다래를 쳐다봤다.

"왜 그래?"

"아, 미안해요. 조금만 더 천천히 걸어가 줄 수 있어요? 발이 너무 아파서……."

서다래의 말이 다 끝나기도 전이었다.

휙!

차윤성이 서다래를 양손으로 번쩍 안아 들었다.

순식간에 허공에 뜬 느낌과 함께 서다래는 그에게 공주님처럼 안겨 있었다.

깜짝 놀란 서다래의 눈에 당황한 표정으로 자신들을 바라보고 있는 강지욱의 얼굴이 비쳤다.

상황 파악이 된 서다래는 부끄러움에 얼굴을 붉혔다.

"뭐, 뭐하는 거예요? 어서 내려줘요."

차윤성은 그녀의 말에 대꾸도 하지 않은 채 서다래의 높은 하이힐 사이로 붉어진 발등을 발견하곤 눈살을 찌푸렸다.

지금까지 이렇게 구두를 신지 못하는 여자를 한 번도 본 적이 없어서 이게 이 정도로 아플 거라는 생각을 하지 못했다.

"이대로 가자."

거침없는 걸음걸이와 함께 내뱉는 차윤성의 말에 서다래가 당황해서 그를 올려다보며 다급하게 말했다.

"어떻게 이렇게 가요? 이러지 말아요. 사람들이 다 쳐다보잖아요."

연회장 안에 들어가 있는 수인족이 훨씬 많겠지만, 아직 바깥에서 서성이는 이들도 몇 명 보였다.

그들은 하나같이 전부 눈을 크게 뜬 채로 이쪽을 바라보고 있었다.

집중되는 이목이 커질수록 얼굴이 붉어지는 서다래와 달리 차윤성은 자신들을 쳐다보고 있는 사람들을 무감각한 눈빛으로 한 번 둘러볼 뿐이었다.

차윤성이 서다래를 향해 나지막한 목소리로 말했다.

"벌써 잊었어? 넌 내 신부야. 남들이 어떻게 보든 뭐라고 하든 상관 안 해."

"그, 그래도요!"

물론 바닥에 발이 닿지 않으니 높은 굽 때문에 발이 아플 일은 없었다. 하지만 밀려오는 쑥스러움에 서다래는 자신의 몸이 마치 아이스크림처럼 녹는 것 같다고 느껴졌다.

차윤성은 서다래의 만류에도 걸음을 멈추지 않은 채 순식간에 연회장 입구에 도착할 수 있었다.

이미 약속 시간이 지나서일까.

연회장의 커다란 문은 굳게 닫혀 있었다.

타앙!

조금의 망설임도 없이 차윤성이 닫혀 있는 커다란 문을 발로 밀며 모습을 드러냈다.

그와 동시에 연회장 안에 있던 수백 개의 눈동자가 두 사람을 향했다.

모두가 그 두 사람을 쳐다봤다.

서다래는 그 수많은 시선들을 견디지 못하고 붉게 변한 얼굴을 차윤성의 가슴팍으로 묻었다.

하지만 차윤성은 달랐다.

그는 아무렇지 않은 표정으로 안에 모여 있는 수인족들을 한 번 둘러보곤 나지막하지만 무게감 있는 목소리로 말했다.

"제가 좀 늦었네요."

차윤성의 말이 끝나자마자 조용했던 연회장이 순식간에 변했다.

웅성웅성.

상황을 파악한 수인족들이 떠드는 소리가 한순간에 웅성거림으로 변해 들려왔다.

여러 명이 한꺼번에 말하는 소리에 정확한 내용이 들리지는 않았지만, 차윤성이 인간 여자를 총회에 데리고 온 것에 대한 말임이 틀림없었다.

그 사실을 누구보다 잘 알고 있는 차윤성이지만 정말이지 조금도 신경 쓰지 않는 듯 일말의 표정의 변화조차 없었다.

그렇게 차윤성은 말없이 서다래를 안은 채 연회장 안으로 들어설 뿐이었다.

의자가 있는 곳에 도착해서야 차윤성이 안고 있던 서다래를 품에서 내려주며 말했다.

"발은 어때? 괜찮아?"

"그, 그게……."

서다래는 자신도 모르게 말을 더듬거렸다.

오히려 지금 발 따위가 중요하냐고 차윤성에게 묻고 싶은 지경이었다.

하지만 그런 말을 꺼내기도 전이었다.

서다래가 차마 입을 열기도 전에 두 사람이 있는 곳을 향해 다가오는 수인족들이 있었다.

"이런 자리에 왔으면 나한테 먼저 인사를 해야지. 이런 구석에서 뭐하는 거니?"

가녀린 여자의 목소리가 들려왔다.

그 소리에 고개를 돌려 보니 목소리의 주인공은 삼십 대 후반으로 보이는 아름다운 중년의 여자였다.

그 중년의 여인은 신기하게도 걸어오는 행동 하나, 움직이는 몸짓 하나하나에서 품위가 느껴졌다. 서다래는 이런 사람을 처음 봐서 살짝 입을 벌릴 수밖에 없었다.

말로만 들었던 기품이 있다는 표현은 정말 이런 여인을 두고 하는 말이라고 생각이 들었다.

차윤성도 마찬가지로 다가오는 그 중년의 여자를 확인하고는 표정이 알게 모르게 딱딱하게 굳었다.

서다래가 차윤성을 향해 눈짓으로 그녀가 누구인지 물었다. 그러자 그가 의자에 앉아 있는 서다래를 향해 말했다.

"내 어머니야."

"……에?"

차윤성의 어머니라고 하기엔 너무나도 젊어보였고 또한 아름다웠다. 붉은 립스틱에 까만색 드레스가 이렇게 잘 어울릴 수가 없었다.

차윤성과 이은호가 그의 어머니에 대해 했던 말들이 순간 머릿속에 떠올랐다. 하지만 눈앞에 있는 아름다운 중년의 여자와 도통 매치가 되질 않았다.

잠깐 멈칫한 서다래였지만 그녀는 재빨리 의자에서 몸을 일으켜 인사했다.

"안녕하세요. 저는 서다래라고 해요."

"윤성이가 여자를 데려오다니 놀라운 일이네요. 만나서 반가워요, 서다래 씨."

진해임은 이미 보고를 통해 서다래라는 인간 여자의 존재를 알고 있었다. 하지만 그녀는 짐짓 모르는 척 서다래의 이름을 다시 한 번 부르곤 다시 차윤성을 바라봤다.

표정은 부드러웠지만 그 안에 눈빛은 싸늘하기 그지없었다.

진해임은 어떻게 보면 조금 걱정스럽게도 보이는 표정을 지으며 정말 어머니라도 된 것인 양 꾸짖듯이 말을 했다.

"그런데 윤성아, 무슨 생각으로 다래 씨를 이곳까지 데리고 온 거니? 여기가 어떤 자리인지 잘 알 텐데."

진해임의 말을 인간 여자를 총회에 데리고 오면 어떡하냐는 말을 돌려서 표현한 한 것이었다.

차윤성은 그런 진해임을 가만히 들여다보다가 나지막한 목소리로 말했다.

"이런 자리기 때문에 같이 왔습니다. 이렇게 어머니께도 인사시키고 말이죠. 처음 보시는 거죠? 제 신부입니다."

"……!"

"아니, 결혼을 예정한 사이니 약혼녀라고 표현하는 게 더 정확할까요?"

차윤성의 말을 들은 진해임의 눈가가 굳었다.

자세히 들여다보지 않으면 티 나지 않을 정도였지만 지금 그녀는 속으로 적잖이 당황한 상태였다. 하지만 그와 동시에 울화가 치밀었다.

'능구렁이 같은 놈!'

지금 차윤성은 인간 여자를 지키기 위해 가장 좋은 수를 쓰고 있었다. 덕분에 이 사실을 조금 더 확인한 후 그를 옭아매려던 진해임의 작전은 수포로 돌아가고 말았다.

어쩐지 이런 자리에 서다래라는 인간 여자를 데리고 온 것이 꺼림칙했는데 역시 계획적인 행동이었다.

하지만 지금 차윤성의 행동은 진해임이 내내 궁금했던 것에 대한 해답이기도 했다.

이 인간 여자, 차윤성과 보통 사이가 아니다.

진해임이 억지로 입가에 미소를 지으며 서다래를 향해 말했다.

"어쩜. 이런 여성분이 있었으면 미리 언질을 했어야지 깜짝 놀랐잖니. 다시 인사할게요. 윤성이 어미인 진해임입니다."

"네, 안녕하세요."

자연스러운 진해임과 달리 서다래가 어색하게 인사를 건넸다.

지금까지 차윤성의 어머니에 대해 들었던 얘기와 달리 실제로 본 그녀는 너무나도 점잖고 아름다웠다. 그래서인지 서다래는 이상하게 더 무서운 마음이 들었다.

차윤성이 진해임을 정면으로 쳐다보며 경고하듯이 말했다.

"그리고, 제 신부는 저의 정체에 대해서도 이미 알고 있습니다."

어떻게 보면 폭탄 발언일지도 모른다. 하지만 진해임은 무미건조한 눈빛으로 두 사람을 쳐다봤다. 처음에 서다래를 신부라고 밝혔을 때부터 이미 짐작했던 상황이기 때문이다.

수인족들이 모인 총회에서 못을 박음으로써 진해임이 모든 사실을 밝히기 전에 차윤성이 먼저 선수를 친다.

'때를 기다리다가 먼저 한 방 먹었군.'

진해임은 속으로 씁쓸한 웃음을 삼켜야 했다.

짧은 생각을 마친 그녀가 다시 얼굴에 가식적인 표정을 짓고는 책망하듯이 말했다.

"벌써 그런 비밀까지 밝히다니. 조금 이르다고 생각하진 않니?"

그때였다.

진해임의 옆에 서서 가만히 이야기를 듣고 있던 한 중년의 남자가 버럭 호통을 쳤다.

"아니, 도련님! 이게 무슨 말이 안 되는 소립니까! 수인족의 피를 가장 진하게 이으신 윤성 도련님이 미천한 인간 따위와 맺어지신다니요!"

큰 목소리에 깜짝 놀라 서다래가 소리를 친 중년의 남자를 쳐다봤다.

그는 매우 화가 난 듯 얼굴이 붉어져 있었다.

이 상황의 영문을 모르는 서다래는 그자를 바라보다 다시 차윤성을 바라봤다. 그런데 놀란 그녀와 달리 차윤성은 이미 이런 상황을 알고 있었던 듯 너무나도 태연한 얼굴이었다.

"목소리 낮추시죠. 누구와 맺어지든 그건 내가 결정합니다."

"인간과 피가 섞여서 혈통을 낮출 수는 없는 노릇입니다! 마땅히 수인족 여인과 결혼해서 후사를 보셔야 합니다!"

그 남자의 말에 진해임의 옆에 자리하고 있던 대다수의 수인족들이 고개를 끄덕이며 동조하는 눈빛을 띠었다.

그 상황이 즐거워서 진해임은 알게 모르게 미소를 지을 뿐이었다.

지금 차윤성의 행동은 서다래를 지키기 위해 가장 좋은 묘수였다. 하지만 그의 고귀한 신분으로 미천한 인간과 맺어지는 게 쉬운 일은 아닐 터.

진해임이 굳이 나서지 않아도 전통을 중시하는 이들이 서로 앞다투어 반발할 것이다. 그 모습이 꽤나 재밌을 것 같아 그녀는 슬그머니 입가를 올리고 상황을 구경했다.

"옳은 말씀입니다. 더군다나 저 여자와 도련님이 지금 결혼을 한 사이도 아니지 않습니까? 저 여자는 이곳에 어울리지 않습니다."

"당장 여기서 내보내야 합니다!"

처음 목소리를 낸 한 남자를 시작으로 몇 명의 수인족들이 제각각 반발하기 시작했다.

적의가 가득한 시선을 받으며 서다래는 어쩔 줄 몰라 당황했다. 마치 이 자리가 순식간에 가시방석으로 변한 느낌이었다.

뚜벅.

감정이 격해진 누군가가 차윤성과 서다래가 있는 곳을 향해 한 걸음 내디디며 다가오려 했다. 그자가 뭘 하려는지는 알 수 없었지만 그 모습에 서다래가 자신도 모르게 한 걸음 주춤했다.

안 그래도 이곳에 오는 게 마음 한편으론 내심 두려웠던 그녀다.

그때였다.

스윽.

어느새 다가온 건지 차윤성의 긴 손가락이 떨려오는 서다래의 손을 잡았다.

'……?'

갑자기 느껴지는 감촉에 서다래가 깜짝 놀라 차윤성을 쳐다봤다.

차윤성은 조금의 감정도 느껴지지 않는 무표정을 짓고 있었다. 하지만 그의 강렬한 눈빛 때문일까. 지금 그가 매우 화가 났다는 사실이 절로 느껴졌다.

서늘한 눈빛을 띠며 차윤성이 경고하듯이 나지막이 내뱉었다.

"참는 건 여기까지입니다."

차윤성의 기세가 달라지자 거짓말처럼 주위가 고요해졌다.

차윤성은 함부로 말을 내뱉은 이들을 하나하나 일일이 쳐다보며 눈을 맞췄다. 그리고 낮은 목소리로 다시 말했다.

"분명히 말했습니다."

차윤성의 신비로운 오렌지빛 눈동자가 일순 핏빛처럼 붉은빛을 띠었다.

이 자리에서 힘을 쓰게 만들지 말라는 일종의 경고였다.

"여기 서 있는 이 사람, 내 여자입니다. 더 이상의 무례는 용납하지 않을 겁니다."

차윤성의 말투, 그가 풍기는 분위기.

모든 게 압도적이었다.

할 말이 목구멍까지 차올랐지만 다들 차윤성의 눈치를 보며 더 이상 말을 하지 못하고 입을 다물 수밖에 없었다.

그런 그들의 모습을 직접 눈으로 본 진해임의 표정이 와락 구겨졌다.

이런 건 누가 알려줘서 만들어지는 게 아니다.

차윤성 그는 본능적으로 상대방을 지배하는 법을 알고 있었다.

이게 정말 고귀하다 칭해지는 차윤성의 혈통 때문인지는 알 수 없었지만, 확실한 건 이런 그의 모습이 영락없이 후계자의 모습과 어울린다는 사실이다.

이래서 차윤성, 그를 더 살려 둘 수가 없는 것이다.

분위기는 이미 차윤성을 향해 기울었다.

마음에 들지는 않았지만 그게 지금 상황이었다. 진해임은 눈치를 보다가 재빨리 다시 입을 열었다.

"윤성이가 당장 결혼식을 올린다는 것도 아닌데 다들 너무 흥분하셨어요. 그만들 하세요."

길게 이야기를 이어가봤자 좋을 게 없다고 생각한 진해임이 나섰다.

이대로 차윤성에게 압도당해 그의 존재가 얼마나 커다란지 다시금 느끼게 하는 것보다는 본인이 이 정도 선에서 끝을 맺는 게 낫다는 판단하에 내려진 계산된 행동이었다.

진해임이 나서자 다른 이들은 입술만 깨물 뿐 더 이상 서다래의 존재에 대해 왈가왈부하는 수인족은 없었다.

진해임이 서다래를 바라보며 말했다.

"어찌 됐든 서다래 씨가 내 미래의 며느리가 될지도 모르는데…… 우린 서로 아는 게 너무 없네요. 총회가 끝나기 전에 잠깐 따로 볼 수 있을까요?"

단번에 거절하기 힘든 너무나도 정중한 제안이다.

서다래가 순간 어떻게 대답을 해야 할지 막막하게 느껴질 때였다.

그 질문에 대한 대답을 하기 위해 먼저 입을 연 건 차윤성이었다.

"아쉽지만 그건 안 될 것 같습니다. 어머니."

"윤성아, 난 지금 서다래 씨한테 묻고 있잖니. 이건 네가 나설 일이 아니야. 여자들만의 대화라는 게 있는 거거든."

"그런 대화는 다음에 나누시고, 오늘은 제가 어머니께 긴히 드릴 말씀이 있습니다. 나중에 따로 좀 뵙고 싶은데요."

차윤성의 말을 들은 진해임의 눈에 이채가 어렸다.

정말 할 말이 있었던 건지, 아니면 서다래와 그녀를 단둘이 두기 싫어서 방법을 생각해낸 건지 모른다. 하지만 둘 중에 뭐가 됐든 간에 진해임은 기분이 좋지 않았다.

차윤성이 너무나도 간단하게 그녀의 말을 거절할 방법을 찾아냈기 때문이다.

'미꾸라지같이 잘도 빠져나가는구나.'

서다래와 단둘이 대화를 나누고 싶다는 진해임의 말은 진심이었다. 하지만 여기서 더 이상 우길 수도 없는 노릇이다.

"그러자꾸나, 그럼. 아들이 할 말이 있다는데 봐야지. 나중에 총회가 끝나기 전에 내가 있는 곳으로 잠깐 올라오렴."

"그러죠. 이따가 뵙겠습니다."

"그래, 서다래 씨 우리는 다음에 또 보도록 해요. 재밌게 즐기세요."

자리를 뜨기 전에 진해임이 서다래를 향해 가볍게 인사하자 서다래도 고개를 끄덕이며 말했다.

"네, 들어가세요."

또각또각.

짧지만 강렬한 만남을 끝내고 진해임은 다른 곳을 향해 걸어갔다. 놀라운 점은 진해임이 걸음을 떼자 그 뒤로 수많은 수인족들이 따라 움직인다는 사실이었다.

그렇게 수인족들의 무리가 사라지자 숨죽이고 있던 서다래가 그제야 크게 숨을 내쉬었다.

"하아!"

긴장이 탁 풀린 것 같은 서다래를 바라보며 차윤성이 걱정스럽게 물었다.

"많이 놀랐지?"

"원래 이렇게 만날 때마다 살얼음판 같아요? 겉보기에는 다정하고 사이좋은 모자지간 같은데 가만히 들여다보면 분위기가 장난 아니게 살벌하네요."

"처음부터 이랬던 건 아냐. 어느 순간부터 이렇게 되어 버린 거지.”

처음부터 사이가 나빴던 게 아니라면 두 사람이 잘 지냈던 때도 있었던 걸까?

서다래가 궁금증에 입을 열었다.

“언제부터요?”

“그건 다음에 얘기해 줄게. 어쨌든 고생했어, 서다래.”

“뭘요. 전 아무것도 한 게 없는데…… 고마워요.”

서다래의 말에 차윤성이 무슨 소리냐는 듯 그녀를 바라봤다.

그러자 서다래가 다시 입을 열었다.

“아까 사람들 앞에서 저 지켜 준 거요.”

말을 하면서 서다래의 머릿속에 다시 그 장면이 떠올랐다.

차윤성이 모두의 앞에서 자신을 내 여자라고 당당하게 소개했을 때 하루뿐인 거짓 신부라는 사실을 알면서도 감동받고 말았다.

그만큼 그는 멋있었다.

하지만 서다래의 생각과 달리 차윤성은 별 대수롭지 않다는 듯한 표정으로 말했다.

“난 또 뭐라고. 너 오늘, 내 여자 맞잖아.”

너무나도 당연하다는 듯이 대답하는 차윤성을 보자 서다래는 문득 미래 그의 여자가 될 사람이 부럽게 느껴졌다.

차윤성에게 매일 이런 보호를 받는다면 얼마나 행복할까 그런 생각이 들었다.

괜스레 우울해지는 기분에 서다래는 오히려 더 밝은 표정을 지어 보였다. 그러곤 차윤성에게만 들릴 만큼 작은 목소리로 장난스럽게 말했다.

"에이, 그럼 전 하루만 신부가 된 거니까. 오늘만 지켜 주는 거였어요?"

그녀의 장난스러운 질문에 차윤성의 행동이 멈칫했다. 동시에 그의 오렌지빛 눈동자가 진하게 변했다.

한순간에 진지하게 변한 차윤성의 얼굴을 서다래가 의아하게 쳐다볼 때였다.

아주 잠시 망설이던 차윤성이 천천히 입을 열었다.

"……그렇다고 하면, 계속할래?"

"네?"

전혀 생각지도 못한 갑작스러운 질문에 서다래가 깜짝 놀라 그를 올려다봤다.

허공에서 마주친 눈이 너무나도 강렬했다.

계속해? 뭘?

'설마…….'

서다래의 심장박동이 다시 빠르게 뛰기 시작하며 차윤성에게서 눈을 떼지 못할 때였다.

"도련님."

때마침 듣기 좋은 여성스러운 목소리가 들려왔다.

그 소리에 간신히 정신을 차린 서다래가 고개를 돌려보니 거기에는 웬 아름다운 여자와 남자가 같이 서 있었다.

수인족은 원래 이렇게 아름다운 건지 모두 하나같이 빼어났다. 물론 그중에서도 차윤성과 지금 눈앞에 나타난 이 두 사람은 더욱 우월해 보였다.

차윤성은 분명히 자신을 부르는 목소리를 들었음에도 불구하고 그들 쪽으로 고개를 돌리지 않은 채 여전히 서다래를 향해 시선을 고정하고 있었다.

차윤성이 자신을 쳐다보지 않자 갑자기 나타난 그 여자는 다시 한 번 그를 불렀다.

"윤성 도련님?"

그녀의 부름에 차윤성이 인상을 찌푸린 채로 짜증스럽다는 듯이 고개를 돌렸다.

허공에서 눈이 마주치자 그녀가 만족스럽다는 듯이 얼굴에 웃음을 지었다.

하지만 정작 그쪽으로 고개를 돌렸던 차윤성은 그녀와 함께 서 있는 남자를 발견하고는 놀란 듯 동공이 커졌다가 금세 원래대로 돌아왔다.

차윤성이 낮은 목소리로 그를 향해 말했다.

"여기는 언제 온 거야?"

"방금. 형이 소동 부리는 것도 구경하고 있었어."

의문의 여자와 나타난 조각같이 잘생긴 남자.

차윤성과 조금도 닮지 않았음에도 불구하고 그 남자의 입에서 나온 형이라는 단어가 이상하게 서다래의 귓가에 꽂힐 때였다.

서다래가 그를 빤히 쳐다보고 있는 시선을 눈치채고 차윤성이 나지막이 말했다.

"내 동생, 차해운이라고 해."

"아!"

서다래는 그제야 차윤성의 단 하나밖에 없다는 남동생이 그라는 걸 알아차렸다.

"안녕하세요."

"네, 안녕하세요."

서다래의 반가운 인사에도 차해운은 별다른 감흥 없다는 표정으로 그녀를 바라볼 뿐이었다.

지루하다는 표정을 짓고 있는 차해운과 달리 그의 옆에 서 있는 장지현은 서다래를 보자 눈빛이 표독스럽게 빛났다.

사실 장지현은 아직도 믿을 수가 없었다.

그녀는 수인족들 중에서도 가장 귀한 핏줄을 지닌 여자였다. 그만큼 장지현의 집안은 탄탄했기 때문에 차해운의 어머니인 진해임이 이미 그녀를 며느리로 찜해 놓았다고 소문이 파다할 정도다.

하지만 정작 장지현은 오래전부터 차윤성에게 마음을 두고 있었다.

차윤성이 도와 달라고 손을 내밀기만 한다면 그 손을 거절하지 않고 그를 후계자로 올릴 생각이었다.

장지현은 오래전부터 알고 있었다.

차윤성, 그에게는 다른 수인족들에게 없는 무언가 특별함이 있었다.

자신에게 관심이 없던 그였지만 당연히 나중에는 자신의 남자가 될 거라고 생각했다. 그런 그가 갑자기 인간 여자를 총회에 데리고 와서 신부라고 소개를 하니 속이 뒤틀리지 않을 수가 없었다.

'저딴 인간 계집이 뭐가 대단하다고!'

겉모습은 웃고 있었지만 장지현의 속은 시꺼멓게 타들어 갔다.

새하얀 미니드레스를 입고 온 서다래는 그녀도 인정할 만큼 아름다웠다.

하지만 그뿐이다.

서다래는 자신들과 급이 맞지 않았다.

마침 차해운과 도착할 때 묘한 분위기였던 둘이다. 그런 둘 사이를 훼방 놓았다는 생각에 장지현이 조금 만족감을 느낄 때였다.

나지막한 차윤성의 목소리가 들려왔다.

"별다른 할 말이 없으면 우리는 이만 가지."

차윤성이 말을 함과 동시에 옆에 서 있던 서다래를 번쩍 안았다.

"어엇!"

다시 한 번 차윤성의 품에 공주님 자세로 안긴 서다래의 얼굴이 순식간에 시뻘겋게 달아올랐다.

당황한 듯 깜짝 놀라서 자신을 쳐다보는 서다래를 무시하며 차윤성이 동생인 차해운에게 말했다.

"보다시피 지금은 내가 좀 바빠서. 그럼."

서다래를 품에 안은 채로 거침없이 다른 곳으로 향해 가는 차윤성의 뒷모습을 보며 장지현은 자신도 모르게 이를 꽉 깨물었다.

지금 차윤성의 품에 안겨 있는 저 자리. 저곳은 그녀의 것이어야 했다.

장지현은 차윤성의 뒷모습을 바라보며 분함에 몸을 미세하게 떨고 있었다. 그리고 그런 그녀를 차해운이 말없이 바라보고 있었다.

"제가 무슨 짐짝이에요? 다른 사람들 앞에서 이렇게 번쩍 안는 게 어디 있어요?"

따지는 듯이 말하는 서다래를 차윤성이 시선을 내려 한 번 쳐다보고는 무심하게 대꾸했다.

"난 지금 이게 급해."

"대체 뭐가……."

서다래의 질문을 차윤성이 가로막으며 말했다.

"눈치 좀 있어. 서다래. 지금 저들에게 방해받았잖아."

차윤성의 말에 서다래의 눈이 크게 떠졌다.

저 두 사람이 오기 전에 했던 차윤성의 말을 서다래도 똑똑히 기억하고 있었다.

그냥 한 말이 아닐까 생각했다.

그런데 이렇게 진지한 차윤성의 태도에 서다래는 다시 가슴이 뛰기 시작했다.

지금만큼은 그의 품에 안겨 이 연회장 안을 걷는 게 창피해서 얼굴이 붉어진 게 아니었다. 차윤성이 자신에게 고백한 게 아닐까 하는 그 기분 좋은 상상이 그녀를 덥게 만들었다.

많은 사람들이 서다래를 안고 가는 차윤성을 쳐다봤지만 지금 두 사람은 그런 것까지 신경 쓸 여유가 없었다.

저벅저벅.

누구의 시선을 신경 쓰지 않은 채 걷고 있는 두 사람은 마치 그들만의 시간이 따로 흘러가는 듯했다.

그렇게 차윤성이 서다래를 안고 데리고 온 곳은 연회장 밖에 있는 작은 테라스였다.

마침 테라스 안에는 아무도 없었다.

달칵.

밖으로 통하는 문을 닫자 순식간에 이곳은 완전히 차단된 공간이나 다름없었다.

연회장 안에는 웃고 마시며 즐기는 수인족들의 화려한 모습이 보였지만, 여기는 그와 반대로 조용하기 그지없었다.

오로지 어두운 밤하늘, 희미하게 비치는 달빛과 서늘한 공기만이 존재할 뿐이었다.

스윽.

차윤성이 품에 안고 있던 서다래를 내려 난간 위에 앉혔다.

서다래는 아무런 말없이 그가 하는 대로 가만히 있었다. 방금 차윤성의 말을 들은 뒤로 그녀는 아무런 생각도 나질 않았다.

그저 미친 듯이 빠르게 뛰는 심장이 느껴질 뿐이다.

툭.

차윤성이 자신의 재킷을 벗어 그녀에게 덮어주었다.

그리고 조금은 높은 난간에 앉아 있는 서다래를 차윤성이 올려다보며 눈을 맞췄다.

'아!'

서다래는 그의 눈동자를 들여다보곤 새삼스럽게 놀라고 말았다.

어두운 밤.

차윤성의 신비로운 오렌지빛 눈동자가 희미하게 빛을 발하고 있었다.

문득 처음 만났을 때 그 비 오는 날이 머릿속에 떠올랐다.

밤하늘에 떠 있는 별을 빼다 박은 듯한 눈동자.

그때와 똑같이 가느다랗게 뜬 신비로운 오렌지색의 눈동자가 그녀를 똑바로 쳐다보고 있었다.

서다래가 그를 빤히 쳐다보자 차윤성이 속삭이듯이 나지막한 목소리로 말했다.

"농담하는 거 아니야. 내 여자가 돼, 서다래."

너무나도 달콤한 말.

서다래는 아무런 대답도 하지 못한 채 떨리는 눈동자로 그를 바라볼 뿐이었다.

"오늘 하루만이 아니라 앞으로도 계속…… 내 신부든 내 여자든 그 무엇이든, 내 것이 되어줘."

차윤성이 천천히 손을 들어 올려 서다래의 얼굴을 쓰다듬었다. 그러곤 휘날리는 그녀의 머리카락을 한 손으로 쥐며 고개를 숙였다.

애달픈 표정으로 차윤성이 그녀의 머리카락에 입을 맞췄다.

그리고 다시 올려다보는 강렬한 그의 시선.

서다래는 숨이 막힐 것만 같았다.

"싫다고 해도 이제부터 나한테서 떼어놓지 않을 거야."

정중한 듯하지만 강압적인 그의 말투.

위험했다.

서다래는 직감적으로 차윤성에게서 헤어나오지 못할 것 같다는 생각이 들었다.

아주 위험한 맹수에게 그녀는 지금 빠져들고 있었다.

6.

너한테 푹 빠져 있다고

"……."

서다래는 아무 말이 없었다.

차윤성은 무겁게 가라앉은 침묵에 속이 바짝 타들어 갔다.

오늘 서다래를 가짜 신부로 소개하기 위해 총회에 왔다. 하지만 이 상황이 현실이 되어도 차윤성은 상관없었다. 아니, 오히려 지금까진 가짜였을지 몰라도 이제부터 진짜로 만들고 싶었다.

언제부터였을까.

차윤성은 자신의 마음이 자꾸 서다래를 향해 간다는 사실을 깨달았다.

사실 이렇게 갑작스럽게 자신의 마음을 고백할 생각은 아니었는데 억누르던 감정이 한순간에 터져 나와 버렸다.

그렇게 일분일초를 초조하게 기다렸지만, 서다래는 여전히 아무런 말도 없었다. 결국 참다못한 차윤성이 먼저 입을 열었다.

"아무 말도 안 하면 승낙하는 걸로 받아들인다?"

다시 한 번 들리는 차윤성의 말에 서다래가 천천히 입을 떼었다.

"……저는요."

여전히 떨리고 있는 서다래의 눈동자는 복잡하게 변해 갔다.

차윤성을 보고 있으면 가슴이 뛴다.

그건 지금도 마찬가지였다.

지금까지 이렇게 그녀를 설레게 하는 남자를 만나 본 적은 없다.

너무나도 완벽한 남자.

하지만 서다래의 눈에만 그렇게 보이는 건 아닐 것이다.

K토이에서도 차윤성의 인기는 하늘을 찌를 정도다. 아니, 세상에 어느 여자가 이런 남자를 보고 가슴이 설레지 않을 수 있을까?

그런 완벽한 차윤성에 비해 서다래 자신은 너무나도 초라하기 그지없었다.

그녀는 아무것도 가진 게 없었다.

그래서 너무나도 달콤한 차윤성의 고백 앞에 서다래는 덜컥 겁이 났다.

지금의 차윤성은 그녀가 좋다고 생각할지 몰라도 막상 만나게 되면 금방 싫증을 낼지 모른다. 그럴 바엔 지금의 관계를 유지하는 게 낫지 않을까?

"저는……."

그런 마음이 서다래를 아무런 말도 하지 못하고 입을 꽉 닫게 만들었다.

서다래가 입술만 달싹거릴 뿐 다시 아무 말도 하지 못하자 그녀의 대답을 기다리던 차윤성이 다시 입을 열었다.

"대체 그 조그만 머리로 뭘 그렇게 고민하는 거야? 뭘 선택해야 할지 모르겠으면, 그냥 나를 선택해. 절대 후회하게 안 해."

"……저에게 시간을 좀 주세요."

어렵게 내뱉은 서다래의 대답에 긴장하고 있던 차윤성은 순간 온몸에 힘이 풀릴 정도로 안도하고 말았다.

물론 만족할 만한 대답은 아니었지만 자꾸 망설이기에 거절인 줄로만 알았다. 지금 당장은 그게 아니라는 것만으로도 만족할 수 있었다.

차윤성이 나지막한 목소리로 서다래를 향해 말했다.

"네 대답, 오래 기다리지는 않을 거야."

"그, 그런 게 어디 있어요? 제가 결정할 수 있을 때까지 시간을 줘요."

"어차피 나한테 금방 넘어오게 만들 거니까."

서다래의 눈이 순간 커졌다.

두근두근.

그녀의 심장이 주인의 말을 듣지 않고 다시 뛰기 시작했다.

차윤성은 그런 서다래의 눈을 똑바로 쳐다보며 선전포고하듯이 말했다.

"기대해도 좋아."

벌써 이렇게 설레어 오기 시작하는데 도대체 얼마나 그에게 빠져들게 만들려는 걸까.

생각지도 못한 차윤성의 선전포고에 서다래가 멈칫할 때였다.

스윽.

차윤성이 난간에 앉아 있는 그녀를 양팔로 가볍게 들어 바닥으로 내려주었다. 그리고 자신의 한 팔을 서다래를 향해 내밀며 다시 말했다.

"그리고, 적어도 오늘만큼은 넌 내 거야."

팔짱을 끼라고 내민 손.

그리고 그것을 거부하지 못하게 하는 그의 말.

연회장 안에서 비추는 화려한 불빛을 등진 채 서 있는 차윤성의 모습은 동화 속에서나 나올 법한 왕자님 같았다.

차윤성의 말마따나 오늘 하루만큼은 서다래는 그의 신부였다.

서다래가 뭔가에 홀린 듯 차윤성에게 팔짱을 꼈다. 그러자 기다렸다는 듯이 차윤성이 말했다.

"가자."

나지막한 차윤성의 말과 함께 다시 테라스에서 연회장 안으로 들어온 두 사람이다.

그렇게 연회장 안을 차윤성의 팔짱을 낀 채로 돌아다니자 그의 얼굴을 아는 수인족들이 다가와 말을 걸었다.

그때마다 차윤성은 서다래를 소개하며 이렇게 말했다.

"제 신부입니다."

그 말이 그렇게 달콤하게 느껴질 수가 없었다.

방금 전 차윤성의 고백에 자신이 없어서 대답을 하지 못한 그녀다. 하지만 오늘하루만큼은 서다래도 당당히 차윤성의 옆에 설 수 있었다.

마치 누군가 오늘 하루만 그녀에게 마법을 걸어준 것 같았다.

"뭐?"

뒤늦게 총회에 도착한 이은호는 지금 전해 들은 소식에 자신의 귀를 의심해야 했다.

"글쎄, 윤성 도련님이 오늘 총회에 인간 여자를 데려와서 자신의 신부라고 소개를 했다니까요?"

고양이과 수인족 중의 한 명이 뭐가 그리 재밌는지 방금 전에 봤던 이야기를 신나게 풀어놨다. 하지만 재밌다는 듯이 말하는 그와 정반대로 이야기를 듣는 이은호의 표정은 어둡게 변했다.

차윤성이 데리고 온 인간 여자가 서다래일 거라는 너무나도 당연한 사실 때문이었다.

"그래서 인간이 버젓이 여기에……."

꽈악.

이은호는 자신도 모르게 주먹을 말아 쥐었다.

그리고 자신을 향해 말을 건네는 그를 두고 다급하게 몸을 돌려 발걸음을 옮겼다.

"어어?"

말을 하던 그가 당황해서 이은호를 쳐다봤지만 지금 그에게 그런 일은 중요치 않았다.

저벅저벅.

한참을 연회장 안을 돌아다니던 그의 후각에 서다래의 향기가 풍겨왔다.

우뚝.

잠시 걸음을 멈춘 채 향기가 진하게 느껴지는 곳으로 발길을 옮겼다. 그러자 거짓말처럼 서다래가 서 있는 모습이 눈에 들어왔다.

당연히 그녀 옆에 있을 거라 생각했던 차윤성은 어디로 갔는지 보이지 않았다. 이런 자리에 서다래를 혼자 두고 도대체 어디를 간 건지 모든 게 마음에 들지 않게 느껴졌다.

"다래 씨."

이은호의 목소리에 서다래가 고개를 돌렸다.

'……!'

서다래와 눈이 마주치자 그녀를 향해 걸어가던 이은호의 발걸음이 순간 멈칫하고 말았다.

너무나도 아름다웠다.

머리서부터 발끝까지 치장한 서다래는 백화점에서 잠시 옷을 고를 때와는 비교가 되지 않을 정도로 아름답게 변해 있었다.

하지만 곧이어 이런 서다래의 모습을 차윤성이 만들었다고 생각하니 왠지 모를 울화가 치밀었다.

차윤성은 늘 그랬다.

아무런 노력도 하지 않았음에도 불구하고 무엇이든 원하는 걸 손에 넣는 사람. 이은호의 눈에 비친 차윤성은 그랬다.

이은호가 잠시 멈췄던 걸음을 다시 옮겨 서다래를 향해 다가갔다.

서다래는 혼자 서 있는 게 아무래도 불편했던 모양인지 아는 얼굴인 이은호가 다가오자 빙긋 웃으며 말했다.

"은호 씨? 여기서 보니까 더 반갑네요."

별거 아닌 서다래의 미소에 이은호는 순간 가슴이 뭉클해졌다.

"도련님은 어디 가고 다래 씨 혼자 여기 있는 겁니까?"

"윤성 씨는 잠깐 어머니를 만나러 올라갔어요. 금방 온다고 했으니까 여기서 기다리면……."

서다래의 말을 중간에 자르며 이은호가 말했다.

"도련님은 당신의 옆자리를 비우면서 강지욱을 두고 가지도 않은 겁니까?"

"갑자기 강지욱 부장님을 왜요?"

이상하게 화를 내는 듯이 말하는 이은호를 서다래가 의아한 시선으로 바라봤다.

이은호는 답답한 마음을 가라앉히기 위해 잠시 말을 멈추고 숨을 골랐다.

'후우.'

지금 이 자리가 연약한 인간인 서다래에게 얼마나 위험한지 그녀는 알까.

총회까지 온 걸 보니 대충 차윤성이 설명을 했을 거라는 사실을 눈치챌 수 있었지만, 그녀 스스로 위험을 인지했다고 끝나는 문제가 아니다.

수인족의 신체 능력은 굉장히 뛰어나기 때문에 인간인 그녀 혼자 자신의 안전을 지켜낼 수가 없기 때문이다.

더구나 서다래는 이제 그냥 수인족 정체를 알게 된 인간이 아니다.

수인족들에게 차윤성, 그가 가지는 의미는 굉장히 컸다.

혈통을 중시하는 수인족은 장남이 가장 진한 피를 잇는다는 말을 믿었다. 그렇기 때문에 지도자의 장남은 별다른 이유가 없는 한 그대로 후계자가 된다.

그런 관례 때문에 진해임이 그토록 많은 권력을 휘두르면서도 자신의 아들인 차해운을 둘째라는 이유로 후계자로 올리지 못하고 있었다.

정작 차윤성 본인은 그런 후계자 다툼 따위 관심이 없는데도 불구하고 말이다.

수인족 중에 누구 한 명이라도 차윤성이 인간과 맺어지는 사실을 반대하고 서다래를 해치려고 마음을 먹는다면 그녀 한 명쯤 처리하는 건 일도 아니다.

그리고 이 자리에서 그런 일이 벌어지더라도 다른 수인족 누구도 서다래의 편을 들며 지켜줄 사람은 없었다.

이은호가 입을 다문 채로 불쾌한 표정을 짓고 있자 서다래가 그를 다시 불렀다.

"은호 씨?"

"최소한 윤성 도련님이 오시기 전까지라도 저와 함께 있어요. 그게 안전할 것 같습니다."

"굳이 그렇게 안 해 주셔도 괜찮아요."

"이번만은 그냥 제 말을 들어주세요."

단호한 이은호의 말에 서다래는 하는 수 없이 고개를 끄덕였다.

"알겠어요."

서다래가 말없이 기분이 안 좋아 보이는 이은호의 눈치를 살피고 있을 때였다.

방금 전보다 표정이 풀린 이은호가 그녀를 향해 물었다.

"식사는 했어요?"

"조금 먹긴 했는데 오늘 하루 종일 너무 바빴어요. 사실 저도 여자지만 이렇게 준비하는 데 시간이 오래 걸린다는 사실을 오늘 처음 알았어요."

전혀 그럴 기분이 아닌데도 투정부리는 듯한 서다래의 말투에 이은호는 자신도 모르게 입가에 미소를 지었다.

이상하게 서다래의 앞에서는 그토록 자유자재로 짓던 가식적인 미소가 나오질 않았다.

언제부터인가 이은호는 서다래 앞에 설 때, 자신도 모르던 껍질이 점점 벗겨져 오롯이 그 자신의 모습이 드러나는 것 같은 기분이었다.

"그럼, 지금 뭐라도 더 먹으러 가죠."

"아, 그럴까요?"

연회장을 돌아다니면서 먹기 좋게 꾸며진 음식들을 보기는 했다. 지나다니는 사람들 모두 와인을 한 잔씩 손에 쥐고 있을 정도니 눈에 보이는 간단한 요깃거리도 많았다.

하지만 차윤성의 옆에 있을 때는 느껴지지 않았던 배고픔이 지금 생겨났고, 그렇다고 혼자서 움직이기도 뭐해서 가만히 있던 찰나였다.

때마침 먹으러 가자는 이은호의 제의에 서다래는 흔쾌히 걸음을 옮겼다.

그렇게 서다래는 이은호와 함께 뷔페처럼 음식들이 많이 있는 곳에 도착했다.

불편한 드레스 때문에 대부분 한 입에 먹기 좋은 것들만 집었지만, 하나같이 다 너무 맛있었다.

이것저것 한참을 먹다보니 서다래는 곧 포만감이 느껴졌다.

배가 부르니 우습게도 먹을 때는 몰랐던 발이 슬슬 아파오기 시작했다. 높은 굽을 신고 너무 오래 서 있던 탓이었다.

서다래가 그런 상태라는 사실을 말하기도 전에 그녀의 불안정한 걸음걸이를 눈치챈 이은호가 먼저 입을 열었다.

"저기 앉아서 잠깐 쉴까요?"

이은호가 사람이 없는 한적한 테이블을 가리키자 서다래는 재빨리 고개를 끄덕였다.

"네. 안 그래도 지금 발이 너무 아파서 앉고 싶었던 참이었어요."

다행이란 생각을 하며 서다래가 의자가 있는 곳을 향해 서둘러 걸어갔다. 혹여라도 휘청거린다거나 넘어지는 꼴사나운 모습을 보이지 않기 위해서였다.

의자에 앉자마자 찌릿하고 발에서 전기가 올라왔다.

아무래도 내일이면 발이 퉁퉁 부을지도 모른다는 생각에 서다래가 슬쩍 발을 내려다볼 때였다.

"다래 씨."

나지막한 이은호의 목소리에 서다래가 고개를 들어 올렸다.

눈이 마주치자 이은호가 진지한 표정으로 다시 말을 이어 나갔다.

"다래 씨가 아셔야 할 게 하나 있습니다."

"제가요?"

이은호는 말을 시작하기 전에 주변을 한 번 살펴보았다.

누군가가 들어선 안 될 말이기 때문이다.

철저하게 근처에 다른 누군가가 없다는 걸 확인하고 나서야 이은호가 입술을 떼었다.

"사실 이곳에 오면서 소식 들었습니다. 윤성 도련님의 약혼녀가 되셨다고요. 혹시 다래 씨의 안전을 지키기 위해 오늘 하루만 거짓 신부가 되기로 하신 겁니까?"

"아, 그게……."

너무나도 정확하게 알고 있는 이은호의 말에 서다래가 놀라서 대답을 버벅거렸다.

지금까지 돌아가는 상황을 전부 알고 있기 때문에 충분히 짐작할 수 있는 일이었다. 설령 입장이 바뀌었더라도 이은호도 그 방법이 가장 최선이라고 생각했을 테니까.

"다래 씨가 안전해질 수 있는 방법이 꼭 도련님의 신부가 되는 것만 있는 게 아닙니다."

"네? 그게 무슨 말씀이신지……."

차윤성은 분명 서다래에게 그녀가 가장 안전할 수 있는 방법이라고 했다.

다짜고짜 말하는 이은호의 말이 이해가 되질 않아 서다래가 그를 쳐다볼 때였다.

이은호는 깊은 심호흡을 한 번 들이마신 뒤 다시 말했다.

"저의 신부가 된다 해도…… 다래 씨는 안전하다는 말입니다."

생각지도 못한 이은호의 말에 서다래가 눈을 동그랗게 뜨고 그를 바라봤다.

이은호는 단호한 목소리로 다시 말을 이었다.

"아니, 오히려 후계자로 거론되고 있는 윤성 도련님보다 제가 나을 겁니다."

"……!"

이은호의 말을 들은 서다래는 아무런 대답을 하지 못한 채 입술만 벙긋거렸다.

그녀는 마치 지금 이 순간 벼락에 맞은 것 같았다.

잠시 잊어버리고 있었다.

이은호가 주는 부드러운 시선과 편안함이 너무 좋아서, 그림처럼 잘생긴 눈앞의 이 남자가 자신에게 고백을 했다는 사실을 말이다.

서다래는 지금 자신에게 진심을 내보인 상대에게 확실하게 대답도 주지 않은 채 희망 고문을 하고 있었던 것이다.

그녀는 스스로의 행동에 대해 반성하고 자책했다.

전혀 생각지도 못한 이은호의 말에 순간 깜짝 놀라 멈칫했지만 서다래는 금세 단호한 표정을 지으며 말했다.

"은호 씨, 미안해요. 저는……."

하지만 눈치가 빠르기로 소문이 난 이은호였다.

서다래의 표정과 말하는 어투를 보자마자 그녀가 지금 무슨 말을 할지 대충 짐작이 되었다. 그래서 그가 재빨리 입을 열어 그녀의 말을 잘랐다.

"그만! 듣고 싶지 않으니 더 이상 말하지 마세요."

"아뇨. 전 지금 제 마음을 확실하게 전해야……."

"서다래 씨는 지금 뭔가 단단히 착각하고 있습니다."

나지막한 이은호의 말에 서다래는 궁금해질 수밖에 없었다.

그녀가 착각하는 게 뭐란 말인가.

설마, 그게 사실은 고백이 아니었나?

갑작스럽게 떠오른 수많은 생각들에 이은호를 가만히 쳐다볼 때였다.

"지금까지 다래 씨가 의사를 밝히지 않은 게 아닙니다. 제가 듣고 싶지 않아 피한 겁니다. 그건 지금도 마찬가지고요."

서다래가 그의 마음에 대한 대답을 하려 할 때마다 은근슬쩍 회피를 한 건 오히려 이은호다. 결과를 뻔히 알았으니까.

하지만 서다래는 그의 감정에 확실하게 대답을 해 줘야 할 의무가 있었다. 그게 고백을 한 상대에 대한 예의라고 생각했다.

"저는……."

다시 입을 열려는 서다래의 말을 이은호가 또 자르며 말했다.

"거절하지 말아 주세요."

이은호는 듣고 싶지 않았다.

굳이 확인 사실하지 않아도 그녀의 대답을 알고 있기 때문이다.

"……말하지 않아도 다래 씨 대답 알고 있으니까, 굳이 소리 내어 말해 주지 않아도 괜찮습니다."

사실 처음부터 어느 정고 알고 있었다.

바보가 아닌 이상에야 서다래가 차윤성의 옆에서 어떤 표정을 짓는지 본다면 알 수밖에 없었다.

그녀의 마음은 자신을 향하고 있지 않다.

알지만, 어쩌란 말인가.

그럼에도 불구하고 포기가 되지 않는 것을.

대체 아쉬울 게 뭐가 있냐고, 자신을 좋아하지도 않는 여자 그냥 놔버리라고 이성이 아무리 말을 해도 이미 그렇게 쉽게 놓아버리기엔 늦었다.

너무 멀리 와버렸다.

돌아갈 길이 보이지 않을 만큼.

"……저에게도 기회를 한 번만 주시면 안 됩니까?"

항상 부드러운 표정을 짓고 있던 이은호와 달리 지금 그는 매우 어둡고 우울해 보였다.

그런 그의 표정이 너무 안쓰러워서 서다래가 바로 대답하지 못한 채 잠시 망설일 때였다.

이은호의 목소리가 다시 귓가에 들려왔다.

"아직 다래 씨한테 보여 주지 못한 게 너무 많습니다. 윤성 도련님과 저, 출발선이 너무 달랐잖아요. 제대로 시작도 못 해 보고 아웃당하기는 싫습니다."

서다래를 향한 감정이 하찮았다면 진즉에 놓아 버렸을 것이다. 마음 한편으로 아무리 버리려 해 봐도 늘 뒤돌아보면 다시 찾게 됐다.

그래서 힘껏 도전해 보고 싶어졌다.

서다래를 갖기 위해서.

가만히 이은호의 말을 듣고 있던 서다래가 어렵게 입을 떼며 조용히 말했다.

"……저한테 너무 과분한 마음을 주시네요."

어느 순간 서다래의 얼굴은 복잡하게 변해 있었다. 그런 그녀의 얼굴을 들여다보며 이은호가 다시 나지막이 말했다.

"그러니까 무작정 거절하지 말고 한 번 생각해 보세요. 조금의 흑심조차 없다곤 말 못 하겠지만, 윤성 도련님과 함께하는 것보다 제 곁이 안전할 겁니다."

이은호의 부드러운 목소리를 들으며 서다래의 심정은 매우 어지러워졌다.

서다래는 거절해야 하는 게 맞다고 생각했지만, 당장에 거절하지 말아 달라 애절하게 말하는 이은호를 향해 차마 입이 떨어지질 않았다.

서다래가 아무런 말도 하지 못한 채 앉아 있자 이은호는 그저 그녀를 향해 소리 없는 웃음을 지을 뿐이었다.

그 웃음이 이상하게 마음 아파서 가슴 한쪽이 아려왔다.

*　　*　　*

"이제 그만 하시죠, 어머니."

"뭘 그만하라는 거니? 네가 무슨 소리를 하는지 도통 모르겠구나."

사람들이 웃고 떠드는 총회 건물의 가장 꼭대기 층.

거기에는 진해임과 차윤성이 같은 테이블에 앉아서 마주하고 있었다.

흔히 볼 수 있는 장면이 아니었지만, 이곳에는 오로지 단 두 사람만 있을 뿐이었다.

"마지막으로 뵈었을 때 분명히 말씀 드렸습니다. 어머니가 해운이를 후계자로 만들고 싶다면 제가 기꺼이 양보해드리겠다고요."

"그랬나? 네가 이리 말하니 들은 기억이 나는 것 같기도 하구나."

"다시 한 번 말씀드리지만, 어머니가 원하는 것이 후계자의 자리라면 가져가세요. 대신 이대로 절 가만히 내버려 두세요."

단도직입적인 차윤성의 말에 진해임이 가소롭다는 듯이 웃음을 흘리며 말했다.

"내가 그러지 않겠다면 어쩔 셈이니?"

"분명히 알아 두셔야 할 건, 이번이 제가 마지막으로 드리는 제안이라는 겁니다."

마치 경고라도 되는 양 말하는 차윤성의 말을 들으며 진해임은 여전히 가소롭다는 듯이 웃음을 흘릴 뿐이었다.

그렇게 말없이 웃고 있던 그녀가 나지막이 말했다.

"나도 한마디만 하자꾸나. 처음부터 네 그 제안이 말도 안 되는 소리라곤 생각해 본 적 없니?"

진해임의 말을 들은 차윤성의 눈에 이채가 스쳤다.

"무슨 말을 하고 싶은 겁니까?"

"설령 네 말대로 네가 후계자 자리를 양보한다 치자. 그래서 변하는 게 있을 것 같니? 그건 단순히 너만의 생각일 뿐이야. 널 따르는 수많은 수인족들이 정통성을 내세우며 내게 따져올 텐데 그럴 때마다 내가 어떻게 처리를 하길 바라는 거지? 그렇게 귀찮을 바엔 그냥 네가 없어지는 쪽이 나한테 더 유리하지 않을까? 네 입으로 한번 말해 보렴. 윤성아."

"제가 납득할 수 있는 질문을 하시면 대답해드리죠. 대체 어머니께 다른 이들의 이목 따위가 뭐 그리 중요하단 말입니까? 지금 말하시는 것처럼 고작 다른 사람들이 정통성의 문제를 걸고 넘어질까 봐 이러시는 건 아니잖습니까?"

정확히 짚었다.

진해임 정도 되는 여자가 고작 남의 말에 귀를 기울이거나 흔들릴 리가 없었다.

그녀가 염려하는 부분은 다른 곳에 있었다. 그리고 차윤성은 그것을 예리하게 간파했다.

순간 웃고 있던 진해임의 입가가 조금 비틀렸다.

이런 날카로운 안목을 가진 그이기에 진해임은 차윤성이 더 마음에 들지 않는 것이다.

"윤성아, 넌 하나 알아야 할 게 있어. 간절히 원해야 가질 수 있는 것과 손만 뻗으면 가질 수 있는 것은 큰 차이가 있는 법이란다."

진해임의 말에 차윤성이 대꾸 없이 그녀를 바라봤다. 그러자 그녀가 다시 입을 열어 말했다.

"넌 감히 지금처럼 나를 상대로 경고를 날릴 만큼 위협적이지. 손바닥처럼 뒤집을 수 있는 게 사람의 마음인데, 내가 어떻게 널 믿고 이대로 놔두겠니."

"그 말은 저를 믿지 못하시겠단 겁니까?"

"네가 언젠가 K그룹의 회장 자리가 탐나서 나를 향해 이빨을 드러내면 어쩌나 걱정을 하면서 살고 싶지는 않구나."

근본적인 문제였다.

다른 사람의 눈 따위가 문제가 아니다. 차윤성이라는 존재 자체가 위협이었다. 그런 위험을 계속 감수해야 할 이유가 진해임에겐 없었다.

차윤성은 가능하면 이대로 대화로 해결하고 싶었다.

하지만 그건 차윤성만의 착각이었다는 사실을 깨닫게 되는 순간이었다.

"어머니가 저를 어떻게 생각하실지 몰라도…… 저는 지금까지 최대한 어머니의 말을 거스르지 않기 위해 노력하며 살아왔습니다. 그런 저를 끝까지 가만히 내버려 두질 않으시겠다는 말씀이군요."

차윤성의 말에 진해임은 어처구니가 없다는 표정으로 소리를 쳤다.

"정말 내가 원하는 대로 살아왔다면, 지금 이 자리에 네가 살아서 내 앞에 앉아 있으면 안 되는 거야!"

진해임의 외침은 차윤성의 가슴에 비수가 되어 날아와 꽂혔다.

어머니가 원하는 게 단순히 후계자 자리라면 그냥 주려 했다.

하지만 진해임은 설령 동생인 차해운이 후계자가 된다 해도 위험 요소인 차윤성을 살려 둘 생각이 없었다.

머리가 복잡했지만 문득 이런 생각이 떠올랐다.

만약 서다래라는 존재가 없을 때 이 말을 들었다면 어땠을까?

차윤성은 잠시 상상해봤지만 어떤 결정을 했을지 도무지 예상이 되지 않았다.

하지만 지금은 확실하게 말할 수 있었다.

이대로 당할 수만은 없다.

언제까지나 서다래의 목숨이 위협받게 내버려 둘 수는 없었다. 그녀를 계속 숨겨놓을 수만은 없을뿐더러 그러기에도 분명 한계가 있다.

이런 상황을 벗어나기 위해선 지금처럼 방어만 하는 수준으론 끝이 없다.

결국 진해임과 차윤성은 결과가 어찌 나오든 간에 끝을 봐야 한다는 것이다.

끼이익.

차윤성은 아무런 말없이 의자를 밀며 자리에서 일어났다.

"더 이상의 대화는 무의미한 것 같군요. 어머니의 생각은 잘 알았으니 이만 가 보겠습니다."

미련 없이 자리를 떠나려는 차윤성을 바라보며 진해임이 말했다.

"얼마 전과 많이 달라졌구나. 혹시 너를 이렇게 변하게 한 게 그 서다래라는 인간 여자니?"

"갑자기 여기서 왜 그 이름이 나오는지 모르겠군요."

"꼴이 우스워서 그런다. 마치 늑대가 양과 사랑에 빠진 꼬락서니라니…… 내가 경고 하나 할까?"

"경고라…… 한번 들어나 보겠습니다."

"윤성이 넌 결코 여자를 지킬 수 없을 거야. 내가 장담하지. 네가 원하면 원할수록, 소중해지면 소중해질수록 내가 뺏는 재미가 더 커진다는 사실만 알아 두려무나."

마치 저주와도 같이 내뱉는 진해임의 말에도 차윤성의 얼굴엔 변화가 없었다.

다만 지금까지와 달리 지독하게 차가운 목소리로 말했다.

"하나를 주면 최소한 열 개는 뺏어오라고 절 가르치신 건 어머니입니다. 제게 소중한 걸 가져가시려면 어머니가 가지고 있는 것들부터 잃어버리지 않게 잘 간수하셔야 할 겁니다."

서늘한 차윤성의 말에 진해임이 속으로 이를 갈았다.

저벅저벅.

밖으로 나가는 차윤성의 뒷모습을 바라보며 진해임은 끓어오르는 화를 삼키느라 온몸이 부들부들 떨려 왔다.

'건방진!'

오늘 차윤성의 행동은 그녀에게 확실히 말하고 있었다.

지금까지는 봐줬으나 앞으로는 다를 거라고 말이다.

그가 실력을 감추고 있다는 건 처음부터 알고 있었다. 매번 죽어 마땅한 자리에서 살아 돌아오던 녀석이었으니 말이다.

그렇기에 찜찜한 기분을 지울 순 없었으나 그렇다고 걱정이 되는 건 아니었다.

그녀에겐 이미 차윤성을 위한 새로운 덫이 만들어지고 있는 중이었으니까.

'네가 이렇게 건방지게 굴 수 있는 날도 얼마 남지 않았단다.'

진해임은 다시금 떠오르는 상상에 붉은 입술 끝을 올리며 진한 미소를 지었다.

차윤성이 엘리베이터 쪽으로 걸어오자 그 앞에는 강지욱이 기다리고 서 있었다.

"말씀은 잘 나누셨습니까?"

차윤성은 강지욱의 질문에 대답하지 않은 채 자신이 묻고 싶은 말을 꺼냈다.

"……서다래는?"

"여전히 연회장 안에 계십니다. 도련님의 분부대로 감시하는 느낌을 받지 않게 얼굴을 모르는 아이들로 배치해 뒀습니다."

강지욱의 보고에 차윤성은 고개를 끄덕이며 말했다.

"수고했다."

그때 끝난 줄만 알았던 강지욱이 눈치를 보며 다시 입을 열었다.

"그런데 은호 도련님이 서다래 씨한테 접근했다는 보고가 들어왔었습니다."

이은호라는 이름에 차윤성의 얼굴이 미미하게 찌푸려졌다.

잊을 만하면 불쑥 나타나는 이은호.

자꾸만 서다래에게 접근하는 그가 신경이 쓰이지 않을 리 없었다.

"내가 잠시 자리를 비운 사이, 그새 고양이가 찾아왔나 보군."

차윤성이 연회장에 다시 도착했을 때는 이은호가 이미 사라지고 난 뒤였다. 다만, 그 자리에 조금 멍해 보이는 서다래가 혼자 앉아 있을 뿐이었다.

무슨 생각을 그리 골똘히 하는지 차윤성이 가까이 다가왔음에도 서다래는 그의 존재를 알아차리지 못했다. 그런 그녀의 멍한 얼굴이 마음에 들지 않아 차윤성이 목소리를 높여 말했다.

"뭐하고 있어?"

그제야 차윤성의 존재를 알아챈 서다래가 시선을 돌렸다.

"아, 왔어요?"

"왜 정신을 놓고 있어. 무슨 일 있었어?"

"아뇨. 아무것도 아니에요."

강한 부정을 하며 고개를 절레절레 흔드는 서다래를 보고 있자니 궁금증이 들었다. 뭔지 몰라도 이은호와 연관된 일일 거라는 생각 때문이다.

하지만 그렇다고 대놓고 물어볼 수도 없는 노릇이다.

머릿속에 떠오른 궁금증을 애써 접으며, 차윤성은 서다래를 향해 손을 내밀었다.

"그만 가자."

"어딜…… 설마 여기서 나가자는 말이에요?"

"왜? 좀 더 있다 갈래?"

"아뇨, 아니에요! 어서 가요."

이미 몸과 마음이 지친 서다래는 얼른 들어가서 쉬고 싶었다. 그녀는 잠시 앉아서 쉬게 했던 발을 서둘러 움직이며 몸을 일으켰다.

그리고 손을 내밀고 있는 차윤성의 팔에 이제는 제법 자연스럽게 팔짱을 끼우며 두 사람은 연회장 안을 가로질렀다.

꽤 늦은 시간임에도 불구하고 연회장 안에는 많은 수인족들이 남아 있었다.

그런 그들을 뒤로한 채 둘은 완전히 바깥으로 나왔다.

탁!

차윤성의 차에 올라타며 서다래가 문득 떠오른 생각에 입을 열었다.

“그러고 보니 강지욱 부장님은요? 같이 왔는데 따로 돌아가는 거예요?”

“그놈은 자기가 알아서 갈 테니, 신경 쓰지 마.”

차윤성이 이렇게 말하자 서다래도 더 묻지 않은 채 고개를 끄덕였다.

그렇게 두 사람은 차를 타고 어딘가로 향했다.

가만히 창밖을 바라보던 서다래는 문득 지금 가고 있는 이 방향이 호텔로 가는 길이 아니라는 사실을 알아 차렸다.

“저희 어디로 가는 거예요? 우리 호텔로 돌아가는 거 아니었어요?”

“지금은 내 집으로 가는 거야.”

“윤성 씨 집이요?”

“왜 그렇게 놀라? 설마 호텔이 내 집일 거라고 생각했어?”

“그건 아니지만…….”

정말 차윤성의 집으로 간다고 생각하니 새삼스럽게 긴장이 되기 시작했다.

언제까지 이렇게 같이 지내야 할지 모르는 상황이다. 그런데 벌써부터 서다래는 조금 막막한 기분이 들었다.

서다래가 긴장한 것을 알아챈 것인지 차윤성이 설명하듯이 다시 입을 열었다.

"지금까지는 이곳저곳 계속 잠자리를 옮기면서 지내고 있었는데, 이제는 굳이 그럴 필요가 없겠다 싶어 집에 가려고 하는 거야."

"왜요?"

갑자기 지금까지와 다른 행동을 하는 게 궁금해서 물어본 것이었지만, 서다래는 말을 하자마자 '아차!' 하고 말았다.

"아! 혹시 저 때문이에요?"

"너 때문이 아니야. 그냥…… 지금까지 도망쳐왔는데 이제는 그럴 필요가 없을 것 같아서 그래."

"아……."

의미 모를 말이었지만 서다래는 지금 차윤성이 내뱉은 말이 왠지 그의 어머니와 연관된 것이란 생각이 들었다.

"아까 연회장에서 그랬잖아요, 어머니와 처음부터 사이가 이랬던 건 아니라고요. 왜 그렇게 된 건지 물어봐도 돼요?"

"드디어 나한테 궁금한 게 생긴 거야?"

"아, 아니. 혹시 말하기 곤란한 부분이면 됐고요."

"하나도 곤란하지 않아. 그냥 네가 나에 대해서 궁금증이 생겼다는 게 좋아서 물어본 거니까."

고백을 하고 난 다음이라 그런지 차윤성의 말투는 거침이 없어졌다. 그 말을 들은 서다래의 얼굴만 괜스레 붉게 변할 뿐이었다.

그런 서다래의 얼굴을 본 차윤성이 낮게 웃었다.

"이 정도에 벌써 그런 반응이면 어떻게 하려고 그래?"

"제가 뭘요?"

시치미를 뗀 채 앉아 있는 서다래를 힐끔 보곤 차윤성이 나지막이 말했다.

"총회에서 본 그분이 내 친어머니는 아니야."

"……그렇군요."

서다래는 수긍하듯 고개를 끄덕였다.

친엄마가 이렇게 아들을 죽이려고 한다는 사실이 처음부터 쉽게 납득이 가지 않았었기 때문이다.

"내 친어머니는 나를 낳다가 돌아가셨어. 그래서 한 번도 얼굴을 본 적이 없어. 당연히 기억조차 없고."

별거 아닌 것처럼 말하는 차윤성의 과거를 서다래가 얌전히 듣고 있었다.

차윤성도 자연스럽게 계속 말을 이어 나갔다.

"그래서 아까 본 그분을 내 어머니라고 생각하고 꽤 오랫동안 자랐어. 아무도 내게 말해 주지 않았거든. 그래도 내가 어렸을 땐 내게 꽤나 잘해 주셨어. 그게 동생이 태어나면서, 어머니의 세력이 점점 강해지면서 변하기 시작한 거야."

운전을 하는 차윤성의 눈동자가 과거를 회상하듯 일순 몽롱하게 변했다.

차윤성의 이야기를 듣던 서다래가 조심스레 말했다.

"전에 윤성 씨가 말해 준 것처럼 친아들을 후계자로 만들려고 그러는 거죠?"

"지금까지는 나도 단순히 후계자 자리 때문에 그런 줄만 알았는데, 이제 보니 내 존재 자체가 어머니에게 방해였던 것 같아. 차라리 내가…… 없었으면 모두 좋지 않았을까 하는 생각도 들어."

차윤성은 조금 씁쓸하게 말할 뿐, 별다른 감정이 묻어나오지 않았다. 하지만 서다래의 눈에 비친 그는 매우 슬퍼보였다.

차윤성에게 어울리지 않는 자조적인 말에 서다래가 절대 그렇지 않다는 듯 고개를 저으며 말했다.

"윤성 씨 잘못으로 벌어진 일이 아닌데 왜 그렇게 말해요?"

차윤성은 이런 말을 지금까지 누군가에게 말한 적이 없었다. 하지만 이상하게 서다래의 앞에선 감추고 싶지 않았다.

차윤성은 천천히 입을 떼며 지금까지 감춰왔던 속마음을 처음으로 꺼냈다.

"사실 너무 오랫동안 어머니라고 생각한 분이라 이제 와서 아무리 친어머니가 아니라고 해도 내 마음이 변하지는 않더라고."

어머니가 왜 동생만을 사랑하는지 몰랐던 시절이 있었다.

아무것도 모른 채 그도 어머니의 사랑을 받기 위해 부단히 노력하던 그런 때가 말이다.

결국 모든 게 부질없는 짓이었지만.

"그럼……!"

서다래는 차마 말을 끝까지 잇지 못했다.

처음엔 그 여인이 새어 머니라서 다행이라 생각했다.

적어도 친어머니는 아니니까 차윤성이 받을 상처가 그리 크지 않을 수도 있다고 여겼으니까. 하지만 아니었다. 어릴 적부터 따랐던 그녀는 차윤성에겐 친어머니와 다름없는 의미였던 것이다.

지금까지 차윤성이 받았을 많은 상처들을 생각하자, 서다래는 마음이 아파 자신도 모르게 눈물이 핑 돌고 말았다.

차윤성은 더 말을 하려가다 입을 다물었다.

이 이상 말한다면 괜히 지나간 일에 서다래가 마음 아파할까 봐서다.

사실 차윤성은 이런 마음 때문에 가능하면 진해임과 싸우고 싶지 않았다.

그녀가 설령 자신의 목숨을 노리고, 그의 것이나 다름없는 후계자 자리를 탐낸다 해도 말이다.

모든 걸 다 내주고, 그냥 조용히 살고 싶었다.

그의 어머니였으니까.

"정말 내가 원하는 대로 살아왔다면, 지금 이 자리에 네가 살아서 내 앞에 앉아 있으면 안 되는 거야!"

문득 방금 전 들었던 진해임의 말이 떠올랐다.

그녀가 내뱉은 모든 말들은 차윤성의 가슴에 박혀 상처로 변해 갔다.

이제는 마음을 정리하려고 하는데도 그게 쉽지만은 않다.

잠시 회상에 젖어 있자 서다래의 목소리가 들려왔다.

"……많이 힘들었겠어요."

"뭐, 누구나 슬픈 기억 하나쯤은 가지고 사는 법이니까."

하지만 그렇다고 어리석은 판단을 하진 않을 것이다.

지금 차윤성에겐 지켜내야 할 존재가 생겼으니까.

운전을 하던 차윤성이 조수석에 앉아 있는 서다래를 바라보며 나지막이 말했다.

"그런 표정 짓지 마. 네가 더 슬퍼하면 어쩌자는 거야."

"미안해요. 저 완전 주책이죠? 그냥 상상하니까 너무 마음이 아파서……."

서다래는 울음을 꾹 참고 있었지만 지금까지 차윤성이 외로웠을 거라는 생각에 눈시울이 붉어졌다. 서다래가 울지도 모른다는 생각이 들자 차윤성은 어찌할 바를 모른 채 당황했다.

망설이던 그가 운전대를 잡지 않은 다른 한 손으로 서다래의 머리를 쓰다듬으며 말했다.

"다 지나간 과거 이야기야. 지금은 그때와 다르니까. 고작 이런 일로 울려고 하지 마."

서다래는 괜히 목이 메어서 고개만 끄덕였다.

그런 그녀를 보며 차윤성은 자신도 모르게 피식하고 웃고 말았다.

말마따나 지금은 그런 슬픈 과거와 많이 달라졌다.

이렇게 고작 말 몇 마디 했을 뿐인데 자신의 일처럼 슬퍼해 주는 서다래가 곁에 있었으니까.

시간이 조금 지나자 서다래는 창피해서 어딘가에 숨어버리고 싶은 심정이었다.

차윤성도 담담히 말을 하는데 자기가 뭐라고 그만 감정이 복받쳐 울려고 한단 말인가.

쑥스러운 마음에 차윤성 쪽으로 고개조차 돌리지 못할 때였다.

두 사람이 타고 있는 차가 목적지에 도착했다.

차 안에 앉아서 도착한 곳을 바라보던 서다래는 자신도 모르게 입이 벌어졌다.

'아!'

차윤성의 집이라고 하기에 그저 남자 혼자 사는 오피스텔 정도일 거라고 막연하게 생각했다. 물론 그의 재력을 따져봤을 때 오피스텔이 매우 좋을 거라고 생각은 했지만 이건 상상 이상이었다.

차가 선 곳은 궁전처럼 커다란 단독주택이었다.

눈앞에는 거대한 까만색의 대문이 하늘에 닿을 만큼 높게 서 있었다. 거기다 뛰어놀 수도 있을 만큼 넓은 정원과 한눈에 보기에도 엄청나게 큰 집이 보였다.

서다래는 방금까지 창피함에 눈을 마주치지도 못했다는 사실을 망각한 채 차윤성을 향해 물었다.

"여, 여기에 혼자 산다고요?"

"응. 일주일에 한 번씩 일하는 분들이 와서 청소는 해 주고 있어."

벙긋벙긋.

서다래가 말을 내뱉지 못한 채 입술만 달싹거리며 그를 쳐다봤다.

도대체 어떻게 자신의 좁디좁은 자취방에서 버텼냐고 묻고 싶었지만 그러기엔 자신이 너무 초라해 보여서 그냥 입을 닫았다.

그렇게 차고에 차를 세우고 두 사람은 집 안으로 들어왔다.

차윤성이 먼저 앞서 걸으며 나지막이 말했다.

"따라와."

서다래는 그렇게 차윤성의 뒤를 따라 단독주택의 이 층으로 향했다.

대충 눈으로 보기만 해도 방이 몇 개나 되어 보였다. 차윤성은 그중에 가장 끝에 있는 방문 앞에서 멈춰 섰다.

"여기가 네가 쓸 방이야."

"아, 네."

얼떨떨한 서다래가 그저 고개를 살짝 끄덕일 때였다.

그런 그녀를 내려다보던 차윤성의 눈빛이 복잡하게 변했다. 그가 재차 입을 열어 말했다.

"혹시나 해서 말하는 건데, 집 안에서 짧은 옷 입고 함부로 돌아다니지 마."

"왜요?"

뜬금없는 주의사항에 서다래가 눈을 동그랗게 뜨고 올려다보자 차윤성이 곤란하다는 표정을 지으며 나지막이 말했다.

"……책임 못 지니까."

"네?"

"난 분명히 경고했어."

차윤성의 강렬한 시선에 서다래는 영문을 모른 채 일단 고개를 끄덕였다.

온몸이 솜에 젖은 것처럼 천근만근 무거운 탓이다.

"알겠어요. 그럼 전 이만 들어가서 쉴게요."

끼익.

서다래가 방 안으로 들어가려고 방문을 열 때였다.

탁!

차윤성이 그녀의 앞을 한 팔을 세워 가로막으며 다시 입을 열었다.

"혹시라도……."

차윤성은 잠시 숨을 멈춘 채 깊은 한숨을 내쉬곤 다시 말을 이었다.

"내가 밤에 찾아오면 절대 문 열어 주지 마."

"네?"

서다래가 갑자기 왜 그런 말을 하냐는 듯이 차윤성을 쳐다보자 그가 답답하다는 듯이 다시 말했다.

"또 왜냐고 묻지 말고, 잘 새겨들어."

"알았어요. 저, 그럼 이제 들어가도 되죠?"

정말 그의 말을 이해는 한 것인지 여전히 의심스러웠지만, 차윤성은 하는 수 없이 앞을 막아섰던 팔을 치워주었다.

스윽.

그의 팔이 사라지자 서다래가 그제야 방 안으로 들어갔다.

문이 완전히 닫히기 전, 문틈 사이로 그녀가 차윤성을 향해 말했다.

"그럼, 잘 자요."

달칵.

문이 완전히 닫혔다.

작별 인사까지 들었음에도 차윤성은 그 자리에 서서 쉽게 발걸음을 움직이지 못했다. 답답한 마음에 그저 머리카락을 한 손으로 쓸어 올릴 뿐이었다.

'후우.'

좋아하는 여자와 한 지붕 아래에서 얼마나 버틸지 자신할 수 없다.

오늘 밤도 여전히 잠 못 이룰 거란 생각이 들자 집 안 어딘가에 두었던 양주가 떠올랐지만 이내 고개를 저었다.

이런 상황에 술까지 들어가면 어떤 일이 벌어질지 불 보듯 뻔했기 때문이다.

서다래가 그를 아직 완전히 허락한 것도 아니다. 이런 때에 짐승처럼 덤벼들 수는 없었다. 더군다나 같은 집에 있어야 할 상황인데 서다래가 놀라서 나가기라도 한다면 큰일이었다.

물론 그 어떤 이유보다 차윤성 스스로가 그녀의 몸뿐만 아니라 마음까지도 원했기 때문이다.

그녀의 모든 걸 온전히 다 원한다.

저벅.

그렇기에 차윤성은 방문 앞에서 무거운 발걸음을 떼었다.

* * *

피곤하다고 생각은 했지만 막상 방 안에 들어와서 눈앞에 침대를 보자 서다래는 방금 전보다 눈꺼풀이 몇 배는 더 무거워진 느낌이 들었다.

당장 침대에 몸을 눕힌 채 잠에 빠져들고 싶었지만 그러기엔 입고 있는 옷이나 짙은 화장이 매우 불편했다.

얼른 화장을 지우고 자야겠다 싶던 서다래는 그제야 불현듯 머릿속에 떠오른 생각이 있었다.

'맞다. 화장품을 하나도 못 챙겨왔는데 어쩌지?'

갑작스럽게 집을 나오게 된 거라 자취집에서 챙겨온 물건들이 하나도 없었다. 이런 화장을 지우는 건 물세안만으로는 불가능했다.

그렇다고 이대로 잠을 잘 수도 없는 노릇이었다.

'어쩌지?'

난감한 마음에 서다래가 가만히 서서 잠시 생각에 잠길 때였다.

때마침 서다래의 눈에 들어온 것이 있었다.

"앗! 저건!"

놀랍게도 방 안에 있는 커다란 화장대 위에는 서다래가 지금 필요하다고 생각한 모든 화장품들이 가지런히 놓여 있었다.

터벅터벅.

곧장 화장대로 다가간 서다래가 화장품 하나를 손에 집어 들었다.

이것은 서다래가 평소에 즐겨 쓰던 제품이었다.

빠르게 다른 화장품도 살펴봤지만 모든 게 서다래가 쓰던 제품들로만 준비되어 있었다.

당황한 서다래가 나지막이 혼잣말을 중얼거렸다.

"어떻게 된 거지?"

혹시나 그녀의 자취집에서 가지고 온 건 아닌가 하는 생각이 들었지만 확인해본 결과 그건 아니었다.

모든 화장품들이 아직 포장이 채 완전히 벗겨지지도 않은 새 것이었기 때문이다.

"대체 내가 쓰는 화장품은 어떻게 알고……?"

순간 궁금증이 치밀어 올랐지만 지금 차윤성에게 가서 물어보기엔 그녀는 너무나도 피곤했다.

어찌 됐든 서다래에겐 다행스러운 일이 아닐 수 없었다. 최소한 이런 화장을 한 채로 잠에 들 일은 없었으니까.

서다래는 깊게 생각하지 않고 일단 화장대 앞에 앉아 화장을 지우기 시작했다. 그렇게 몸을 꽉 조이던 드레스까지 벗고 나니 그제야 살 것만 같단 생각이 들었다.

재빨리 준비를 마친 서다래는 곧장 침대로 가서 몸을 눕혔다. 막상 침대에 누우니 머릿속에 많은 생각들이 스치고 지나갔다.

이은호가 했던 간절한 말들, 오늘 차윤성에게 받은 고백 그리고 그의 어머니.

순식간에 머릿속에 생각이 꽉 찼지만, 그만큼 바쁘게 보낸 하루였기에 서다래는 몰려드는 피곤함에 금세 정신을 잃었다.

잠에 빠진 지 얼마나 되었을까.

한참 달콤한 꿈속을 헤매던 서다래가 시끄럽게 울려 대는 휴대폰 알림 소리에 슬며시 눈을 떴다.

"으음."

간신히 눈을 떠보니 창문에서 비추는 희미한 햇살이 눈에 들어왔다.

서다래는 더듬거리는 손으로 휴대폰 알람을 끄곤 가늘게 뜬 눈으로 시간을 확인했다.

다행히 제시간에 맞춰 일어났지만 어제 정말로 피곤했던 모양인지 억지로 상체를 일으켜도 바로 정신이 돌아오지 않았다.

멍한 상태로 침대 위에 앉아 있던 서다래가 겨우 몸을 일으키곤 샤워실로 향했다.

오늘은 회사를 출근하는 날이었기에 꾸물거릴 시간이 없었다.

달칵.

샤워실에서 간단히 씻은 후 다시 방으로 들어온 서다래는 문득 한 가지 사실을 깨닫고 말았다.

"아!"

어젯밤 서다래가 입고 온 옷은 다름 아닌 드레스다.

그런데 이 집에는 아무런 옷도 가지고 오지 않은 상태다. 회사에 입고 갈 만한 옷이 하나도 없었다.

순간 눈앞이 아득해졌다.

하지만 당장 뾰족한 방법이 있을 리 없었다. 오래 고민해 봐야 답은 하나였다.

'아무거나 대충 입고 가야겠다!'

옷이 없다고 회사를 결근할 수 있는 것도 아니고, 걱정이 되긴 했지만 하는 수 없었다.

마음의 결심을 하자 문득 방 안에 있는 커다란 옷장이 눈에 들어왔다.

혹시나 차윤성의 옷이라도 걸려 있진 않을까 싶은 마음에 서다래는 방 안에 있는 옷장을 향해 다가갔다.

남자 옷이라도 잘 찾아보면 혹시 그녀가 입을 만한 옷이 있을지도 모른다. 일말의 기대를 가지며 옷장 문을 활짝 열어젖혔다.

"……!"

옷장 안을 확인한 서다래는 깜짝 놀라고 말았다.

차윤성의 옷이 있을 거라고 생각한 옷장 안에는 여성복이 한가득 채워져 있었다.

'이 전에 이 방을 쓴 사람이 여자였나?'라는 말도 안 되는 생각도 떠올랐지만, 왠지 그럴 리 없을 것 같단 느낌이 들었다.

어젯밤 화장품도 일렬로 정리된 채로 서다래를 기다리고 있었기 때문이다.

혹시나 싶은 마음에 옷 하나를 빼 들고 사이즈를 확인했다. 정확히 서다래가 입는 옷 사이즈와 일치했다.

"이럴 수가……."

서다래는 순간 멍해지고 말았다.

잠시 복잡한 눈빛으로 옷장 안을 들여다보던 서다래는 하는 수 없이 그 걸려 있는 옷 중에서 하나를 꺼내었다.

타박타박.

그렇게 출근할 준비를 마친 서다래가 방 안에서 나와 일 층으로 향하는 계단을 걷고 있을 때였다.

"음?"

일층에 가까워질수록 맛있는 음식 냄새가 물씬 풍겨왔다. 뭔가 이끌리듯 냄새가 향하는 곳을 향해 걸어가자 그곳에는 주방이 있었다.

그리고 그 주방 한가운데에는 앞치마를 두른 차윤성이 서 있었다.

"뭐하는……?"

전혀 생각지도 못한 차윤성의 차림새를 보고 서다래가 본의 아니게 말끝을 흐릴 때였다.

깜짝 놀란 그녀와 달리 차윤성은 느긋한 시선으로 서다래를 바라보며 말했다.

"일어났어? 안 그래도 너무 늦게 내려오면 어쩌나 생각하던 참이었어."

"이, 이게 다 뭐예요?"

서다래는 식탁 위에 상다리가 휘어질 듯이 차려진 음식들을 보며 입을 벌렸다.

간단한 토스트와 계란후라이만 해 줘도 고맙다고 말할 판국에 된장찌개부터 시작해서 임금님 밥상이라고 해도 손색없을 만한 칠첩반상이 식탁 위에 펼쳐져 있었다.

"호텔에 있을 때 아침밥 먹는 거 좋다고 했잖아. 네가 빵을 좋아할지, 밥을 좋아할지 몰라서 그냥 전부 다 해봤어."

"대체…… 언제부터 만든 거예요?"

반찬의 가짓수가 하도 많아서 한두 시간으로 만들 수 있나 싶을 정도다.

놀란 서다래가 제자리에 서서 구경만 하고 있자 차윤성은 메고 있던 앞치마를 풀며 식탁을 턱짓으로 가리켰다.

"금방 하는 음식들이야. 일단 앉아."

"아, 네."

서다래는 얼떨결에 의자에 앉아서 차윤성을 쳐다봤다.

그러자 차윤성이 익숙한 손놀림으로 주걱을 들고 밥솥에서 밥을 푼 다음 서다래의 앞에 놔주었다. 순식간에 세팅이 된 식탁을 바라보며 서다래가 아직도 어안이 벙벙할 때였다.

"먹어 봐. 네 자취집에서 대충 만들었을 때완 완전 다를 거야."

"그러고 보니 예전에도 윤성 씨가 이렇게 직접 요리를 해 줬죠? 그때도 맛있었는데."

얼떨떨하긴 했지만 서다래는 숟가락을 들고 된장찌개를 한 입 떠먹어보았다.

"와."

입안에서 느껴지는 감칠맛에 깜짝 놀라 고개를 번쩍 들고 다시 차윤성을 쳐다봤다.

농담이 아니라 정말 그녀의 엄마보다 요리를 잘하는 것 같았다.

"진짜 맛있어요!"

서다래의 감탄 어린 칭찬에 차윤성이 만족스럽다는 듯이 피식 웃었다.

"입맛에 맞다니 다행이네. 어서 먹어."

서다래는 고개를 끄덕거리며, 빠른 속도로 밥그릇을 비웠다.

평소에 밥을 그렇게 많이 먹는 편이 아니었음에도 불구하고 차윤성이 해 준 음식들이 상상 이상으로 너무 맛있어서 허겁지겁 먹고 말았다.

그렇게 식사를 끝내자 하얀색 셔츠를 입고 있던 차윤성이 위에 재킷을 걸치며 말했다.

"그럼 갈까."

"네."

차윤성의 뒤를 따라 주차장으로 내려온 서다래는 또 한 번 놀라고 말았다.

어젯밤에는 몰랐는데 지하에 있는 차고는 생각보다 아주 넓었다. 뿐만 아니라 거기에는 열 대가 넘는 차가 빼곡하게 주차되어 있었다.

차에 대해 잘 알진 못했지만 한눈에 보기에도 번지르르하게 광택이 나는 게 값비싼 차 같았다.

"설마 이게 다 윤성 씨 차는 아니죠?"

그녀의 물음에 차윤성이 서다래를 힐끔 쳐다보며 대답했다.

"정말 몰라서 묻는 거야? 남의 차가 내 집에 주차되어 있을 리가 없잖아."

"허……."

믿을 수 없다는 듯 서다래가 눈을 동그랗게 뜨고 다시 한 번 차고를 돌아봤다.

서다래가 놀라서 구경하고 있을 때 차윤성이 익숙한 동작으로 그중 하나의 차에 올라타며 말했다.

"난 상관없지만, 더 늦으면 지각한다?"

"아! 갈게요!"

그제야 번뜩 정신을 차린 서다래가 차에 몸을 실었다. 그러자 약속이라도 한 듯이 미끄럽게 출발하는 차윤성의 차 속에서 서다래는 순간 머릿속이 혼란스러웠다.

지금까지 그녀가 살던 삶과 너무 다르기 때문이다.

창밖을 바라보며 뭔가 하나 잊어버린 것 같은 느낌이 들었다. 곰곰이 생각하던 서다래의 머릿속에 불현듯이 떠오르는 게 있었다.

일어나고 놀랄 일이 하도 많아서 잠시 깜빡했다.

방 안에 있던 화장품과 옷장에 걸려 있던 수많은 옷들을 떠올리며 서다래가 다급하게 입을 열었다.

"참, 제 방에 제가 쓰던 화장품이랑 옷들이 잔뜩 있던데…… 대체 어떻게 된 거예요?"

"아, 그거. 내가 집에 도착하기 전에 미리 준비하라고 시켰어. 혹시 더 필요한 게 있으면 말해."

"아니, 더 필요한 건 없어요. 그런데 제가 쓰는 화장품들이나 옷 사이즈는 어떻게 알았어요?"

"어떤 게 너한테 필요한지 몰라서 네 자취집에 가서 확인하라고 시켰어. 물론 걱정은 마. 화장품이나 사이즈 같은 거 말고, 아무것도 네 물건을 건드린 건 없으니까.”

차윤성의 대답을 듣자 서다래는 방금 전보다 더 머리가 복잡했다.

서다래 스스로도 왜 이렇게 심정이 복잡해지는지 알지 못했지만 뭔가 상당히 찜찜했다.

잠시 말이 없던 서다래가 낮은 목소리로 말을 꺼냈다.

“이렇게까지 안 해 줘도 돼요. 이럴 바엔 그냥 제 자취집에 있던 물건들만 그대로 옮겼어도 됐을 텐데요.”

부담스럽다는 듯이 말하는 서다래의 말을 들은 차윤성은 태연스러운 표정으로 그녀를 보곤 말했다.

“벌써 잊었어?”

“뭘요?”

“내가 어제 한 말, 기대하라고 했잖아.”

“아!”

순간 머릿속에 차윤성이 했던 말이 떠올랐다.

금방 넘어오게 만들 테니까 기대하라고 했던 그 말이 지금이라도 당장 귓가에서 다시 들릴 것만 같이 생생했다.

갑자기 떠오른 생각에 서다래는 당황해서 얼굴이 붉어졌다. 그래도 할 말은 해야 했기에 침착하게 다시 입을 열었다.

“하지만 전 이런 물질적인 선물은 부담스러워요.”

곤란한 표정을 짓는 서다래를 차윤성이 다시 힐끔 쳐다보곤 나지막이 말했다.

"서다래."

"네?"

"세상에 좋아하는 여자한테 돈을 쓰지 않는 남자는 없어. 만약에 네가 부담을 느낀다면 내가 다른 사람들보다 많이 가져서겠지."

차윤성의 말에 깜짝 놀란 서다래가 그를 새삼스럽게 쳐다봤다.

지금까지 그의 말처럼 생각해 본 적은 없었다.

항상 서다래는 자신이 가진 것보다 더 많은 것을 받게 되면 부담스럽다는 감정이 먼저 들었기 때문이다.

"당연한 거 아닌가? 누구든 자신이 할 수 있는 한 자기가 좋아하는 여자한테 가장 좋은 것만 해 주고 싶은 법이니까."

너무나도 거리낌 없이 당당하게 좋아한다고 말하는 차윤성의 말을 듣고, 반대로 서다래의 얼굴이 더 붉게 변했다.

서다래가 오히려 더 부끄러움을 타며 작은 목소리로 말했다.

"그 좋아한다는 말, 너무 자연스럽게 하는 거 아니에요?"

"왜? 내가 부끄러워하면서 감췄으면 좋겠어?"

"그, 그런 게 아니라……."

점점 거침없어지는 차윤성의 말에 서다래가 당황할 때였다.

차윤성이 그런 그녀를 귀엽다는 듯이 바라보며 다시 말했다.

"난 어디서든 말할 수 있는데? 차윤성은 지금 서다래한테 푹 빠져 있다고."

이럴 수는 없었다.

고백한 당사자는 아무렇지 않은데, 오히려 고백을 받은 서다래는 부끄러워 죽을 것 같았다.

시간으로 따지자면 어젯밤 차윤성에게 고백을 받고 하룻밤이 지났을 뿐이다. 정확히 따지자면 24시간도 채 지나지 않았다는 소리다.

그 짧은 시간 안에 서다래에게는 너무나도 많은 변화들이 일어나고 있었다.

탁!

서다래는 회사에 도착하자마자 도망치듯이 그의 차 에서 내렸다.

"저 먼저 올라갈 테니까 윤성 씨는 5분 후에 올라오세요."

차윤성의 대답을 듣지도 않은 채 차에서 내린 서다래는 빠른 걸음으로 앞을 향해 나아갔다.

그때였다.

차윤성의 차에서 몇 발자국 떨어졌을 때였을까?

서다래의 눈에 이쪽을 바라보고 있는 누군가가 들어왔다.

우연히 눈이 마주친 그 사람은 서다래도 익히 잘 아는 얼굴이었다. 그녀가 누구인지 머릿속에서 인식이 되자 서다래는 순간 눈앞이 캄캄해졌다.

경악에 찬 시선으로 이쪽을 바라보고 있는 여자는 같은 전략기획팀에서 일하는 소유진이었다.

서다래가 차윤성의 차에서 내리는 모습을 정확히 목격한 모양인지 매우 놀란 표정을 짓고 있었다.

'……!'

서다래의 머릿속이 순간 패닉으로 변했다.

하지만 이대로 넋을 놓은 채로 서 있을 순 없었다. 앞으로 그녀의 회사 생활이 걸린 일이었으니까.

"아, 아니에요!"

서다래는 황급히 변명을 늘어놓기 시작했다.

"유진 씨가 생각하는 그런 거 아니에요! 요 앞에서 우연히 만나 이사님이 태워다 주신 거예요!"

서다래의 변명이 조금은 먹힌 건지 순간 소유진의 놀란 표정이 서서히 풀렸다.

하지만 그것은 얼마가지 않았다.

어느새 뒤편으로 다가온 차윤성이 서다래를 향해 말을 걸었기 때문이다.

"서다래."

정확히 불린 그녀의 이름에 서다래가 순간 로봇이라도 된 것처럼 달달 떨며 고개를 돌렸다. 그러자 차윤성이 그녀를 바라보며 재차 입을 열었다.

"이거 놓고 갔잖아."

그의 손에는 서다래가 깜빡하고 차에 벗어 놓고 내린 가디건이 들려 있었다.

소유진이 보고 있다는 사실을 안 서다래가 어떻게 반응해야 할지를 몰라서 당황한 채로 가만히 서 있을 때였다.

스윽.

차윤성이 가디건을 서다래의 어깨 위로 덮어주며 다시 말했다.

"칠칠맞지 못하기는."

"아……!"

애써 한 변명이 무색하게 변하는 순간이었다.

다가온 차윤성을 바라보며 서다래도 더 이상 아무런 말도 못한 채 잠시 얼어버리고 말았다.

휘익!

재빨리 정신을 차리고 고개를 돌려봤지만 그땐 이미 늦었다. 그 자리엔 서둘러 회사를 향해 걸어가고 있는 소유진의 뒷모습이 보였다.

회사에서 차윤성의 인기를 잘 아는 서다래는 절망하고 말았다.

서다래는 한순간 어둡게 변한 얼굴로 혼잣말을 중얼거렸다.

"……큰일 났다."

꿀꺽.

사무실 문 앞에 선 서다래는 마른침을 크게 삼켰다.

먼저 간 소유진이 방금 전 일을 어떻게 받아들였을지 잔뜩 긴장이 되었기 때문이다. 머릿속에는 어떻게 변명을 할지 전부 생각해두었지만 일단 상황을 살펴볼 필요가 있었다.

스으윽.

사무실에 들어온 서다래가 눈치를 보며 사람들에게 인사를 건넸다.

"안녕하세요."

"어어어. 서다래 씨, 어서 와요."

서다래의 인사를 받아주기는 했지만 그녀를 쳐다보는 사람들의 표정이 뭔가 묘했다.

서다래는 직감적으로 깨달을 수 있었다.

사무실에 감도는 분위기를 보아 짐작하건대 소유진이 먼저 도착해서 방금 전에 본 일을 벌써 떠벌린 게 분명했다.

'하아.'

서다래는 속으로 한숨을 내쉬며 조용히 자신의 자리로 돌아가 의자에 앉았다.

그러자 서다래만 남겨 둔 채로 다른 여자 사원들이 삼삼오오 모여서 탕비실로 들어가는 모습이 언뜻 보였다.

서다래가 느끼기엔 오전 내내 사무실의 분위기가 어딘가 싸늘했다.

괜히 찔려서 그녀 스스로가 그렇게 느끼는 건지 모르겠으나 가시방석에 앉은 것처럼 불편하기 그지없었다.

기회를 봐서 상황을 설명하고 위기를 모면하고 싶었지만 어찌 됐든 출근을 한 이상 회사 내에서 해야 할 일이 있었다.

그래서 서다래는 점심시간이 다가오기만을 손꼽아 기다렸다. 다 같이 식사를 하면서 자연스럽게 변명을 해야겠다 생각이 들었기 때문이다.

그렇게 더디게만 느껴지던 시간이 지나 드디어 점심시간이 가까워졌다.

째깍째깍.

시계만 보던 서다래가 초침이 딱 12시를 가리키자 자리에서 벌떡 일어나려고 할 때였다.

번쩍 고개를 들고 자리에서 일어나려던 서다래는 눈앞에 보이는 얼굴에 그대로 딱딱하게 굳고 말았다.

여기에 나타날 거라고 꿈에도 생각지 못한 차윤성이 어느새 다가온 건지 그녀의 책상 앞에서 서 있었기 때문이다.

"여, 여긴 어떻게……?"

서다래가 바보같이 차윤성을 바라보며 입을 벌리고 있었다. 그러자 그가 그녀를 향해 나지막이 말했다.

"너랑 같이 점심 먹으러 왔지."

짤막한 그의 한 마디에 서다래는 깜짝 놀라 그를 쳐다봤다. 그리고 여기에는 갑작스러운 차윤성의 등장에 그녀보다 더 놀란 사람들이 잔뜩 있었다.

바로 사무실에 앉아 있던 사람들 모두였다.

모든 사람들이 눈을 크게 뜬 채로 두 사람을 멍하니 바라보고 있었다.

그렇게 두 사람은 회사 근처 초밥집에 도착했다.

서다래도 지나가다가 몇 번 본 적이 있는 곳이었다. 너무 비싸 보여서 혼자였을 땐 들어올 엄두도 내지 못했던 곳이었지만, 지금은 특실로 만들어진 룸 안에 차윤성과 단둘이 앉아 있었다.

"뭐 먹고 싶어?"

방금 전 상황을 정말 모르는 건지 차윤성이 천연덕스럽게 묻자 지금까지 잠자코 있던 서다래가 고개를 홱하고 들어 올렸다.

이렇게 단둘이 있는 공간에 들어오니 정확히 짚고 넘어가야 할 부분이 있었기 때문이다.

"나한테 정말 왜 이래요?"

"뭘 말하는 거야?"

"제가 윤성 씨랑 아는 사이인 게 밝혀지면 회사에서 곤란하다고 했잖아요. 지난번에는 절 곤란하게 만들지 않겠다고 하지 않았어요? 그런데 이렇게 같이 점심 먹자고 찾아오면 어떻게 해요?"

답답하다는 듯이 쏟아 내는 서다래의 말을 차윤성이 잠자코 듣고 있다가 물었다.

"우리 사이를 사람들이 아는 게 왜 싫어? 내가 왜 굳이 회사에서 널 모른 척해야 하는 거지?"

"전에 말했잖아요. 윤성 씨는 회사 이사님이고, 저는 일개 사원이라고요."

"그러니까 정확히 뭐가 마음에 걸리는 거냐고 묻잖아. 우리 직급이 다르다는 게 전부야? 아니면 회사 동료들이 나와 만난다고 하면 널 괴롭히나?"

"그, 그럴지도 모르죠."

"서다래, 넌 뭔가 착각하고 있어."

낮은 차윤성의 목소리에 서다래가 무슨 소리냐는 듯이 그를 바라봤다. 그러자 차윤성이 다시 입을 열어 말했다.

"우린 같은 회사 동료끼리 하는 사내 연애가 아니야. 네 말대로 난 이 회사 이사야. 그 이전에 이 K그룹 회장의 아들이기도 하지. 그게 어떤 의미인지 모르겠어?"

"……?"

"아무도 함부로 널 건드릴 수 없다는 소리야."

단호하게 내뱉는 차윤성의 말에는 누구라도 그녀를 건드리면 가만히 두지 않을 거라는 일종의 경고도 포함이 되어 있었다.

자신만만한 그의 말을 듣자 뭔가 서다래는 기운이 탁 풀리는 느낌이 들었다. 지금까지 다른 사람들의 눈치를 보고 고민하던 게 허무하게 느껴진달까.

서다래는 아직 잘 몰랐다.

눈앞에 있는 이 차윤성이란 남자가 얼마나 대단한지 그리고 그의 여자가 된다는 게 정확히 어떤 의미인지 말이다.

긴장이 풀린 서다래의 얼굴을 보며 차윤성이 중얼거리듯이 한마디를 덧붙였다.

"그리고, 괜히 내 여자한테 파리가 꼬이는 것도 싫어."

"네? 그건 무슨 말이에요?"

"모르면 됐어."

차윤성은 퉁명스러운 얼굴로 고개를 돌렸다.

워낙 이런 부분에 둔감한 서다래는 눈치채지 못했을지 모르지만, 차윤성이 보기엔 이미 그녀가 일하는 전략기획팀에는 그녀에게 호감을 갖고 있는 남자가 몇 명이나 있었다.

당연하지 않은가.

이렇게 젊고 예쁜 여자를 남자들이 그냥 내버려 둘 리가 없다.

서다래는 자신의 가치를 몰라도 너무도 몰랐다.

굳이 회사에서만 찾을 게 아니라 차윤성이 잠시 방심한 사이 이은호도 서다래에게 가볍지 않은 감정을 내준 것 같았다.

'……둔치.'

차윤성은 마음에 안 든다는 듯 못마땅한 표정을 지었다.

잠시 차윤성을 쳐다보던 서다래가 조심스러운 목소리로 자그맣게 말했다.

"이런 말 하기는 좀 그렇지만…… 아직 우리가 확실히 사귀는 사이가 된 것도 아니잖아요. 그런데 이렇게 먼저 소문이 돌면 좀 그렇지 않아요?"

이런 말을 하는 게 뭐가 그리 창피한지 조금은 횡설수설하게 돌려 말하는 서다래의 말을 듣고 차윤성이 무뚝뚝하게 대꾸했다.

“뭐가 걱정이야? 그럼, 차윤성을 차버린 여자가 되면 되잖아.”
“어떻게 그래요?”
누가 봐도 완벽한 차윤성이다. 설령 정말로 서다래가 거절하게 된다고 해도 그 누가 자신이 차 버렸다 생각하겠는가.
차윤성이 입가를 올려 웃으며 장난스럽게 말했다.
“왜? 네가 생각해도 날 차버리기엔 조금 아까운가 보지?”
점점 부끄러움도 모르고 능청스러워지는 차윤성을 향해 서다래가 소리쳤다.
“아, 아니에요, 그런 건!”
발끈하는 서다래를 귀엽다는 듯이 바라보며 차윤성이 나지막이 다시 말했다.
“하나도 안 아깝다니 그건 좀 아쉬운걸?”
한쪽 손으로 턱을 괸 채 그녀를 바라보고 있는 차윤성은 당장 서다래를 홀려버리기라도 할 것처럼 너무나도 근사했다.
그 모습에 서다래는 괜스레 마음이 간질거려서 슬쩍 시선을 피했다.
이런 그녀의 마음을 아는지 모르는지 차윤성이 재촉하듯이 다시 입을 열었다.
“이제 골라봐. 뭐 먹을 거야?”

그렇게 차윤성과 점심 식사를 끝낸 서다래는 힘없는 발걸음으로 사무실을 향해 돌아가고 있었다.

차윤성은 너무나도 자신만만하게 그런 말을 했지만, 막상 다시 사무실로 돌아가는 서다래의 마음은 무거웠다.

하지만 그렇다고 점심시간이 끝나 가는데 사무실로 안 돌아갈 수도 없는 일이다.

꿀꺽.

아침보다 몇 배는 더 긴장된 마음으로 사무실 문을 열 때였다.

서다래가 사무실에 모습을 드러내는 순간이었다.

"오, 서다래 씨!"

평소 서다래에게 이런저런 잡일은 잔뜩 시키면서 뭐가 그렇게 마음에 안 드는지 은근슬쩍 그녀를 구박하던 선배였다.

"아, 네. 뭐 시키실 일 있으세요?"

당연히 평소처럼 일을 시키기 위해 부른 줄만 알았다.

그런데 갑자기 그 선배는 서다래에게 무슨 소리냐는 듯 사람 좋은 미소를 지으며 말했다.

"우리 사이에 무슨 그런 딱딱한 말이야. 내가 설마 일이나 시키려고 서다래 씨를 불렀겠어?"

그 선배의 너스레에 서다래가 당황해서 그를 올려다 볼 때였다.

어느 틈에 다가온 건지 아침에 보았던 소유진이 그녀의 곁에 와서는 말을 걸었다.

"다래 씨, 어떻게 된 거야? 이사님이랑 만나는 거 맞지?"

"아, 그게……."

"어머, 그러고 보면 다래 씨 처음 입사한 날도 분위기가 좀 그랬어? 내가 눈치 없게 몰라봤네. 그러고 보니 라면집에서 알바하다가 이사님 만났다고 했지? 웬일이야. 이거 그냥 로맨스 소설 만들어도 되겠어. 완전 신데렐라 스토리잖아."

서다래의 말을 기다리지도 않은 채 잔뜩 흥분해서 떠드는 소유진을 보며 그녀가 어색하게 웃었다.

물론 사무실 사람들 모두가 서다래에게 호감을 비추는 건 아니었다. 몇 명은 저 끝에 서서 그녀를 곱지 않은 눈으로 바라보고 있었으니까.

하지만 그런 이들보다 서다래에게 가까이 다가와 이것저것 물어보는 사람들이 생각보다 훨씬 많았다.

"이사님이랑 단둘이 점심 먹은 거야? 대박. 너무 부럽다, 다래 씨."

"이사님이 뭐 사주셨어?"

어느 순간 그녀에게로 모여든 사람들 틈에서 서다래는 비지땀을 흘려야 했다. 그렇게 사방에서 서다래를 바라보는 시선에는 노골적일 정도로 부러움이 가득했다.

7.
넌 지금부터 내 여자야

어느덧 서다래와 함께한 집에서 생활한 지도 거의 일주일이 지나가고 있었다.

매일 서다래의 얼굴을 볼 수 있다는 사실은 좋았지만 그게 한편으론 죽을 맛이나 다름없었다.

"도련님, 제 얘기 듣고 계십니까?"

차윤성의 앞에 서서 한참 이런저런 얘기를 하고 있던 강지욱이 의심스럽다는 표정을 지으며 그를 쳐다봤다.

그의 짐작대로 차윤성은 잠시 다른 생각에 빠져 있었다. 그제야 정신을 차린 차윤성은 강지욱을 향해 시큰둥하게 대꾸할 뿐이었다.

"나중에 다시 얘기해."

관심 없다는 듯이 고개를 돌리는 차윤성을 보며 강지욱의 표정이 걱정스럽게 변했다. 요즘 차윤성은 예전과 다르게 어딘가에 정신이 팔렸는지 종종 집중을 못 하는 모습을 보였다.

“무슨 일이라도 있으십니까?”

“그런 거 없어.”

“아니면 불면증이 또 심해지신 겁니까? 병원 예약 잡을까요?”

“요 며칠 잠을 못 잔 건 맞지만, 왜 그런지 이유를 잘 알고 있으니까 그럴 필요 없어.”

“잠을 못 이루시는 이유가 대체 뭡니까? 이렇게는 아무리 도련님이라고 해도 체력이 버티질 못하십니다.”

걱정스레 물어보는 강지욱을 바라보며 차윤성도 답답하다는 듯이 한 손으로 머리카락을 쓸어 넘기며 혼잣말처럼 중얼거렸다.

“글쎄…… 욕구불만인 건가.”

나지막이 중얼거리는 차윤성의 목소리를 강지욱은 두 귀로 똑똑히 들었다.

그 말의 의미를 머릿속으로 이해한 강지욱의 표정이 순간 말도 안 된다는 듯이 변했다. 그답지 않게 순간 눈을 크게 뜨곤 차윤성을 향해 물었다.

“설마…… 서다래 씨와 아직 아무 일도 없으셨다는 말입니까?”

경악에 찬 시선을 받으면서도 차윤성은 무덤덤하게 말을 했다.

“뭐 잘못됐어?”

“서다래 씨와 같이 지낸 지 며칠이나 되지 않으셨습니까? 믿을 수가 없군요. 다른 이도 아니고 도련님이…….”

마치 차윤성이기에 더 이해가 안 간다는 듯이 말하는 강지욱의 말에 차윤성의 미간이 찌푸려졌다.

“무슨 소리야?”

“도련님이 이런 식으로 여자를 지켜주실지 꿈에도 몰랐다는 말입니다.”

한순간 놀리듯이 변한 강지욱의 말을 들으면서도 차윤성은 반박할 수 없었다.

지금까지 누구보다 손이 빠르기로 유명했던 차윤성이기도 했으니까.

“지켜 준다거나 하는 그런 거창한 감정이 아니야.”

차윤성도 남자다. 좋아하는 여자를 품에 안고 싶은 건 당연했다. 하지만 지금은 그보다 더 중요시하게 여기는 부분이 있을 뿐이었다.

차윤성이 다시 나지막이 말했다.

“서다래가 날 싫어하게 될까 봐 조심스러워질 뿐이야.”

서다래는 소중했다.

너무나도 소중해서 쉽게 손을 댈 수 없을 만큼.

예전에는 딱히 생각해 본 적 없는 감정이었지만 지금은 달랐다.

과거에는 막연하게 누군가 그를 싫다고 하면 자신도 그만이라고 생각했다. 아쉬울 게 전혀 없었다. 하지만 서다래는 아니다.

설령 그녀가 자신의 고백을 받아주지 않더라도 순순히 그녀를 보내주지 못할 만큼 차윤성은 지금 서다래를 원했다.

그러니 차윤성은 서다래를 대하는 것에 있어서 유독 조심스러워질 수밖에 없었다. 그녀를 잃을까 봐 겁이 났으니까.

차윤성의 말을 들은 강지욱은 기가 막힌다는 듯이 말했다.

"심각한 줄은 알았지만 도련님 정말 중증이군요."

여전히 놀리듯 말하는 강지욱의 말에도 차윤성은 복잡한 눈동자를 띠며 나지막이 말했다.

"나 정말 심각해. 뭔가를 이렇게 간절히 원한 적이 처음이라 어떻게 대하면 좋을지 모르겠어."

차윤성이 이런 고민을 한다는 사실이 강지욱은 정말로 생각지도 못했던 상황이라 조금 당황스럽기도 했다.

다른 누구도 아닌 차윤성이다.

수인족 중에서 그를 거부할 여자는 없다. 뿐만 아니라 인간 여자 중에서도 과연 K그룹 회장의 아들인 그를 거부할 사람이 있을까?

그런 그가 이런 연애 고민을 할 줄이야.

강지욱은 자신의 놀림에도 조금도 꿈쩍하지 않는 차윤성을 바라보며 고개를 절레절레 저었다.

저벅저벅.

차윤성은 회사가 끝나자마자 서다래가 있는 전략기획팀으로 발걸음을 옮기고 있었다.

오늘이 금요일이었기에 차윤성은 퇴근 후 그녀와 함께 갈 곳들을 미리 예약해 두었다.

분위기 좋은 곳에서 식사도 하고, 서다래가 원한다면 영화를 보든 산책을 하든 뭐든 함께하고 싶었다. 그렇기 때문에 오늘은 집에 같이 들어가자고 아침에 미리 언질도 해 둔 상태다.

스으윽.

전략기획팀 사무실의 문이 열리며 차윤성이 모습을 드러냈다. 그러자 거짓말처럼 그가 있는 곳으로 시선이 집중되었다.

벌떡!

갑자기 나타난 차윤성을 보고 과장이 자리에서 벌떡 일어나 차윤성을 향해 다가왔다.

"이사님이 어쩐 일이십니까?"

"편하게 일들 보세요. 잠깐 볼일이 있어서 들렀습니다."

말을 하며 차윤성의 눈이 서다래를 찾기 시작했다.

서다래는 설마 그가 사무실 안까지 들어올 거라 예상을 하지 못한 건지 토끼 눈을 한 채로 그를 바라보고 있었다.

차윤성이 서다래가 앉아 있는 자리를 발견하고, 두 사람의 눈이 허공에서 마주쳤다.

그녀를 본 차윤성은 자신도 모르게 부드럽게 웃고 말았다.

K토이에서 아무리 오래 근무한 사람이라고 해도 이렇게 웃는 차윤성의 모습은 처음 보는 것이었다. 생각지도 못한 그의 웃음

에 사방에서 감탄사가 터져 나왔다.

"와."

"저거 봐."

작은 수군거림이 들려왔지만 차윤성은 신경조차 쓰지 않았다. 그의 눈에는 서다래밖에 들어오지 않았기 때문이다.

차윤성은 자신에게 가까이 다가온 과장을 향해 나지막이 말했다.

"서다래 씨는 언제 퇴근하죠?"

눈치가 빠른 과장은 지금이 어떤 상황인지 단번에 파악하고 말았다.

"아! 안 그래도 지금 퇴근시키려던 참이었습니다."

과장은 서둘러 서다래 쪽을 향해 고개를 돌리고 그녀를 향해 재차 말했다.

"다래 씨, 뭐해요? 어서 들어가 보지 않고."

서다래는 잔뜩 당황하고 말았다.

원래대로라면 한두 시간은 더 근무를 해야 했다. 신입 사원이기 때문에 선배들보다 먼저 퇴근하는 것도 눈치가 보이는 일이기 때문이다.

하지만 이 자리에서 나중에 퇴근하겠다고 했다간 과장에게 오히려 구박을 들을지도 몰랐다.

지금 서다래를 쳐다보는 과장의 눈에서는 레이저가 쏟아져 나오는 듯했다.

과장의 눈빛이 말하고 있었다.

어서 나가보라고.

"네, 과장님."

서다래는 하는 수 없이 서둘러 짐을 챙기고 자리에서 일어났다.

그렇게 서다래를 빼내는 데 성공한 차윤성은 사무실 사람들을 한 번 둘러보곤 나지막이 말했다.

"그럼 수고들 하세요."

차윤성의 말에 과장이 깍듯이 인사를 건네며 말했다.

"이사님, 조심히 들어가십시오."

그렇게 사무실 안에서 차윤성과 서다래가 사라지자, 안에 남겨진 한 여자 사원이 책상에 앉아 나지막이 중얼거렸다.

"너무 불공평한 거 아니야? 누군 저렇게 일찍 퇴근하고 난 이렇게 일하고…… 더구나 서다래 씨는 아직 신입이잖아."

옆 책상에 앉아 있던 여자가 고개를 빼꼼 내밀며 동조하듯이 말했다.

"그러게. 우리 신입 시절엔 생각도 못 했던 일인데. 역시 여자는 남자를 잘 만나야 된다더니."

사방에서 한마디씩 불만의 목소리가 터져 나왔지만 모두의 머릿속에 떠오른 생각은 단 하나였다.

"아, 서다래 씨 부럽다."

사무실에서 나온 서다래는 얼굴에 불만스럽다는 표정이 가득했다.

"이미 낙하산이라고 소문이 나 있긴 하지만 자꾸 이런 식이면 저 회사 못 다녀요."

"그래? 사실 난 네가 일을 안 하면 더 좋을 것 같은데."

"이봐요! 차윤성 씨!"

"빨리 보고 싶은 걸 어떻게 해?"

"뭐, 뭐라고요?"

서다래가 황당하다는 듯이 차윤성을 올려다봤다. 그러자 그도 그녀에게 시선을 맞추곤 빙긋 웃었다.

"더구나 주말이잖아. 어차피 우리가 사귄다고 회사에 파다하게 소문났던데 알아서들 생각하겠지."

"그러니까 제가 처음에 말했죠. 정말 그런 사이가 된 것도 아닌데 벌써 소문부터 돌아서 어떻게 해요?"

"뭐 어때. 아직은 아니지만 곧 그렇게 될 거니까. 너무 신경 쓰지 마. 서다래."

장난스러운 차윤성의 말에 서다래의 얼굴이 순간 붉게 변했다.

요 며칠 아무리 들어도 이런 낯간지러운 말은 익숙해지지 않는다.

"저 아직 대답 안 했어요."

"알아. 그러니까 나도 소문이 사실이 되길 간절히 바란다고 표현하고 있잖아."

즐겁다는 듯이 희미하게 입꼬리를 말아 올리고 있는 차윤성을 바라보며 서다래는 다시금 심장이 빠르게 뛰기 시작했다.

언제부터인지 차윤성이 변했다.

원래 이렇게 잘 웃지도 농담도 하지 않던 남자가 어느 순간 서다래를 향해 거침없이 애정공세를 펼치더니 한 걸음에 그녀의 마음속으로 들어와 거리를 좁히려 하고 있었다.

"어, 어쨌든 앞으론 안 돼요. 자꾸 이러면 사람들이 욕해요. 직권남용이라고요."

차윤성은 다른 사람들이 뭐라고 말을 하든 상관없었다. 그에겐 그들의 말이 조금도 신경 쓰이지 않았기 때문이다.

태어나면서부터 다른 사람들의 눈치를 보지 않고 살아온 차윤성이다.

하지만 그는 서다래의 말에 고개를 끄덕였다.

"알았어. 네가 정 그렇다면 주의하지."

"잘 생각했어요. 아, 잠시만요."

서다래는 갑자기 느껴지는 진동에 주머니에서 휴대폰을 꺼내었다.

드륵드륵.

액정을 바라보니 전화를 건 사람은 그녀의 동생 서다영이었다.

동생이 지금 시간에 전화한 적이 없었기에 순간 의아한 마음이 들었지만, 서다래는 곧 통화 버튼을 누르며 전화를 받았다.

"여보세요?"

—흑흑, 언니.

갑자기 흐느끼는 서다영의 목소리에 서다래는 깜짝 놀라 되물었다.

"갑자기 왜 울어? 무슨 일 있어?"

—언니이. 아, 아빠가, 아빠가…….

"천천히 말해 봐. 아빠가 왜?"

—아빠가 갑자기 집에 있는데 쓰러지셨어. 내, 내가 119에 전화해서 지금 병원인데 엄마랑은 연락이 안 되고…… 나 어떡하지, 언니?

"뭐, 뭐라고?"

서다래는 순간 눈앞이 아득하게 변했다.

자기도 모르게 휴대폰을 잡은 손이 덜덜 떨려오기 시작했다.

—흐으윽. 언니이.

다시금 울먹이는 서다영의 목소리에 서다래는 희미해지는 정신을 간신히 잡고 다시 말했다.

"거기서 잠깐만 기다려, 다영아. 언니가 지금 바로 내려갈게."

—흐윽. 언니가 지금 와줄 수 있어?

"그럼. 어떻게든 내려가야지. 다영아 너무 놀라하지 말고 언니가 차 시간 알아보고 최대한 빨리 갈 테니까 거기서 잠깐만 기다려. 알겠지?"

울기만 하는 서다영을 간신히 달래곤 서다래는 전화를 끊었다.

머릿속이 순간 새하얀 백짓장이 된 느낌이었다.

"저, 저 급한 일이 있어서……."

급한 일이 있어서 미안하지만 가 봐야겠다고 차윤성에게 말을 하려던 참이었다.

서다래의 말이 다 끝나기도 전이었다.

휘익!

차윤성이 먼저 떨리는 서다래의 손을 붙잡았다.

갑자기 느껴지는 따뜻한 온기에 서다래가 순간 정신을 차리고 그를 올려다봤다.

심상치 않은 분위기를 눈치챈 차윤성은 딱딱하게 굳은 표정으로 그녀를 내려다보고 있었다.

"집에 무슨 일이 생긴 거야?"

"그게, 아버지가 쓰러지셨다고……."

말이 다 끝나기도 전에 차윤성이 서다래의 손을 잡고 이끌었다. 정신이 없는 그녀는 그가 이끄는 대로 걸어갔다.

그때 차윤성이 나지막한 목소리로 말했다.

"데려다줄게."

차에 올라타고 나서야 서다래는 조금씩 정신이 돌아오기 시작했다. 방금은 혹시나 아버지가 잘못되시면 어쩌나 하는 걱정에 말 그대로 눈앞이 캄캄한 상태였다.

정신을 차린 서다래는 굳은 얼굴로 운전을 하고 있는 차윤성을 향해 말했다.

"경황이 없어서 고맙단 말도 못 했네요. 이렇게 태워다줘서 고마워요, 윤성 씨."

"좀 진정됐어?"

"네, 조금……."

"머리가 복잡할 텐데, 더 이상 말하지 말고 좀 더 쉬고 있어."

차윤성의 말에 서다래는 기운 없는 얼굴로 고개를 끄덕였다. 표현을 안 할 뿐, 서다래는 여전히 밀려드는 아버지 걱정에 마음이 불안했기 때문이다.

차 안에는 무거운 침묵이 돌았다.

그렇게 몇 시간이 흐른 뒤, 두 사람은 늦은 시간이 되어서야 아버지가 입원해 있는 병원에 도착할 수 있었다.

끼이익!

차윤성이 일단 차를 병원 정문 앞에다가 세우며 말했다.

"먼저 올라가. 주차하고 바로 뒤따라 갈 테니까."

"네, 고마워요!"

탁!

서다래는 곧바로 차에서 내려 병원 안으로 들어갔다. 여기로 오는 동안 내내 안절부절못했다. 그래서인지 막상 병원에 도착하니 더욱 정신이 하나도 없어졌다.

타박타박.

서다래는 서둘러 아버지가 입원해 있다는 병실을 찾아다녔다.

지나가는 길에 보이는 응급실에는 심하게 아파서 고통을 호소하는 사람, 자동차 사고가 난 건지 피를 잔뜩 흘리는 사람, 이런저런 사람들이 많이 보였다.

그런 사람들과 마주칠수록 서다래의 안색은 점점 어둡게 변해 갔다.

불안함과 걱정이 뒤섞여 서다래의 마음은 복잡했다.

그렇게 서다래는 드디어 아버지가 입원해 계신 병실 앞에 섰다. 다시 한 번 눈으로 병실번호를 확인하고 문고리를 잡았다.

끼익—

안으로 들어서자 제일 먼저 서다영의 목소리가 들려왔다.

"언니!"

서다래의 시선은 서 있는 서다영을 지나쳐 곧장 병실 침대에 누워 있는 아버지를 찾아 움직였다.

잠에 빠져 있으시긴 했지만 다행히 안색은 그리 나빠 보이지 않았다.

"아버지는 좀 어떠셔?"

"아, 그게……."

그녀의 질문에 순간 서다영이 당황해하며 말을 버벅거릴 때였다.

"다래 왔니? 휴대폰은 왜 꺼진 거야?"

그리운 목소리. 서다래는 익숙한 목소리가 들린 방향을 향해 재빨리 고개를 돌렸다.

문가에는 언제 왔는지 엄마가 선 채로 서다래를 반기고 있었다.

"엄마! 아까 연락 안 된다더니, 언제 온 거야?"

"오기는 훨씬 전에 왔지. 너까지 올 필요는 없는데, 다영이가 쓸데없이 너한테까지 연락을 해서는 괜한 걸음을 하게 했구나. 오지 말라고 전화를 했는데, 네 휴대폰이 꺼져서 통화가 돼야 말이지."

엄마의 말에 서다영이 억울하다는 듯이 목소리를 높였다.

"내, 내가 얼마나 놀랐는데!"

분위기를 보아하니 다행히 아버지의 병세가 크게 걱정할 일은 아닌 듯했다. 하지만 혹시나 하는 마음에 서다래가 다시 입을 열어 물었다.

"아빠는 왜 쓰러지신 거래?"

"그게, 네 아빠가 당뇨가 있으시잖니. 병원에서는 혈당이 너무 낮아져서 그런 거라고 하더구나."

"그러면 큰일 날 뻔한 거잖아! 병원에서 앞으로 어떻게 해야 된다는 말은 안 해?"

"응급처치를 해서 지금은 괜찮대. 의사선생님 말씀으로는 앞으로 신경 써서 꾸준히 관리해야 된다고……."

엄마의 말을 자르며 서다영이 재빨리 말했다.

"늦게 발견했으면 위험했대. 때마침 내가 집에 있어서 빨리 발견했으니 다행이었지. 아님 진짜 큰일 날 뻔했어!"

"정말 잘했어, 다영아. 어쨌든 관리만 잘하면 더 걱정할 필요는 없는 거야?"

"그래, 위험할 뻔했지만 지금은 다행히 괜찮아지신 상태니까, 더 걱정 안 해도 돼. 앞으로 계속 신경 써서 조심 해야지."

지금은 괜찮아지셨다는 확실한 대답을 듣자 서다래는 지금까지 긴장했던 마음이 이제야 풀리는 것 같았다.

서다래가 안도의 한숨을 내쉬며 말했다.

"하아. 정말 다행이네."

기운이 쫙 빠진 것 같은 서다래의 얼굴을 보며 서다영이 미안하다는 듯이 말했다.

"언니 미안, 괜히 여기까지 오느라 고생했어."

"아냐. 다영아, 정말 고생했고, 이런 일이면 당연히 나도 와야지."

"아냐, 내가 고생은 뭘……."

둘의 대화에도 엄마는 여전히 바쁜 서다래가 무리해서 온 건 아닌지 걱정이 됐다. 그래서인지 조금 퉁명스러운 목소리로 말했다.

"이렇게 급히 올 정도는 아니었어. 아빠가 위험하시긴 했지만, 이미 고비를 넘긴 상태라 내일 천천히 와도 됐을 텐데."

구박하는 듯한 엄마의 말투에 서다영은 아무런 말도 못한 채 볼만 부풀렸다.

엄마는 그런 서다영을 한 번 흘겨보곤, 다시 서다래를 바라보며 물었다.

"그런데 여기까진 어떻게 온 거야? 생각보다 훨씬 빨리 도착했네."

급한 상황이 지나가자 서다래의 머릿속에 그제야 차윤성의 존재가 떠올랐다.

"아! 그게 말이지, 누가 차로 태워 줬는데……."

하지만 더 이상 그녀가 입을 열어 설명할 필요는 없었다.

저벅저벅.

어느새 차윤성이 병실 가까이 다가온 모습이 보였기 때문이다.

빠른 걸음으로 다가온 차윤성이 병실 안을 한 번 훑어보곤, 금세 상황 파악이 된 건지 재빨리 엄마를 향해 인사했다.

"안녕하세요. 차윤성이라고 합니다."

훤칠한 키에 연예인이라고 해도 믿을 만큼 잘생긴 얼굴. 매력적인 차윤성의 외모는 단번에 두 모녀의 시선을 빼앗았다.

갑작스러운 그의 등장에 엄마와 동생 서다영의 눈동자가 커졌다.

"어머!"

"누구……?"

차윤성의 정체를 궁금해하는 엄마와 동생을 향해 서다래가 먼저 선수를 쳐서 재빨리 대답했다.

"우, 우리 회사 이사님이셔!"

서다래의 말에 세 사람의 시선이 모두 그녀를 향해 쏠렸다. 그 시선 중에는 그녀의 소개가 못마땅하다는 눈빛을 보내는 차윤성도 있었지만 서다래도 별다른 방법이 없었다.

아직 사귀는 사이도 아니었을뿐더러, 한 번도 집에 남자를 소개시켜 본 적이 없었기 때문에 이런 상황 자체가 너무 쑥스러웠기 때문이다.

"흠흠."

서다래는 괜히 헛기침을 하고 딴청을 피우며 모두의 시선을 피했다.

갑작스러운 그의 등장에 잠시 놀랐던 엄마는 곧이어 훤칠하게 잘생긴 차윤성을 감탄하듯 바라보며 놀랍다는 듯이 말했다.

"이렇게 젊어 보이는데 벌써 회사의 이사님이시라고요? 능력도 좋으신가 보네…… 이사님이 우리 다래를 여기까지 태워 주신 건가요?"

"네. 다래가 통화할 때 제가 옆에 있기도 했지만, 마땅히 제가 해야 할 일이었습니다."

"딸애가 다니는 회사의 이사님이신데, 이렇게 갑자기 만나게 돼서 대접할 것도 없고…… 시간도 늦었는데 괜찮으시면 우리 집에서 하룻밤 자고 올라가요."

생각지도 못한 엄마의 제안에 서다래가 깜짝 놀라 쳐다봤다.

"어, 엄마!"

하지만 만류하는 듯한 서다래의 말에도 엄마는 꿈쩍도 하지 않은 채 차윤성을 향해 시선을 고정하고 있었다.

차윤성 역시도 넉살좋게 웃으며 흔쾌히 대답했다.

"그러겠습니다. 감사합니다, 어머니."

서다래의 의사는 반영도 되지 않은 채 진행되는 이야기 속에서 그녀는 당황해서 눈만 깜빡거릴 뿐이었다.

그렇게 간단히 인사를 나눈 네 사람은 곧이어 병실에서 나왔다.

아버지가 주무시는 병실 안을 시끄럽게 해선 안 되기도 했고, 밤에는 고모가 아버지를 봐주시러 오시기로 하셨기 때문이다.

곧 고모와 교대할 시간이었기에 서다래와 서다영 그리고 엄마는 차윤성의 차를 타고 모두 집으로 돌아가기로 했다.

차윤성이 눈치껏 먼저 내려가 있겠다고 말을 하고 주차장으로 사라졌다.

그러자 세 모녀는 난리가 났다.

"웬일이야 언니가! 저런 킹카라니! 말도 안 돼!"

"그, 그런 거 아니야."

당황하며 부정하는 서다래를 바라보며 엄마는 알게 모르게 입가에 미소를 지었다. 이번엔 엄마가 서다래에게 물었다.

"정말 단순한 직장 상사니? 그게 다라면 이 늦은 시간에 여기까지 태워다 준다는 게 좀 이상하구나."

"그냥 직장 상사는 아니지만……."

서다래가 말꼬리를 흐리자 거짓말처럼 엄마와 서다영의 눈이 순식간에 초롱초롱하게 변했다.

잔뜩 기대하는 표정의 엄마와 서다영을 보며 서다래는 재빨리 다시 말을 이었다.

“두 사람이 생각하는 그런 사이 아니니까. 절대 이사님한테 이상한 거 물어보면 안 돼!”

“이상하네. 엄마랑 내가 생각하는 그런 게 뭔데?”

서다영의 장난스러운 말투에 서다래가 발끈해서 소리쳤다.

“서다영!”

곤란해하는 서다래를 보면서 뭐가 그리 재밌는지 한참을 웃던 서다영은 문득 뭔가 떠오른 게 있는지 다시 입을 열었다.

“그런데 언니 회사 이사님이라는 저분. 이름이 뭐야?”

“차윤성 이사님. 왜?”

“뭐? 윤성?”

서다래의 말에 서다영은 깜짝 놀란 듯 눈을 크게 떴다.

서다영은 정확히 기억하고 있었다.

가출해서 언니네 집으로 가던 날, 집에 있던 개의 이름이 윤성이란 사실을 말이다.

‘그러고 보니 차윤성이라는 이사님이랑 그 개랑 눈빛이 좀 닮은 것도 같은데…….’

잠시 차윤성과 개가 겹쳐서 떠올랐지만 서다영은 이내 고개를 절레절레 저었다. 그리고 이내 그녀의 머릿속에선 또 다른 결론이 나왔다.

서다영이 엄마의 옆구리를 쿡 찌르며 은근한 목소리로 말했다.

“엄마, 언니 저거 순 내숭쟁이라니까. 생각해 보니 오래전부터 이사님을 마음에 두고 있었다는 증거를 내가 하나 알고 있거든.”

"뭐, 뭐라는 거야, 얘가!"

엄마는 흥미진진한 얼굴로 서다영을 보며 말했다.

"왜? 엄마가 모르는 사건이 있는 거야?"

그렇게 이런저런 얘기로 떠들썩하게 대화를 나누며 세 모녀는 잠시 후 주차장으로 내려왔다. 그러곤 차윤성이 타고 있는 차를 눈으로 직접 확인한 엄마와 서다영의 입이 벌어졌다.

상상 이상의 너무 값비싼 브랜드의 차였기 때문이다.

서다영이 완전히 사기캐릭터라는 눈빛으로 차윤성을 보며 작게 혼잣말을 중얼거렸다.

"뭐야, 잘생기고 능력도 좋아 보이는데…… 설마 집까지 잘 살아?"

뒤늦게 세 모녀를 발견한 차윤성이 타고 있던 차 안에서 내렸다.

달칵!

차 문을 열어주며 차윤성이 나지막한 목소리로 말했다.

"타시죠, 어머니."

"그, 그래요."

엄마는 자신도 모르게 얼굴이 붉어졌다. 이렇게 잘생긴 사위를 두는 것도 좋겠단 생각을 하며 엄마가 차에 올라탔다.

그렇게 네 사람은 서다래의 집을 향해 갔다.

오래 걸리지 않아 도착한 서다래의 집은 한 건물에 여러 가구가 같이 사는 다세대주택이었다.

크지 않은 건물은 반지하와 1층, 2층 이렇게 각각 사람들이 살고 있었는데 그중에서 서다래의 집은 1층이었다.

끼이익.

녹이 슨 대문을 열며 엄마가 말했다.

"조심히 들어와요."

"알겠습니다."

곧잘 대답하며 차윤성은 엄마의 뒤를 따라 집으로 들어갔다.

차윤성은 아무렇지 않아 보였지만, 그 모습을 보는 서다래의 심정은 조금 복잡했다. 으리으리한 차윤성의 집과 자신의 집은 하늘과 땅 차이였기 때문이다.

애써 머릿속에 떠오르는 생각을 지우며 서다래도 그 두 사람의 뒤를 따라 집으로 들어갔다.

타박타박.

집 안으로 들어오니, 엄마가 차윤성을 향해 조심스레 묻는 모습이 보였다.

"그런데 지금 이사님 옷차림을 보니까 영 불편할 것 같은데, 애 아빠 옷이라도 드릴까요?"

"그리해 주시면 저야 감사하죠."

"그래요, 그럼. 집에서 정장은 너무 불편하니까 잠깐만 기다려요."

말을 마친 엄마가 서둘러 방 안으로 들어가자 뒤편에 서 있던 서다래가 걱정스럽게 차윤성을 바라보며 말했다.

"괜찮아요?"

"뭐가?"

서다래가 다른 사람들이 들을 수 없게 목소리를 작게 낮추며 속삭이듯 다시 말했다.

"저희 가족들이 불편하지 않냐는 말이에요."

"하나도 안 그래."

서다래의 질문에 차윤성이 피식 웃으며 그녀를 쳐다봤다.

그 모습이 너무 편안하고 따스해 보여서 서다래는 괜스레 고개를 슬쩍 돌려 시선을 피했다. 왠지 그녀는 지금 자신의 얼굴이 조금 붉어졌을지도 모른다는 생각이 들었다.

마침 차윤성이 문득 떠오른 게 있는지 다시 입을 열었다.

"분위기를 보아하니 큰 병은 아니신 것 같았지만, 아버님 상태는 어떠셨어?"

"다행히 위험한 위기는 넘기셔서 지금은 괜찮아지셨대요."

"천만다행이네."

그렇게 두 사람이 작은 목소리로 잠깐 대화를 나누고 있을 때였다.

안방으로 사라졌던 엄마가 다시 나타났다. 양손에는 딱 봐도 아저씨가 입을 것 같은 이상한 색깔의 추리닝을 들고서.

엄마는 차윤성을 향해 아빠 옷을 건네며 말했다.

"자, 받아요. 애 아빠가 입던 거라 보기엔 좀 그래도 빨아서 깨끗하니까 걱정하지 말아요."

"네, 잘 입겠습니다. 감사합니다."

조금의 주저도 없이 추리닝을 받아드는 차윤성이다.

색이 바랜 추리닝을 든 차윤성에게 옷을 갈아입을 방으로 안내하겠다며 엄마가 손목을 잡은 채로 휙 하니 사라졌다.

처음 만난 사이인데도 불구하고 사위처럼 대하는 엄마의 태도에 서다래는 한숨을 푹 내쉬었다.

'못 살아, 내가.'

방에 들어갔던 차윤성은 금방 옷을 갈아입고 밖으로 나왔다.

여전히 거실에 서 있던 서다래는 방에서 나온 차윤성의 모습을 확인하고 자신도 모르게 웃음이 터져 나왔다.

"풉!"

핏이 딱 맞는 세련된 정장을 입고 있던 차윤성은 지금 완전히 달라져 있었다.

색깔조차 촌스러운 추리닝인데, 차윤성의 다리 길이에 비해 바지 길이가 너무 짧아서 그의 발목이 훤히 드러났다.

신기하게도 이런 스타일마저 아예 안 어울리는 건 아니었지만, 방금 전과 너무 달라진 그 모습에 서다래는 참을 수 없는 웃음이 터져 나왔다.

정작 당사자인 차윤성은 아무렇지 않은 표정으로 서 있었지만, 서다래의 큰 웃음소리에 옆에 있던 엄마가 민망하다는 듯이 말했다.

"이사님 다리가 너무 길어서 바지가 많이 짧네…… 보기가 좀 그런가?"

서다래가 뭐라고 대꾸하기도 전에 차윤성이 먼저 입을 열어 말했다.

"아닙니다. 기장이 짧아서 이게 더 편하네요."

그의 말에 일순 엄마의 얼굴에 화색이 돌았다.

"그렇지요? 보기가 좀 그렇더라도 양복을 그대로 입고 자는 것보단 훨씬 나을 거예요."

"네. 편하고 좋습니다."

훈훈한 분위기를 지켜보던 서다래가 웃음기 가시지 않은 목소리로 두 사람의 대화에 끼어들었다.

"아니, 그래도 이건 좀……."

차윤성을 놀리려는 서다래의 말을 엄마가 자르며 재빨리 말했다.

"좀 뭐? 이사님이 워낙 잘생기셔서 이런 옷도 잘 어울리시네."

정말 차윤성이 마음에 든 건지 엄마가 대놓고 그의 편을 들기 시작하자 오히려 서다래가 조금 당황하고 말았다.

"아니, 내말은……."

엄마는 다시 한 번 서다래의 말을 자르며 차윤성을 향해 말했다.

"이사님, 저녁은 드셨어요?"

"아니요. 바로 오느라 못 먹었습니다."

"그래요, 그럴 거 같았어요. 시간이 좀 늦었지만 잠깐 기다려 봐요. 특별한 반찬은 없겠지만 내가 대충 상을 봐줄게요."

서다래가 슬쩍 눈치를 살피며 다시 대화에 끼어들었다.

"엄마, 시간이 너무 늦어서 지금 먹으면 소화도 못 시킬 것 같은데?"

"얘는, 그래도 손님이 왔는데 어떻게 밥 한 끼 대접 안 하니. 이사님 부담 갖지 말고 과하지 않게 조금만 먹어요. 알겠죠?"

"네. 어머니, 신경 써 주셔서 감사합니다."

엄마 얼굴에 핀 웃음꽃을 보며 서다래도 더 이상 참견하지 못한 채 고개만 절레절레 저었다. 자식이라곤 딸만 셋이라 그런지 이런 분위기라면 차윤성을 당장에 양아들이라도 삼을 기세다.

엄마가 즐거운 듯이 싱크대로 향하자 눈치를 살피던 서다래가 재빨리 다시 입을 열었다.

"엄마, 요리하고 있을 동안 이사님 잠깐 쉬시게 내 방에 가 있을게."

"응, 그렇게 해. 이사님 좀 쉬고 계세요. 준비가 다 되면 불러드릴게요."

엄마의 허락이 떨어지자 서다래는 재빨리 차윤성을 데리고 자신의 방 안으로 들어왔다.

탁.

방에 들어와 단둘만 남게 되자 서다래가 곤란한 표정을 지으며 말했다.

"미안해요."

"뭐가? 아까 나보고 웃은 거?"

"아뇨, 그게 아니라 자꾸 윤성 씨 불편하게 만드는 것 같아서……."

"아니라니까 그러네."

차윤성은 정말 괜찮다는 듯이 피식 웃고는 서다래의 방 안을 슬쩍 둘러보았다.

"여기가 네가 쓰던 방이야?"

"네, 예전엔 그랬는데, 지금은……."

서다래의 말이 채 다 끝나기도 전이었다.

벌컥!

방문이 거칠게 열리며 익숙한 얼굴이 불쑥 나타났다. 그와 동시에 카랑카랑한 목소리가 들렸다.

"다래 언니!"

동그란 눈을 크게 뜬 채로 이쪽을 보고 있는 조그마한 여자애는 이 집안의 셋째이자 서다래의 또 다른 여동생인 서다은이었다.

둘만 있을 시간을 조금도 주지 않는 시끄러운 가족들을 보며 서다래는 한 손으로 이마를 짚었다. 그러곤 아까 하려던 말을 계속해서 이어 나갔다.

"제가 서울에 올라가기 전에 쓰던 방은 맞지만, 지금은 셋째 동생 다은이 방이에요. 이쪽이 제 동생 다은이에요."

서다래의 집에 방은 세 개였다.

그래서 안방은 부모님이 쓰셨고, 서다래가 서울에 가기 전까진 두 여동생이 한 방을 썼다. 하지만 지금은 그녀가 없었기에 여동생들이 각각 방을 하나씩 쓰고 있었다.

"안녕하세요! 다래 언니 동생 서다은입니다!"

활기찬 서다은의 인사를 들으며 차윤성은 입가에 미소가 지어졌다.

"다은아, 이쪽은 언니 회사의 이사님인……."

"들었어! 윤성 오빠 맞죠? 다래 언니가 좋아하는 사람! 다영 언니가 확실하다던데?"

서다은의 직설적인 말에 순간 서다래의 얼굴이 새빨갛게 변했다.

"아, 아니야!"

"정말 아니야?"

순진무구한 서다은의 눈동자를 내려다보며 서다래는 순간 말문이 막혀왔다.

잠시 대답을 망설일 때였다. 동생뿐만 아니라 옆에 서 있는 차윤성도 궁금하다는 듯이 물끄러미 바라보는 시선이 느껴졌다.

서다래가 곧바로 정신을 차리고, 붉어진 얼굴로 재빨리 화제를 바꿨다.

"넌 얼른 들어가서 공부나 해."

서다래의 대답에 서다은은 볼을 부풀리며 퉁명스럽게 대꾸했다.

"치. 여기가 내 방이다 뭐."

그때였다.

서다은과 대화를 나누고 있는 사이 이번엔 서다영이 나타나선 그들을 향해 말을 건넸다.

"다래 언니, 엄마가 이사님 배고프시면 과일이라도 먼저 깎아드리라는데?"

그렇게 조금의 쉴 틈도 주지 않고 나타나는 가족들 때문에 서다래는 정신이 하나도 없었다. 덕분에 시간은 순식간에 흘러 어느새 엄마가 차린 저녁상이 완성되었다.

기다랗게 편 좌식 식탁에는 차윤성과 서다래, 그리고 가족들이 모두 둘러앉았다.

"별로 차린 건 없지만 많이 먹어요."

"네, 잘 먹겠습니다."

차윤성이 젓가락을 들어 올리는 순간이었다.

그 모습을 엄마와 동생 둘이 모두 눈을 빛내며 쳐다봤다. 그런 부담스러운 시선을 눈치챈 서다래가 먼저 입을 열어 물었다.

"왜들 그렇게 봐?"

그녀의 질문에 엄마가 멋쩍게 웃으며 말했다.

"아니, 그냥 입맛에 맞으신가 궁금해서……."

아무리 만류해도 사위처럼 대하는 가족들의 태도에 오히려 서다래가 민망할 정도다.

엄마는 그렇다 하더라도 옆에 앉아 있는 동생 두 명이라도 얼른 쫓아내야겠단 생각에 서다래가 입을 열었다.

"너흰 밥도 안 먹을 거면서 왜 여기 앉아 있어. 얼른 방에 들어가."

"아니, 나도 그냥……."

서다영이 뭐라고 말을 하려고 우물쭈물하자 서다래가 눈빛을 보냈다.

어서 들어가라고.

그러자 동생들은 할 수 없이 자리에서 일어나서 방 안으로 들어갔다.

그러는 사이 반찬을 하나 집어먹은 차윤성이 엄마를 향해 말했다.

"정말 맛있네요. 어머니."

"어머, 그래요?"

차윤성의 칭찬에 엄마는 기분이 좋아져선 환하게 웃었다.

저녁을 굶은 건 서다래도 마찬가지였기 때문에 곧이어 그녀도 젓가락을 들어 반찬 하나를 집었다.

오물오물.

솔직히 맛은 평범했다. 오히려 차윤성이 집에서 해 준 음식들이 훨씬 맛있다.

서다래는 어디선가 요리를 잘하는 사람은 입맛이 까다롭다는 말을 들은 적이 있었다.

차윤성의 입맛에 정말로 엄마가 해 준 음식들이 잘 맞는 건지는 알 수 없다. 하지만 그가 정말 맛있게 먹어주니 그게 그저 고맙게 느껴졌다.

그렇게 식사가 끝나 갈 때였다.

가만히 차윤성을 바라보고 있던 엄마가 그에게 물었다.

"밥 더 먹을래요?"

"네, 안 그래도 너무 맛있어서 한 그릇 더 먹고 싶었습니다."

"그래요, 좀 부족해 보이긴 했어요."

차윤성이 내미는 밥그릇을 받아 든 엄마가 신이나선 자리에서 일어났다.

밥솥을 여는 엄마를 향해 서다래가 황급히 말했다.

"엄마, 밥 너무 많이 푸지 마. 곧 자야 되는데 너무 많이 먹으면 속 안 좋아."

"그럼, 당연하지."

말은 그렇게 했지만, 막상 엄마가 퍼온 밥의 양은 어마어마했다.

밥그릇을 확인한 서다래가 당황해서 다시 입을 열었다.

"엄마 많이 푸지 말라니까, 너무 많은 거 아니야?"

"그런가? 막상 푸려니까 너무 적게 담는 것도 인정이 없는 것 같아서…… 이사님, 부담 갖지 말고 배부르면 먹다가 남겨요."

서다래가 엄마가 주는 밥을 그가 어떻게 남기냐고 핀잔을 주려는 찰나였다.

차윤성은 아무렇지 않은 표정으로 웃으며 말했다.

"네, 잘 먹겠습니다."

그 두 사람의 모습을 지켜보며 서다래는 속이 타들어 가는 것 같았다.

그때였다.

찌익.

차윤성이 먹는 모습을 지켜보던 엄마가 갑자기 맨 손으로 겉절이를 쭉 찢었다.

그 모습을 바라보며 서다래의 머릿속에 '설마!' 하는 생각이 떠올랐다. 차마 그녀가 입을 열어 말리기도 전에 엄마의 손이 움직였다.

툭.

손수 찢은 김치를 손으로 집어서 엄마가 차윤성의 밥그릇 위에 올려 주었다.

가족들끼리야 이렇게 먹은 적도 있었지만, 상대는 차윤성이다. 서다래가 너무 당황해서 순간 아무 말도 못한 채 입이 벌어질 때였다.

"감사합니다."

차윤성은 아무렇지도 않게 엄마가 손으로 찢어준 김치를 집어먹었다.

그 모습에 서다래는 경악했고, 엄마는 쑥스럽게 말했다.

"아무래도 겉절이가 좀 큰 것 같아서요."

*　　*　　*

잠을 자려고 누운 서다래의 머릿속에는 생각이 많이 떠올랐다.

어두운 천장을 바라보며 오늘 있었던 일을 떠올리고 있자니, 어느새 잠이 들었는지 엄마가 코고는 소리가 미약하게 들려왔다.

현재 가족들은 각자의 방으로 뿔뿔이 흩어져 있었다.

서다래는 엄마와 함께 안방으로 들어왔고, 각방을 쓰던 동생 두 명을 오늘은 한 방에서 재웠다. 그리고 차윤성에게는 그녀가 예전에 쓰던 방을 내주었다.

'자고 있으려나?'

서다래는 문득 차윤성이 뭐하고 있을지 궁금해졌다. 그는 불면증이었기 때문에 아마 아직 잠을 이루지 못하고 있을지도 몰랐다.

스으윽.

차윤성이 아직 잠을 안 자고 있을지도 모른다는 생각이 들자 서다래는 자신도 모르게 누워 있던 자리에서 일어났다.

엄마가 깨지 않게 조심조심 어둠을 헤치며 서다래는 차윤성이 있는 방으로 향했다.

달칵.

최대한 소리를 작게 내며 문을 열고 들어갔다.

그러자 서다래의 예상대로 잠을 자지 않고 있던 차윤성의 신비로운 오렌지빛 눈동자가 그녀를 물끄러미 바라봤다.

두근.

어둠 속에서 희미하게 빛나는 그의 눈동자와 시선이 마주치자 가슴이 뛰었다.

조금은 잠겨 있는 그의 낮은 목소리가 들렸다.

"무슨 일이야?"

서다래가 작은 목소리로 답했다.

"……잠깐 산책할래요?"

바깥의 밤공기는 서울보다 조금 서늘했다. 하지만 그 편이 더 상쾌하고 좋게 느껴졌다.

서다래가 한 발자국 앞서 걸으며 뒤따라오는 차윤성을 향해 말했다.

"이 앞에 개울가가 있어요. 이쪽 길은 제가 잘 아니까 따라와요. 길이 좀 어두우니까 걸을 때 조심하고요."

차윤성은 자신의 정체를 알고 있음에도 그를 상대로 이런 말을 하는 서다래가 기가 막혀 피식 웃고 말았다.

"그런데 갑자기 웬 산책이야. 잠이 안 왔어?"

"그게 아니라…… 저희 집에 도착하고 둘이 얘기할 시간이 없었잖아요. 고맙다는 말, 하고 싶었어요."

"난 또 뭐라고."

대수롭지 않다는 듯 대답하는 차윤성을 향해 서다래가 조심스레 물었다.

"많이 곤란했죠?"

"그렇지 않았어. 네 부모님이면 내게도 감사한 분들이니까."

"네?"

순간 이해가 안 되는 그의 말에 서다래가 차윤성을 바라볼 때였다.

차윤성의 나지막한 목소리가 이어져 들려왔다.

"내 여자를 이렇게 키워주신 분들이잖아."

내 여자.

서다래는 새삼 그 단어에 얼굴이 달아올랐다.

갑자기 너무 뜨겁게 느껴지는 얼굴에 서다래는 지금 걷고 있는 이 길이 어두워서 다행이란 생각이 들었다. 아니었다면 지금 그녀의 새빨개진 얼굴을 들키고 말았을 테니까.

타박타박.

부끄러움에 서다래가 발걸음을 빨리하며 길을 재촉할 때였다.

차윤성의 낮은 목소리가 다시 뒤편에서 들려왔다.

"안 그래도 방금 누워서 생각하고 있었어. 언제쯤 서다래 네 입에서 대답을 들을 수 있을까 하고. 그래서 내린 결론이 있는데……."

처음부터 대답을 오래 기다리지 않겠다던 차윤성이다. 벌써 그 시간이 왔다고 생각하니 서다래는 가슴이 심하게 떨려 왔다.

조금만 더 시간을 달라고 말을 하려던 그녀가 다급한 마음에 발을 잘못 내디뎠다.

"으앗!"

주르륵.

미끄러운 개울가 근처라 균형을 잃은 서다래의 몸이 순식간에 무너져갈 때였다.

타악!

첨벙.

눈 깜빡할 사이 개울가에 빠진 서다래는 조금은 푹신한 감촉에 당황했다.

뒤편으로 고개를 돌려보니 어느새 차윤성이 그녀를 감싸 안은 채로 개울가에 빠져 있었다. 찰나의 순간 그녀가 다치지 않게 품에 안아 보호한 것이다.

차가운 개울물을 느끼며 서다래가 어쩔 줄 몰라 할 때였다.

"너…… 자꾸 이렇게 눈도 못 떼게 만들래?"

차윤성의 화난 듯한 낮은 목소리에 서다래가 당황해 재빨리 입을 열었다.

"그게, 미안…… 앗!"

서다래의 말이 채 끝나기도 전에 차윤성이 그녀를 번쩍 안아 들었다.

참방참방.

개울가 밖으로 나온 차윤성은 서다래를 커다란 바위 위에 앉혀놓은 채 그녀와 시선을 맞추었다.

뜨거운 차윤성의 눈길이 느껴지자 서다래는 아무런 말도 못한 채 그를 바라봤다.

차윤성이 느릿하게 입술을 열며 말했다.

“너에게 날 선택하라고 안 해. 그 자그만 머리로 고민하다 날 결정하기까진 꽤 오랜 시간이 걸릴 것 같으니까. 그러니까…… 내가 싫으면 지금 날 거부해. 그렇지 아니면 서다래, 넌 지금부터 내 여자야.”

“네?”

거부하라고?

어떻게?

서다래는 영문을 모르겠다는 듯 차윤성을 쳐다봤다.

그는 물기에 촉촉하게 젖은 상태로 그녀를 똑바로 보고 있었다.

그 순간 차윤성이 숫자를 내뱉기 시작했다.

“하나.”

서다래는 당황스러웠다. 동시에 머릿속이 복잡해졌다.

싫다고 말하라는 건가? 이 남자를?

“둘.”

짧은 순간, 하지만 서다래는 많은 생각을 했다. 과연 이 남자를 거부할 수 있을까?

계속해서 밀어내려고 해도 차윤성이 마음으로 들어온다는 사실은 그녀 또한 알고 있었다.

아무리 생각해 봐도 결론은 하나였다.

"셋."

다시 한 번 숫자가 세어지는 순간 서다래는 확신했다.

자신은 결코 이 남자를 거부할 수 없다는 것을.

그리고 그 모든 것을 깨닫는 순간 차윤성의 커다란 손이 어느새 그녀의 뒷목에 닿았다. 그가 나지막한 목소리로 중얼거렸다.

"대답할 수 있는 시간은 끝났어."

그의 손에서 따뜻한 열기가 느껴진다고 생각하던 찰나였다.

"흡!"

차윤성이 예고도 없이 서다래의 입술에 자신의 입술을 가져갔다. 그리고 조금의 틈도 놓치지 않겠다는 듯이 차윤성의 입술이 그녀를 뒤덮었다.

놀란 서다래의 눈이 순간 크게 떠졌다.

하지만 입술에 닿은 뜨겁고도 보드라운 느낌에 곧이어 그녀의 눈이 스르륵 감겼다.

8.

우리의 첫 번째 날

창밖에는 서서히 해가 떠오르려는지 햇살이 비쳐 오고 있었다.

방 안에서 앉은 상태로 깜빡 잠이 들었던 차윤성은 정신을 차리고 고개를 돌렸다.

스읏.

옆에는 서다래가 자신의 어깨에 기대어 잠을 자고 있는 모습이 보였다. 차윤성은 새근새근 자고 있는 서다래의 모습을 가만히 들여다보다가 자신도 모르게 피식 웃고 말았다.

사랑스러웠다.

어젯밤 개울에 빠진 두 사람은 집에 돌아온 후 젖은 옷을 말릴 겸 잠시 방 안에 같이 앉아 있었다. 그러다가 그만 잠에 빠지고 만 것이다.

차윤성은 자고 있는 서다래의 옆모습을 가만히 지켜보다가 흘러내린 머리카락을 조심스레 넘겨주었다.

그때였다.

"으음."

간질거리는 느낌에 서다래가 조금 뒤척이더니 감고 있던 눈을 떴다.

서다래는 눈을 뜨자마자 자신을 빤히 쳐다보고 있는 차윤성의 얼굴에 놀라 일순 동공이 커졌다.

차윤성은 그 모습조차 귀여워서 견딜 수가 없었다.

쪽.

그가 자연스럽게 서다래의 이마에 입을 맞추자 그녀가 반사적으로 이마를 손으로 가렸다. 동시에 얼굴이 새빨갛게 변했다.

"뭐, 뭐, 뭐하는 거예요? 아침부터……."

부끄러워하며 이마를 가린 서다래의 손등 위에 차윤성이 다시 한 번 입맞춤을 했다.

쪽!

그러곤 차윤성이 장난스럽게 웃으며 말했다.

"잘 잤어?"

감미로운 그의 목소리, 아침부터 눈이 환해지는 느낌이 들 정도로 잘생긴 그의 얼굴이 아주 가까운 곳에서 그녀를 쳐다보고 있었다.

문득 어젯밤 그와 했던 키스가 떠올라 서다래는 다시금 심장이 뛰어왔다.

지금까진 거짓이었을지 몰라도 오늘부턴 정말로 사귀는 사이가 된 두 사람이다.

이렇게 눈부시게 잘생긴 남자가 이제부터는 진짜 내 남자라고 생각하니 주책없이 마음이 설레어오기 시작했다.

서다래는 괜스레 부끄러운 마음에 자신을 쳐다보는 차윤성의 시선을 슬쩍 피하며 조심스럽게 말했다.

"그런데 언제부터 일어나있던 거예요? 혹시 한숨도 못 잤어요?"

"아니, 나도 방금 일어났어."

"정말요? 불면증이라 걱정했는데 조금이라도 잤다니 다행이네요."

"그러게, 나도 이렇게 잠이 들 줄은 몰랐는데……."

평상시 차윤성이라면 이렇듯 불편하게 앉은 자세로 잠을 잔다는 건 있을 수 없는 일이었다.

하지만 이상하게도 서다래의 옆에선 편하게 잠을 이룰 수 있었다. 그 이유가 무엇인지는 정확히 알 수 없었지만, 이 전에도 그녀가 불면증을 고쳐주겠다며 찾아온 날 이렇게 편히 잠든 적이 있었다.

서다래를 향한 마음을 알아차린 후로는 그녀 때문에 잠을 못 자는가 싶더니만 어느새 또 이렇게 편하게 잠이 들고 말았다.

차윤성은 스스로도 납득이 안 간다는 얼굴로 말을 다시 이었다.

"……신기하게도 네 옆에선 잠이 잘 온단 말이지."

그때처럼 오늘도 길지는 않았지만 오래간만에 편안하게 잠을 잔 덕분에 몸이 많이 가벼워졌다.

그의 말을 듣고 있던 서다래는 창밖으로 비쳐오는 햇살을 보다가 번뜩 떠오른 생각에 급히 몸을 일으켰다.

"전 엄마가 깨기 전에 얼른 방으로 다시 돌아가 봐야겠어요."

엄마 옆에서 자고 있어야 할 그녀가 이렇게 차윤성과 한 방에 같이 있었다는 사실을 들키기라도 한다면 큰일이었다.

서다래는 상상만으로도 눈앞이 아찔해졌다.

서둘러 방을 나가며 서다래가 작은 목소리로 그를 향해 말했다.

"이따가 봐요."

밖으로 나가는 서다래의 뒷모습을 물끄러미 바라보던 차윤성은 하마터면 보내기 싫다고 어린애처럼 그녀를 붙잡을 뻔했다.

무심코 그녀를 잡기 위해 들어 올린 손을 보며 차윤성은 기가 막혀서 웃음밖에 나오지 않았다.

"……벌써부터 이렇게 떨어지기 싫다니, 큰일이네."

* * *

다행히도 서다래가 이불 위에 누워 자는 척을 한 지 얼마 되지 않아 엄마가 일어났다.

조금만 늦었으면 큰일 날 뻔했다는 생각에 속으로 안도의 한숨을 내쉬며 서다래는 막 잠에서 깬 것처럼 자리에서 일어나며 기지개를 켰다.

"으음. 엄마 일어났어?"

"그래, 오랜만에 집에 와서 잔 거라 혹시 잠을 설치진 않았니?"

"아냐 아냐, 아주 잘 잤으니까 걱정 마."

"다행이네. 엄마는 나가서 아침 준비 할 테니까 이불 정리하고 나와서 동생들부터 깨워."

"응, 알겠어."

그렇게 엄마가 방 밖으로 나가고 서다래는 깔아 놓았던 이불을 차곡차곡 개었다. 순식간에 정리를 끝낸 그녀가 동생들의 방으로 향했다.

벌컥!

방문을 열어젖힌 서다래가 소리쳤다.

"얼른 일어나!"

서다래의 목소리에 동생들은 오히려 이불을 머리끝까지 올려 덮으며 더 자고 싶다는 표현을 했다.

"언니, 5분만……."

졸음이 잔뜩 묻어 나오는 목소리로 칭얼거리는 서다영을 서다래가 억지로 일으켜 세우곤 단호한 목소리로 말했다.

"얼른 일어나서 다은이는 네가 깨워."

서다영이 반쯤 풀린 눈으로 서다래를 바라보며 고개를 끄덕일 때였다. 그녀의 눈에 뭔가 이상한 것이 포착되었다.

서다영이 한 손으로 눈을 비비며 잠긴 목소리로 말했다.

"언니, 어제 입었던 잠옷 그거 아니지 않아? 내가 빌려준 거라 기억나는데……."

"어?"

무심코 내뱉은 서다영의 말에 서다래는 크게 당황하고 말았다.

어젯밤 개울가에 빠져서 옷이 젖은 덕분에 서다래는 다른 옷으로 갈아입었기 때문이다. 옷이 다 마르면 원래대로 입으려 했는데 급한 마음에 깜빡하고 말았다.

순간 딱딱하게 경직된 서다래를 보며 서다영이 이상하다는 듯이 다시 말했다.

"뭘 그렇게 놀라?"

"내, 내가 언제?"

"뭐야, 말까지 더듬고…… 무슨 죄라도 지었어?"

"죄, 죄, 죄라니! 그런 게 있을 리가 없잖아. 옷은 네가 착각한 거야. 얼른 다은이나 깨워서 같이 나와."

서다래는 도둑이 제 발 저린다는 말처럼 마음 한구석이 크게 찔려왔다. 그래서 아직 잠에서 완전히 깨지도 않은 서다영을 향해 괜히 큰소리를 치고 밖으로 나왔다.

원래 거짓말을 잘 못 하기도 했지만, 순간 어젯밤 차윤성과 단둘이 있었던 일이 걸린 것만 같아서 심장이 무지막지하게 떨려왔다.

두근두근.

놀란 가슴을 진정시키며 서다래가 침착해지기 위해 노력할 때였다.

부엌에서 엄마의 목소리가 들려왔다.

“어머, 이사님. 벌써 일어나셨어요?”

“네, 어머니. 안녕히 주무셨어요?”

차윤성의 목소리까지 들리자 서다래는 무심코 부엌을 향해 걸어갔다.

고개를 빼꼼 내밀고 두 사람을 보려고 할 때였다.

‘아!’

그녀가 다가오는 발소리를 들은 건지 차윤성이 곁눈질로 서다래를 바라보며 눈웃음을 짓고 있었다.

부드럽게 휘어지는 눈가를 보고 있자니 서다래는 방금 전보다 훨씬 더 세차게 뛰는 심장을 느낄 수 있었다.

두근두근두근.

당장 밖으로 튀어나올 것 같이 뛰는 심장 소리를 들으며 서다래는 이러다간 제 명에 못 죽을지도 모르겠단 생각을 했다.

그렇게 아침밥을 간단히 챙겨먹은 서다래와 가족들은 다시 차윤성의 차를 타고 아빠가 입원해 있는 병원으로 향했다.

차를 타고 가는 중에 엄마가 말했다.

“다래는 아빠 얼굴 보고, 오늘 다시 서울로 올라가는 걸로 해.”

"이렇게 빨리? 어차피 주말이라 나 하루 더 있다가 가도 돼."

"아냐. 네가 여기 있는다고 아빠가 빨리 낫는 것도 아니고, 너도 일하느라 바쁠 텐데 올라가서 할 일 해야지."

"그래도……."

"지금은 아빠도 잠 많이 자고 푹 쉬는 게 더 나으실 거야. 괜히 너 있으면 아빠도 딸 얼굴 보고 싶어서 못 쉬실 수도 있어. 그러니까 아빠 괜찮아지시면 그때 다시 보는 걸로 해."

엄마의 말에 서다래는 하는 수 없이 고개를 끄덕거렸다.

끼익!

곧이어 차가 병원에 도착하자 서다래가 가족들을 향해 먼저 말했다.

"엄마랑 다들 먼저 올라가. 난 이사님이랑 얘기 좀 하고 바로 올라갈게."

"그래, 이사님 이렇게 다래 데리고 내려와 주셔서 감사했어요. 잘 대접해드렸어야 했는데 정신이 없어서 해드린 게 없네요. 다음에 또 놀러오세요."

"아닙니다. 어머니 덕분에 편하게 있다가 갑니다."

"그럼, 조심히 올라가세요."

엄마의 말에 서다영과 서다은도 차윤성을 향해 고개를 숙여 꾸벅 인사했다. 그렇게 짧은 인사를 마친 가족들은 병원 안으로 향했다.

가족들의 모습이 시야에서 사라지자 차윤성이 먼저 서다래를 향해 나지막이 말했다.

"나도 올라가서 아버님한테 인사드리는 게 낫지 않겠어?"

그의 말에 서다래가 고개를 절레절레 저으며 대답했다.

"아니에요. 저도 생각해봤는데 지금 이렇게 입원하고 계실 때 인사드리는 걸 아빠가 좋아하지 않으실 것 같아요."

그리고 뒷말을 하려던 서다래는 살짝 망설이더니 쑥스럽다는 듯이 작은 목소리로 다시 말을 이었다.

"인사는 다음에…… 같이 와서 정식으로 드리기로 해요."

'정식으로'라는 말은 많은 의미가 포함되어 있었다.

서다래도 이젠 당당히 차윤성을 자신의 남자친구로 모두에게 소개를 하고 싶은 것이다.

그녀의 마음을 알아 챈 차윤성이 서다래를 놀리듯이 장난스럽게 말했다.

"그러게, 이왕 이렇게 될 거 처음부터 사귀는 사이라고 소개했으면 좋았잖아."

"어제는 안 사귀었으니까 그렇죠. 이제 와서 하루 만에 우리 사이가 이렇게 변했다고 말씀 드리기도 그렇고……."

부끄러워하는 서다래가 귀여워서 차윤성은 웃을 수밖에 없었다. 가만히 그녀를 내려다보던 그가 다시 말했다.

"알았으니까, 그만 올라가 봐. 난 여기서 기다리고 있을 테니 아버님 뵙고 천천히 내려와."

"아 작별 인사 하려고 한 건데, 기다리려고요? 얼마나 걸릴지 몰라요. 오래 기다릴지도 모르는데…… 그냥 먼저 돌아가요."

"싫어."

단호한 차윤성의 말에 서다래가 그를 의아하게 바라볼 때였다.

그때 차윤성의 입에서 뒷말이 흘러나왔다.

"내가 보고 싶어서 안 돼."

그의 말에 순간 서다래의 볼이 발그레하게 변했다.

차윤성은 자신이 한마디를 내뱉을 때마다 즉각 반응하는 그녀의 얼굴이 재밌다는 생각이 들었다.

당연히 지금까지처럼 부끄러워할 줄만 알았던 서다래의 입에서 여태까지와 전혀 다른 대답이 흘러나왔다.

"알겠어요, 아빠랑 인사하고 너무 늦지 않게 내려오도록 할게요. 저도…… 같은 마음이니까요."

그녀의 입에서 흘러나온 대답에 차윤성이 깜짝 놀라서 되물었다.

"뭐?"

"나도 윤성 씨가 보고 싶으니까…… 빨리 오겠다고요."

서다래는 말을 하면서 점점 더 얼굴이 붉어지기 시작했다.

그녀의 얼굴을 바라보던 차윤성은 한 손을 들어 이마를 감싼 채 슬며시 고개를 숙였다. 그러곤 자신도 모르게 깊은 한숨을 내뱉었다.

"후우."

그가 나지막이 중얼거렸다.

"……내가 정말 널 어떻게 하면 좋지?"

귀 기울여 듣지 않으면 잘 들리지 않을 작은 목소리였기에 서다래가 붉어진 얼굴로 그를 빤히 쳐다보며 다시 되물었다.

"네?"

그때였다.

와락.

눈 깜짝할 사이 차윤성이 서다래를 품에 안아 가둬 버렸다. 한순간에 차윤성의 품에 안긴 서다래가 깜짝 놀라서 입술을 달싹거렸다.

"어어."

밀착된 몸.

차윤성의 얼굴이 그녀의 바로 어깨에 닿아 있었다. 그가 내쉬는 간지러운 숨이 매우 가깝게 느껴질 정도였다.

당황한 서다래가 혹시나 다른 사람이 보면 어쩌냐고 막 말을 하려던 찰나였다.

그때 서다래의 귓가에 초콜릿보다 더 달콤한 차윤성의 허스키한 목소리가 들려왔다.

"서다래, 네가 이러면 정말 한시도 떨어트려놓고 싶지 않잖아."

드르륵.

서다래가 병실 안으로 들어오자 무심코 그녀의 얼굴을 본 서다영이 깜짝 놀라서 물었다.

"언니, 무슨 일 있었어?"

"응?"

"얼굴이 엄청 빨간데?"

"아!"

서다래는 새빨갛게 변한 얼굴로 고개를 좌우로 흔들 뿐이었다.

"아, 아무것도 아니야."

서다래는 방금 전 차윤성의 품에 안겼던 감촉이 아직도 너무 생생했다. 두근거리는 가슴을 애써 진정시키며 병실 안을 살펴볼 때였다. 다행히 어제와 달리 잠에서 깨어나 앉아 있는 아빠의 모습이 보였다.

서다래는 서둘러 병실 침대를 향해 가까이 다가가며 말했다.

"아빠, 몸은 어때? 괜찮아?"

"우리 딸 왔어?"

"응. 아빠가 쓰러졌다는 연락받고 얼마나 놀랐는지 몰라."

서다래는 언제나 따스한 눈빛으로 자신을 다정히 바라봐주는 아빠를 보자 마음이 놓였다. 그와 동시에 그 눈빛과 어딘가 닮아 있는 오렌지빛의 눈동자가 떠올랐다.

문득 차윤성이 그녀를 바라볼 때의 그 따스하고도 강렬한 시선이 떠올라서 서다래는 조금이나마 진정됐던 마음이 다시금 설레어왔다.

이제는 그가 곁에 없어도 그를 떠올리며 이렇게 가슴이 뛰어왔다.

*　　*　　*

차윤성은 운전석에 앉아서 강지욱과 전화 통화를 하고 있었다.

—서다래 씨와 출장 갔다가 습격을 받은 지 얼마나 됐다고 그 멀리까지 가신 겁니까?

"갑자기 급한 일이 생겨서 어쩔 수 없었어."

—지금 얼마나 위험한지 잘 아시는 도련님이 이렇게 행동하시면 어떻게 합니까? 도련님 목숨이 몇 개라도 되는 줄 아십니까?

"잔소리 좀 그만해. 위험한 거 아니까 나도 너한테 미리 연락한 거 아니야."

서다래는 이곳으로 오는 동안 정신이 없어서 몰랐지만, 차윤성은 혹시나 두 사람을 노리는 수인족들을 대비해 미리 강지욱에게 연락을 해 놓은 상태였다.

그 덕분에 강지욱은 어젯밤 내내 다른 수인족들의 움직임을 파악하느라 얼마나 고생했는지 모른다.

그런데 그런 강지욱의 고생을 조금도 모르는 것처럼 너무나도 태연한 목소리로 통화를 하는 차윤성이 조금은 얄밉게 느껴질 수밖에 없었다.

—도련님께 혹시라도 무슨 일이 생길까 봐 제가 얼마나 고생했는지 아십니까?

"그럴 만한 사정이 있었다니까."

—궁금해서 그럽니다. 대체 도련님께 그만한 일이 뭡니까? 저도 이만큼 고생했는데 그 정도는 들을 권리가 있는 거 아닙니까?

강지욱이 자신의 말마따나 하루 종일 고생한 걸 떠올리며 그 정도는 본인도 들을 권리가 있다고 생각할 때였다.

그런데 그때 전혀 예상치 못한 음성이 들렸다.

그것은 바로 바람 빠지는 듯한 차윤성의 작은 웃음소리였다.

순간 강지욱이 너무 놀라서 자신도 모르게 그를 재차 불렀다.

—도련님?

강지욱뿐만 아니라 차윤성 스스로도 놀랄 만한 일이었다. 그가 웃고 싶어서 웃은 게 아니다. 다만 그도 모르게 서다래를 머릿속에 떠올리니 웃음이 새어 나와 버린 것이다.

곧이어 차윤성이 변명하듯이 나지막한 목소리로 말했다.

"내 여자 친구한테 급한 일이 생겨서 그랬어."

차윤성의 입에서 단 한 번도 나온 적이 없는 여자 친구라는 생소한 단어에 강지욱의 머릿속에 불현듯이 떠오른 생각이 있었다.

그가 혹시나 하는 생각에 물었다.

—설마…… 서다래 씨와 정말 사귀기로 하신 겁니까?

강지욱의 질문에 차윤성은 그답지 않게 자랑하듯이 바로 대답했다.

"응."

그러고도 뭐가 부족한지 차윤성이 다시 뒷말을 덧붙였다.

"너한테 처음 말한 거니까 영광인 줄 알아."

—…….

강지욱이 순간 아무런 말도 없자 차윤성이 낮은 목소리로 다시 입을 열었다.

"나한테 할 말이 있을 텐데?"

—……축하드립니다.

그제야 만족스럽다는 듯이 차윤성이 웃었다.

잠시 놀라긴 했지만 강지욱은 두 사람이 사귄다는 게 얼마나 큰일인지 잘 알고 있었다. 그래서 뒤이어 이것저것 떠오르는 걱정스러운 생각에 다시 조심스럽게 입을 열었다.

—서다래 씨한테는 제대로 설명해드렸습니까?

무슨 설명을 말하는 거냐고 묻지 않아도 차윤성은 지금 강지욱이 하는 말의 의미를 잘 알고 있었다.

수인족과 인간.

절대 만나선 안 되는 사이까지는 아니었지만 종족이 다른 만큼 서로 감수해야 하는 부분이 많았다.

더군다나 차윤성은 수인족 중에서도 손에 꼽힐 정도로 그 피가 매우 강하고 힘이 있는 편에 속했다. 이런 경우 자신의 짝을 인간으로 선택한 적은 지금까지 한 번도 일어난 적 없는 이례적인 일이었다.

하지만 차윤성은 시큰둥한 목소리로 대꾸했다.

"그런 설명을 왜 해? 그냥 밀어붙였는데?"

다행히 서다래가 넘어와 주긴 했지만 사실 차윤성은 반쯤 내 여자가 되라고 협박을 한 것과 다름없었다.

결과가 중요했기에 과정을 신경 쓰진 않았지만 사실은 그랬다.

차윤성의 너무나도 당당한 대답에 강지욱이 그게 말이 되냐는 듯 재차 입을 열어 말했다.

—서다래 씨한테 딱히 아무런 말씀도 안 하셨단 말입니까?

"당연하지. 자세히 알고 나면 도망갈지도 모르잖아."

—허…….

강지욱은 그만 할 말을 잃고 말았다. 하지만 그만큼 차윤성의 서다래를 향한 진심이 느껴지기도 했다.

그가 짐작했던 것보다 차윤성은 서다래를 더 많이 원했던 모양이다.

"수인족, 인간. 그딴 게 뭐가 중요해. 내가 선택한 여자인데."

말을 하는 와중에도 차윤성은 서다래를 떠올리며 자신도 모르게 입술 끝을 올렸다.

그녀가 병실로 올라가기 전에 말한 보고 싶다는 말이 귓가에 맴돌아 떠나질 않았다. 꽤 오랜 시간을 기다리고 있었지만 하나도 지루하지 않은 이유도 그 때문이었다.

빈말이 아니라, 차윤성은 지금도 서다래가 보고 싶었다.

잠시 서다래를 떠올리던 차윤성이 마침 생각났다는 듯이 강지욱을 향해 다시 말했다.

"참, 외삼촌한테는 연락 없었어?"

—왜 없었겠습니까? 총회에서 도련님이 인간 여자를 약혼녀

로 소개시킨 사실을 알고 무슨 일인지 매우 궁금해하십니다.

"외삼촌한테 내일 직접 찾아뵙고 말씀드린다고 전해."

—네. 그런데 도련님…….

강지욱답지 않게 말꼬리를 흐렸기에 차윤성이 궁금하다는 듯이 물었다.

"뭔데?"

—만약에 제가 거기까지 간 이유를 물어보지 않았으면 서다래 씨와 사귀게 된 사실을 언제 말씀하실 생각이셨습니까?

"내가 언제 말했을 것 같은데?"

—이처럼 신이 나신 걸 보면…… 최소한 전화 끊기 전에는 말씀하셨을 것 같은데 아닙니까?

강지욱의 말에 차윤성의 한쪽 입꼬리가 슥 올라갔다.

"알면서 뭘 물어."

사실 차윤성은 지금 서다래와 사귀게 된 사실을 소리쳐서 자랑하고 싶을 정도로 기쁜 상태였다. 당연히 강지욱과 전화 통화를 끊기 전에 알아서 밝혔을 게 뻔했다.

강지욱이 나지막한 목소리로 중얼거리듯이 말했다.

—……역시 제가 괜한 짓을 한 거로군요.

뭐라고 다시 말을 하려던 차윤성의 눈에 서다래의 모습이 들어왔다.

차윤성이 강지욱을 향해 다급히 말했다.

"바쁘니까 끊자."

뚝—

전화를 끊은 차윤성은 운전석의 문을 열고 밖으로 내렸다.

지금은 서다래가 병원 안으로 들어간 지 몇 시간이 흐른 뒤다. 그녀도 밖에서 기다리는 차윤성이 걱정됐는지 헐레벌떡 뛰어왔다.

가쁜 숨을 내쉬며 서다래가 말했다.

"많이 기다렸죠? 오랜만에 아빠를 보니까 너무 반가워서 생각보다 늦었어요."

"상관없어. 알면서도 기다리겠다고 한 거니까. 이제 서울로 올라가면 되는 건가?"

"네!"

서다래의 씩씩한 대답에 차윤성이 씩 웃고는 조수석 차 문을 열어 주었다.

"가자."

서다래는 한 손을 창문에 걸쳐 턱을 괸 채로 운전하는 차윤성의 옆모습을 훔쳐봤다. 날렵한 턱 선과 우뚝 솟아오른 콧날이 마치 누군가 심혈을 기울여 조각한 것처럼 예술이었다.

어떻게 보면 불과 하룻밤이 지났을 뿐인데, 집으로 내려올 때와 올라갈 때가 이렇게 달라져 있었다.

이제 이 눈부시게 잘생긴 남자가 바로 자신의 남자가 되었다.

그 사실이 생각할수록 감회가 새로워서 자꾸 들뜬 마음이 들었다.

차윤성은 정면을 바라보던 시선을 돌리지도 않은 채 서다래를 향해 나지막이 말했다.

“계속 그렇게 보지 마.”

“네?”

“네가 자꾸 보면 신경 쓰여서 사고 날지도 모르니까.”

“풋.”

차윤성의 말에 서다래가 웃음이 터졌다.

그녀의 해맑은 웃음소리에 차윤성이 서다래를 힐끗 쳐다보곤 다시 말했다.

“혹시나 해서 물어보는 건데, 오늘 뭐 하고 싶은 거 있어?”

“오늘요? 갑자기 왜요?”

“그 반응은 뭐야? 설마 우리가 사귀기로 한 첫날인데 이대로 그냥 집에 들어가려고 생각한 거야?”

“아…….”

전혀 생각을 안 했다는 서다래의 반응에 차윤성이 구박하듯이 말했다.

“무드 없는 여자 같으니라고.”

사실 차윤성도 지금까지 여자를 만나면서 이런 걸 세심하게 챙겨본 적은 없었다. 하지만 서다래는 달랐다.

뭔가 기념이 될 만한 하루를 보내고 싶을 정도로 차윤성에게는 오늘 하루가 소중히 느껴졌다.

"음."

서다래가 곰곰이 생각하는 듯했지만, 아무런 대답이 없자 차윤성이 오래 기다리지 않고 다시 입을 열어 말했다.

"생각나는 거 없으면 그냥 내가 하고 싶은 대로 할게. 혹시 네가 하고 싶은 게 있을 까 봐 물어본 거니까."

차윤성의 말에 서다래는 고개를 절레절레 흔들며 말했다.

"아니에요. 저도 하고 싶은 거 있어요. 아무거나 상관없는 거죠?"

"당연하지."

너무나도 자신만만하게 나오는 차윤성의 대답에 서다래가 장난기가 발동해서 웃음기 가득한 목소리로 말했다.

"만약에 제가 별이라도 따러 가자고 하면 어쩌려고 그렇게 말해요?"

"당장은 무리긴 하지만…… 지금부터 항공 쪽으로 투자를 할까?"

진지한 차윤성의 말에 서다래는 다시 한 번 크게 웃고 말았다.

한참 웃던 서다래가 차윤성을 향해 다시 말했다.

"사실 지금까지 윤성 씨가 매일 저 아침밥 챙겨 주고 그랬잖아요, 그래서 저도 한 번쯤은 직접 음식 해 주고 싶었어요. 마침 오늘 시간 나니까…… 어때요?"

서다래의 말에 차윤성이 진심으로 놀란 듯 그녀를 쳐다봤다.

"네가 라면 말고도 할 줄 아는 게 있었어?"

"잘하진 못해요. 서투르긴 한데 그냥……."

"아니. 네가 해 주는 거라면 라면이든 뭐든 전혀 상관은 없는데, 서다래 네가 요리를 한다니까 신기해서 물어본 거야. 나야 좋지."

"기대하진 말고요."

"안 해. 부담 갖지 말고 해."

"그럼 집에 가기 전에 마트 들렀다가 가요. 이것저것 재료 좀 사게요."

서다래가 쑥스러운 듯 콧잔등을 매만지다가 문득 떠오른 생각에 다시 입을 열었다.

"참, 밥 먹으면서 술 한잔 어때요?"

"술?"

순간 차윤성의 표정이 미묘하게 변했다.

서다래와 같이 살고 난 뒤부터 그가 괜히 입에서 술을 끊은 게 아니다.

선뜻 대답하지 못한 채 고민하던 차윤성이 나지막한 목소리로 중얼거리듯 말했다.

"……그건 좀 위험할 텐데."

* * *

조명이 어두운 방 안에는 진해임과 차해운이 서로를 마주 보고 앉아 있었다.

잠시 동안 아무런 말이 없던 두 사람이다.

먼저 입을 뗀 것은 진해임이었다.

"예전에는 네가 유학을 가서 많이 못 본다고 여겼는데, 이제 보니 가까이 있어도 아들 얼굴 한 번 보기가 여간 힘든 게 아니구나."

"본론부터 말씀하세요. 무슨 일로 절 보자고 하신 겁니까?"

진해임의 투정부리는 듯한 따스한 말투에도 차해운은 흔들리지 않은 채 무미건조한 눈빛으로 그녀를 바라볼 뿐이었다.

아무런 감정이 담기지 않는 차해운의 무표정한 얼굴이 지독히도 차갑게 느껴져 진해임은 자신도 모르게 혀를 찼다.

"쯧. 대체 나한테 왜 그러는 거니? 뭐가 불만인 거야? 전에도 윤성이 녀석을 견제하기 위해선 네가 유학을 가면 안 된다고 그렇게 말렸거늘. 굳이 유학까지 간 이유가 뭐야?"

"그때 말씀드리지 않았습니까. 더 공부하고 싶다고요."

"정말 그게 다란 말이니?"

진해임은 차해운의 그 말을 믿을 수가 없었다.

차윤성만큼은 아니지만 차해운도 그녀를 닮아 영특한 아이였다. 차해운이 유학을 떠나 자리를 비우게 되면 그가 후계자가 되기 위해 얼마나 불리해지는지 모를 리가 없었다.

그런데도 그가 유학을 떠났다는 건 차해운에게 진해임이 알지 못하는 뭔가 다른 생각이 존재할 가능성이 컸다.

문제는 이렇게 갑자기 차해운이 변한 이유를 알 수가 없다는 사실이다.

처음에는 자신의 쓸데없는 생각인가 싶었지만, 어느 순간부터 차해운이 그녀를 대하는 태도가 변하기 시작하는 걸 보면서 확신했다.

그녀가 모르는 무언가가 있는 것은 분명한데 그게 무엇인지 알지 못했기에 진해임은 그저 짐작만 할 뿐이었다.

"제가 어머니한테 거짓말을 할 이유가 없지 않습니까."

차해운의 말에 진해임은 묻고 싶은 말이 많았지만 조용히 입을 닫았다.

그의 말대로 차해운이 굳이 그녀에게 거짓말을 할 이유는 없었기 때문이다. 진해임이 세상에서 유일하게 믿는 것이 자신의 아들인 차해운이었다. 그의 생각이 조금 의심스럽다는 이유로 추궁을 할 마음은 없었다.

"그래. 그건 이미 지나간 일이니 더 이상 따지지 않으마. 내가 오늘 널 이렇게 부른 이유는 슬슬 너와 장지현의 약혼식을 성사시키기 위해서야."

장지현이라는 이름에 차해운의 눈동자가 음울하게 변했다.

"왜 하필 지현이입니까?"

"정말 몰라서 묻는 거니? 네 또래 여자아이들 중에 지현이만큼 권력 있는 가문은 없어. 네게 힘이 되어 줄 여자니 무조건 잡아야지."

진해임의 말에 차해운은 자신도 모르게 장지현이 어머니와 판박이란 사실을 알고 있느냐며 소리를 칠 뻔했다.

장지현, 그녀는 지독히도 자신의 어머니인 진해임과 똑같은 부류의 여자였다.

목구멍까지 차오른 그 말을 간신히 삼킨 채 차해운은 잠시 숨을 골랐다. 그리고 조금이나마 침착함을 되찾은 차해운이 나지막이 말했다.

"어머니, 제가 만약에…… 지현이가 제 짝으로 싫다고 하면 어찌시겠습니까?"

"만약에라는 것은 없어. 지현이가 싫은 게냐?"

여자이긴 해도 진해임의 몸에서 뿜어져 나오는 기운은 압도적이었다.

단도직입적으로 물어 오는 그녀의 질문에 차해운은 자신도 모르게 마른침을 꿀꺽 삼키며 더욱 긴장한 상태로 입을 열었다.

"네, 싫습니다."

차해운의 대답을 들은 진해임은 그저 피식하고 웃고 말았다. 그리고 아주 나른한 목소리로 다시 말했다.

"왜? 네가 지현이를 사랑하지 않아서? 설마 그게 중요한 거니?"

부드러운 진해임의 목소리에 차해운은 아무런 말도 할 수가 없었다.

꽈악.

단지 답답한 마음에 어금니를 꽉 깨물 뿐이었다.

어차피 답이 정해져 있는 거라면 대체 왜 물어본 거냐는 투정조차 부릴 수가 없었다.

차해운은 이래서 어머니가 싫었다. 후계자 따위 태어나서 욕심을 가져본 적도 없다. 하지만 태어나는 순간부터 귀에 딱지가 생길 만큼 들어왔다. 차해운 너는 후계자가 되어야 한다고 말이다. 그 외의 길은 처음부터 그에게 존재하지 않았다.

차해운은 진해임이 자신을 후계자로 만들기 위해 온갖 더러운 짓도 서슴없이 한다는 사실을 잘 알고 있었다.

그런 것은 정말 그가 원하는 게 아니라고 말을 해도 진해임은 듣지 않았다. 언제나 차해운을 위한다는 이유를 대며 그녀가 원하는 대로 행동하고 있었다.

차해운은 그 사실에 질식할 만큼 답답했지만 그렇다고 어머니를 외면할 수는 없었다. 설령 세상 사람들이 모두 다 그의 어머니인 진해임을 비난한다 하여도 차해운만은 그럴 수 없었다.

그래서 마지막엔 언제나 진해임의 뜻대로 움직이게 되었다.

차해운은 정말 싫었다.

결코 버릴 수 없는 욕심이 많은 어머니가. 그리고 그런 어머니를 외면할 수 없는 자신이…….

"이미 다 정해 놓으셨으면서 통보하기 위해서 부르신 겁니까?"

아까보다 더 딱딱해진 차해운의 목소리에 진해임이 부드러운 미소를 지으며 타이르듯이 말했다.

"통보라니. 약혼식 날짜를 잡기 전에 네 의견이나 들어보려고 부른 거지.”

“그래서 약혼식은 언제로 잡으실 생각입니까?”

“이 달 안으로 마쳐야 되지 않나 싶구나.”

차해운은 이번에도 언제나와 같이 느릿하게 눈을 한 번 감았다가 떴다. 그리고 마지못해 대답했다.

“뜻대로 하세요.”

“아무렴. 그래야 내 아들이지.”

환하게 웃는 진해임의 얼굴을 차해운은 무표정하게 바라볼 뿐이었다.

스윽.

차가운 표정으로 자리에서 일어나려는 차해운을 보며 진해임이 다시 입을 열었다.

“해운아, 조금만 기다리면 돼. 곧 윤성이가 우리를 방해할 수 없게 될 거야.”

왠지 스산하게 들리는 진해임의 목소리에 차해운은 왜 그런 말을 하는지 이유를 물어보려다가 다시 입을 닫았다.

어차피 안다 하더라도 그가 바꿀 수 있는 일은 없기 때문이다.

“……그만 가 보겠습니다.”

〈다음 권에 계속〉

번외 1.

Happy Birthday To You

이것은 두 사람이 사귀기 전,

서다래의 집으로 떠나기 삼일 전의 이야기.

갑자기 불행이 들이닥치면 무의식적으로 현실을 부정하고 싶어질 때가 있다.

열일곱 살의 차윤성이 그랬다.

열일곱 번째 생일 날, 처음으로 자신에게 살의를 가지고 있는 자들과 맞닥뜨렸을 때 그런 생각을 했던 것 같다.

이게 현실일 리 없어.

세상이 나에게 이렇게 잔혹할 수는 없어.

차윤성은 아직도 생일이었던 그날, 자신의 목덜미에 닿았던 서늘한 칼날의 감촉을 기억한다. 자칫 잘못하면 죽었을지도 모르는 순간이었다.

그래서일까.

차윤성은 그날부터 자신의 생일이 끔찍이도 싫었다.

덕분에 열일곱 살 이후로 단 한 번도 생일을 챙겨본 적이 없었다.

오늘도 마찬가지였다.

'모르고 지나갔으면 좋았을걸. 쓸데없이.'

—생일 축하합니다, 도련님.

강지욱이 굳이 전화를 걸어 축하의 말을 전하지 않았다면, 정말 모른 채 지나갔을 오늘이었다.

차윤성이 자신의 생일을 얼마나 끔찍해하는지 알면서도 매년 이렇게 축하한다는 말을 전하는 강지욱은 어쩌면 그를 엿먹여 보려는 심산인지도 몰랐다.

"칫."

차윤성은 자신의 의지와는 상관없이 기억하고 싶지 않은 과거들이 떠올라 기분이 가라앉았다.

서다래를 보면 기분이 조금이라도 나아질 것 같은데, 아쉽게도 그녀는 현재 집안에 없었다. 자신과의 사이가 회사에 드러난 이후로 더욱더 열심히 근무를 하고 있는 탓에 조금 늦을지도 몰랐다.

이럴 줄 알았으면 그냥 회사에서 기다릴걸.

퇴근은 따로 하자는 서다래의 말에 먼저 집에 온 것이 후회스러웠다.

사아아—

답답한 마음에 거실에 서서 정원을 바라보고 있자니 바람에 따라 잔디들이 휘날리는 모습이 보였다. 근사하게 조경이 되어 있는 나무와 꽃을 바라보며 머릿속을 비워내려고 노력했지만 생각처럼 쉽지 않았다.

어느새 차윤성의 머릿속은 그가 별로 기억하고 싶지 않은 그날의 장면들로 가득 찼다.

바닥을 적시던 흥건한 피.

후각을 마비시킬 정도로 강했던 비릿한 피비린내.

어머니가 보낸 추격자들을 처음 만났던 열일곱 살의 생일.

지금 생각해 보면 정말 기가 차지만…… 장난인 줄만 알았다. 같은 수인족이 자신을 위협할 일은 없다고 믿었으니까. 열일곱 살의 그때는 더더욱.

하지만 이내 그들이 자신을 향해 뿜어내는 살기가 거짓이 아니란 걸 깨달았을 때, 정말 이 자리에서 죽을지도 모른다는 생각이 들었다.

그래서 차윤성은 온 힘을 다해 상대를 공격했다.

처음으로 자신의 손톱이 다른 사람의 살갗을 꿰뚫었을 때의 그 느낌을 잊을 수가 없다.

상처를 입고 일그러지던 상대의 표정이 아직도 또렷하게 떠올랐다.

그날이 처음이었을 뿐. 그 후로도 셀 수 없이 반복되던 상황이었지만, 처음이란 단어가 갖는 의미가 그런 건지 이상하게도 그날의 기억은 유독 선명했다.

차윤성에게 자신의 생일은 단순히 같은 동족에게 처음으로 공격을 받은 날만이 아니었다. 동시에 그가 처음으로 누군가를 다치게 한 날이기도 했다.

그리고 어머니에게 버려졌다는 사실을 뼈저리게 깨달은 날이기도 했고.

—사모님이 왜 하필 도련님의 생일날, 그들을 보냈다고 생각하십니까? 도련님의 이런 감정을 바랐는지도 모릅니다. 그러니 이제 그만 안 좋은 기억은 잊으시고, 좋은 하루 보내십시오.

전화 통화로 들었던 강지욱의 목소리가 다시 떠올랐지만, 과거를 회상하는 차윤성의 오렌지빛 눈동자는 여전히 어둡기 그지없었다.

자신도 안다.

하지만 말처럼 쉬운 일이 아니었다.

가능하다면 언제까지나 생일은 잊은 채 지내고 싶을 정도로 떠올리기 싫은 기억들이었다.

강지욱의 말대로 매년 돌아오는 생일마다 그가 괴로워하길 바란 거라면 어머니 계획은 분명 대성공이었다.

어머니의 뜻대로 놀아나고 있다는 점이 유쾌하지는 않았으나 사실이 그랬다. 차윤성은 아직도 그날의 그림자를 벗어나지 못한 상태였다.

시간이 지날수록 과거의 기억에 사로잡혀 자신도 모르게 딱딱한 표정을 짓고 있을 때였다.

달칵.

미세하지만 현관문이 열리는 소리가 들려왔다.

연이어 들려오는 자그마한 발걸음 소리가 굳이 고개를 돌려 확인하지 않아도 서다래가 집에 왔다는 사실을 알아차리게 했다.

"왔어?"

불도 켜지 않은 어두운 집안.

평소보다 낮아진 차윤성의 목소리가 어둠 속에서 들리자 서다래는 소스라치게 놀라고 말았다.

"까, 깜짝 놀랐잖아요! 불도 꺼놓고 거기서 뭐해요?"

"잠깐 정원 좀 보고 있었어. 불 켜줄 테니까 기다려 봐."

그 말과 함께 거실의 빛이 환하게 들어왔다.

차윤성은 어두운 데서도 사물을 잘 볼 수 있었기 때문에 상관없었지만, 서다래는 그제야 그의 모습을 확인할 수 있었다.

"무슨 일 있어요?"

"갑자기 왜?"

"그냥 좀…… 평소랑 달라보여서요."

조금은 걱정스러운 표정으로 바라보는 서다래의 시선에 차윤성이 잠시 주저하다가 입을 열었다.

"그렇게 티나?"

"무슨 일인데요?"

"별거 아니야. 그냥 징크스가 있어서 그래."

차윤성은 애써 입가에 미소를 지어봤지만, 눈이 전혀 웃고 있지를 않았다.

그런 그의 모습을 바라보던 서다래가 조심스러운 목소리로 다시 말했다.

"기분 좋은 생일날이잖아요, 뭔지 몰라도 안 좋은 건 얼른 잊어버려요. 설마 내가 너무 늦게 알아차려서 그런 건 아니죠?"

"오늘이 내 생일인 줄 어떻게 알았어?"

설마 강지욱이 말한 건가 싶어서 그의 표정이 딱딱하게 굳을 때였다. 갑작스러운 그의 표정변화에 당황한 서다래가 황급히 입을 열었다.

"그게, 사무실에서 같이 근무하는 분들이 말해 줬어요. 저희 소문이 좀 그렇게 나있어서 일부러 말해 주신 것 같아요. 그런데 생일이 무슨 일급비밀도 아니고 왜 그렇게 무서운 표정을 지어요?"

"아니야, 혹시 누가 오지랖을 부린 건가 싶어서."

"누구의 오지랖이면 어때요. 제가 모르고 그냥 지나가는 것보단 낫죠. 정말 그냥 지나쳤으면 어쩔 뻔했어요?"

배시시 웃으면서 말하는 서다래의 모습을 보고 있자니 그제야 그녀의 한 손에 들려 있는 케이크상자가 눈에 들어왔다.

자신의 생일날에 케이크라……

오랫동안 어울려본 적 없는 조합이었다.

차윤성의 시선이 케이크상자에 가 있는 걸 눈치챈 서다래가 다시 입을 열었다.

"시간이 늦어서 이거 사오느라 고생 좀 했어요. 생크림케이크 괜찮죠?"

"그래, 뭐든 상관없어. 저녁 안 먹었지?"

"저녁이요?"

센스 있게 케이크를 사가지고 온 자신을 칭찬해 줄 거라 여겼는데 차윤성의 반응은 냉랭하기 짝이 없었다.

잠시 할 말을 잃은 서다래가 차윤성을 가만히 바라보고 있자 그가 나지막한 목소리로 말했다.

"씻고 내려와. 밥부터 먹자."

자신의 할 말만 남긴 채 뒤돌아서 주방으로 걸어가는 차윤성은 어딘가 조금 이상했다.

평상시에도 서다래의 식사를 꼬박꼬박 챙겨주던 차윤성이었기에 집에 들어오자마자 이런 질문을 받는 건 분명 익숙한 상황이었지만 오늘은 묘하게 달랐다.

영문을 모르는 서다래는 고개를 갸웃거릴 수밖에 없었다.

"잘 먹겠습니다!"

오늘도 역시 휘황찬란하게 차려진 식탁 앞에 앉아서 서다래는 젓가락을 들었다.

늦게까지 회사에서 근무를 하고 돌아온 상황이라 눈앞에 음식들을 보고 있자니 참을 수 없을 정도로 허기가 졌다.

서둘러 이것저것 음식들을 집어먹다보니 어느 순간 방금 전보다 표정이 풀어진 차윤성의 얼굴이 눈에 들어왔다.

그는 언제부터인지 몰라도 식사를 멈춘 채 그녀를 빤히 바라보고 있었다.

입 안 가득 넣은 음식을 삼키며 서다래가 말했다.

"민망하게 사람이 밥 먹는 걸 왜 그렇게 쳐다봐요?"

"모르나 본데, 네가 이렇게 잘 먹어주면 요리한 사람 기분이 좋아지거든."

"그래서 기분이 좀 좋아졌어요?"

"그런 것 같아."

"다행이네요. 오늘같이 좋은 날, 웃으면서 지내면 좋잖아요."

"생일이라고 굳이 그럴 필요 있어?"

퉁명스럽게 되묻는 차윤성의 목소리에 서다래가 반찬을 다시 한 점 입안에 넣고 우물거리며 말했다.

"그럼, 안 좋을 게 뭐있어요? 여러 사람들이 축하해 주면 그냥 좋잖아요."

"단순하긴. 겨우 그런 이유로 좋다는 거야?"

어처구니없다는 듯이 말하는 차윤성을 향해 서다래는 당당히 고개를 끄덕이며 웃었다.

사실 생일이 그렇게 대단한 건 아닐지도 모른다.

성인이 되고 난 뒤로 서다래 또한 바쁘면 가끔 깜빡하고 지나갈 때도 있었으니까.

그래도 어렸을 때는 가족이나 친구들이 자신의 생일을 잊어버리고 안 챙겨주면, 그게 그렇게 서운했었는데……

잠시 과거를 회상하던 서다래가 여전히 웃음 띤 얼굴로 말했다.

"내 생일을 축하해 줄 누군가가 옆에 있다는 것 자체가 좋잖아요. 왠지 생일을 축하한다고 말해 주면 그게 태어나줘서 고맙다는 뜻 같기도 하고요."

그녀의 말을 들은 차윤성은 순간 멈칫했다.

지금까지 그런 식으로 생각해 본 적은 없었다.

배가 많이 고팠는지 어느새 다시 허겁지겁 식사를 하고 있는 서다래를 잠시 바라보다가 차윤성이 나지막한 목소리로 말했다.

"그래서 너도 내가 태어나준 게 고마워?"

"켁! 콜록 콜록."

단도직입적인 차윤성의 질문에 식사를 하던 중 사레가 들리고 말았다.

살짝 눈물까지 맺힌 채로 기침을 해 대는 서다래를 향해 차윤성이 재빨리 물을 건네며 다시 말했다.

"조심 좀 해. 너무 급하게 먹지 말고."

이렇게 사레가 들린 게 누구 때문인데?

서다래는 항의하고 싶은 마음에 차윤성을 살짝 흘겨보며 그가 건넨 물컵을 받아 들었다.

물을 몇 모금 마시니 기침은 금방 진정이 되었다.

"갑자기 그런 질문을 하는 게 어디 있어요?"

"이게 곤란한 질문이야? 네 말대로 그런 뜻인가 궁금해서 물어본 건데."

가끔 보면 차윤성의 말은 유난히도 직구였다.

돌려 말할 줄 모르는 게 그의 매력이기도 했지만 가끔은 그녀를 이렇게 당황스럽게 만들었다.

잠시 머뭇거리던 서다래가 살짝 얼굴을 붉힌 채로 말했다.

"그야…… 당연하죠. 윤성 씨가 없었으면 저는 진즉에 다른 수인족들한테 당했을 거라고요."

"내가 없었으면 그런 일 자체가 일어나지 않았을 텐데?"

서다래의 눈에만 그렇게 보이는지 몰라도 지금 차윤성의 표정은 짓궂기 그지없었다.

마치 돌려 말하지 말라고 재촉하는 듯했다.

그의 생일인 오늘, 어딘가 기분이 안 좋아 보이는 그를 위해 못해 줄 말은 아니었다. 이렇게 낯간지럽게 생각해 본 적은 없었지만, 아예 틀린 말도 아니었고.

서다래는 두 눈을 질끈 감고 외쳤다.

"그, 그래요. 태어나줘서 고마워요!"

그 말을 들은 차윤성의 얼굴에 웃음기가 감돌았다.

한쪽 손으로 턱을 괸 채로 그녀를 바라보던 차윤성이 만족스럽다는 듯이 말했다.

"뭐, 네가 그렇게 생각해 주는 건 나쁘지 않네."

평소처럼 부드러운 표정을 짓고 있는 그를 보자 다행이란 생각이 들었지만, 서다래는 어딘가 부끄러워져서 고개를 숙인 채 눈앞에 있는 음식만 퍼먹었다.

그렇게 식사가 끝나 갈 무렵이었다.

서다래는 제법 배가 불러오는 느낌에 차윤성을 향해 먼저 말을 건넸다.

"그럼 늦기 전에 슬슬 케이크에 촛불 켜요."

방금 전까지는 괜찮았던 차윤성의 표정이 단번에 딱딱하게 굳었다.

그리고 그답지 않게 머뭇거리는 어투로 말했다.

"딱히, 그렇게까지 할 필요는……."

"무슨 소리예요? 다른 건 몰라도 생일케이크는 당일에 해야 제 맛이에요. 기다려 봐요."

차윤성의 태도를 보고 있자니, 서다래는 본인이 강하게 나서지 않으면 케이크에 초를 꽂지 못할 지도 모른다는 생각이 들었다.

쑥스러워서 그런 건지 오늘따라 미적거리는 그를 두고 서다래가 재빨리 케이크상자를 식탁으로 가지고 왔다.

스윽.

케이크를 상자 위로 올리고 초를 하나둘씩 꽂을 때였다.

여전히 내키지 않는다는 표정으로 케이크를 바라보고 있는 차윤성을 발견하자 서다래는 그제야 뭔가 이상함을 느끼고 움직이던 손을 잠시 멈췄다.

"정말 하기 싫은 거예요?"

차윤성이 싫다고 말하면, 당장이라도 그만두겠다는 듯이 서다래는 다시 의자에 앉아서 그를 바라봤다.

그녀의 걱정스러운 시선을 받고 있자니 차윤성은 스스로가 이렇게 한심하게 느껴질 수가 없었다. 속마음이야 어떻든 간에 아무렇지 않게 보이고 싶었는데, 그러기엔 표정관리가 안 되는 모양이었다.

"그런 건 아니고……."

"이러니까 자꾸 궁금해지잖아요. 정말 무슨 일 있는 거 아니에요?"

걱정을 끼칠 바에 솔직하게 말해야겠단 생각이 들었지만, 총회가 끝나고 돌아오던 길에 어머니에 관련해 말 몇 마디 한 것만으로도 눈물짓던 그녀가 떠올랐다.

구구절절한 이야기로 괜히 서다래를 울리고 싶지 않았기에 차윤성이 살짝 돌려 말을 했다.

"어렸을 때 생일에 안 좋은 일이 일어난 적이 있는데…… 그 기억 때문인지, 그 후론 딱히 생일을 챙겨본 적이 없어."

"많이 안 좋은 일이었어요?"

조심스럽게 물어 오는 서다래의 말에 차윤성은 말없이 고개를 양옆으로 저었다.

분명 자신이 다치게 했던 남자의 얼굴은 아직도 선명했다. 세상이 무너질 것만 같았던 절망감도 바로 엊그제 일처럼 느껴졌지만……

무엇보다 차윤성의 마음에 남아 그를 괴롭히고 있는 건 바로 자기 자신이었다.

"안 좋은 일을 당하던 날, 바보같이 펑펑 울었어. 아무것도 하지 못한 채 울기만 하는 내 모습이 떠오르는 게…… 그냥 꼴 보기가 싫은 거야."

열일곱 살의 차윤성은 처음으로 겪은 일에 오열했다.

처음으로 자신을 죽이려는 추격자를 만났다는 사실에. 그리고 처음으로 누군가를 다치게 했다는 경험에.

가족에게 버려졌다는 사실이 지독히 외로워서 그는 아무것도 하지 못한 채 울었다.

그때의 그 상황이 슬프지 않다는 건 아니다.

하지만 그런 상황에 그저 우는 것밖에 하지 못하는 약하디 약한 자기 자신을 떠올리는 게 싫었다. 그 뒤로 생일이 다가오면 그날에 한없이 약했던 열일곱 차윤성이 떠올라 더욱 피하고 싶었다.

"그게 왜 그렇게 싫은데요?"

태연하게 묻는 서다래의 목소리에 차윤성이 자조적인 웃음을 지으며 나지막이 대꾸했다.

"싫지 않아? 우는 것밖에 못하는 남자라니……."

"울기만 하는 남자가 좋은 건 아니지만, 너무 완벽하기만 한 남자는 더 별로예요."

어느새 서다래는 부드러운 시선으로 그를 바라보고 있었다. 그 눈빛이 너무나도 포근해서 차윤성은 자신도 모르게 픽하고 웃고 말았다.

"바보 같은 소리 마."

"지금 누가 바보 같은 소리를 하고 있는데요?"

"그럼, 약한 내가 좋다는 거야?"

"약한 게 어때서요? 너무 강해서 혼자 뭐든 다 할 수 있는 사람이라면 아무도 옆에 있을 필요가 없는 거 아니에요?"

"무슨……."

"이렇게 약해지는 순간이야말로 누군가가 필요한 거잖아요. 슬픈 건, 약한 게 아니라 아무도 곁에 없는 거라고요."

차윤성이 아무 말도 못한 채 흔들리는 눈빛으로 서다래를 바라보고 있을 때였다.

나직한 서다래의 목소리가 다시 들려왔다.

"그러니까 제 말은, 지금이 윤성 씨한테 내가 필요한 순간이라는 거잖아요. 그게…… 싫을 리가 있어요?"

"하……."

차윤성은 자신도 모르게 헛웃음이 새어 나왔다.

자신이 반한 여자라 그런 것일까?

서다래는 아무렇지도 않게 차윤성의 마음속 깊은 곳까지 침범해서 헤집어놓고 있었다.

꽤나 오랫동안 가지고 있던 징크스를 이렇게 말 한마디로 바꾸어놓을 수 있는 여자가 세상에 존재할 거라곤 생각지도 못했다.

그리고 서다래가 하는 말이 틀린 건 아니었다.

감정이 없는 로봇 같은 사람이 되기를 바란 건 아닌데, 자신의 약한 모습이 싫어서 지나치게 감춰왔었다.

어쩌면 그동안 스스로를 너무 혹독하게 다뤄 온 것인지도 몰랐다.

"얼마나 안 좋은 일이 있었는지 모르지만, 그래도 그런 일 때문에 앞으로 윤성 씨의 생일이 슬퍼지는 건 정말 아니라고 생각해요. 올해부터라도 달라져보는 거 어때요?"

차윤성이 그저 가만히 그녀를 바라만보고 있자 서다래가 케이크를 눈짓으로 가리키며 다시 나직이 말했다.

"……생일 계속 축하해 줘도 돼요?"

그녀의 물음에 차윤성의 고개가 말없이 끄덕여졌다.

그러자 멈춰있던 서다래의 손이 다시 움직이기 시작했다.

치이익!

서다래는 방금 전 케이크에 꽂아 놓은 초 심지에 성냥불을 붙였다. 그러자 초가 타는 냄새와 함께 은은한 불빛이 식탁 위를 비췄다.

서둘러 자리에서 일어난 서다래는 부엌의 불을 끄고 다시 제 자리로 돌아왔다.

어두운 방 가운데에서 빛나는 촛불은 이상하게도 따뜻해 보였다.

"항상 윤성 씨한테 신세만 지는 것 같아 미안했는데, 이렇게 조금이라도 제가 도움이 되는 순간이 오네요. 앞으로는 생일 날마다 좋은 기억만 있길 바랄게요."

배시시 웃는 서다래의 모습은 이상하게도 가슴이 뭉클해질 정도로 감동스러웠다.

조금은 잠긴 목소리로 차윤성이 나지막이 말했다.

"……그래."

"자, 그럼 그런 의미에서 조금 부끄럽지만 노래를 시작할게요."

서다래는 잠시 목을 가다듬으며 조금은 붉어진 얼굴로 노래를 불렀다.

"생일 축하합니다! 생일 축하합니다!"

서다래의 생일축하노래를 들으며 케이크를 바라보고 있자니 문득 열일곱 살의 어린 차윤성이 목이 쉬도록 울면서 간절히 바랐던 단 하나가 떠올랐다.

그토록 원하던 따스함이 지금은 곁에 있는 듯했다.

"사랑하는 윤성 씨의 생일 축하합니다!"

간단한 노래가 끝났음에도 차윤성이 멍하니 케이크를 내려다보고 있자 서다래가 재촉하듯이 입을 열었다.

"얼른 촛불 끄세요. 아! 끄면서 소원 빌어야 돼요."

꼭 잊지 말라는 듯이 당부하는 서다래의 말에 차윤성은 그녀를 한 번 쳐다보곤 숨을 크게 내쉬었다.

"후우."

그러자 순식간에 초가 꺼졌다.

따스했던 불빛이 사라지며, 자신을 바라보면서 행복하다는 듯이 웃는 서다래의 모습이 눈에 들어왔다.

차윤성이 지금 신에게 빌고 싶은 소원은 단 하나였다.

그동안 유독 자신에게만 냉정했던 모든 일들을 용서할 테니 이 여자 하나만 달라고……

서다래, 단 하나만 자신에게 달라고 그렇게 빌었다.

* * *

저녁 식사와 함께 간단히 케이크로 생일축하를 마친 두 사람은 각자의 방으로 돌아갔다.

서다래는 자신의 방 안에서 내일 출근을 위해 이것저것 준비를 하다가 막 잠을 청하기 위해 침대 위로 올라서려 할 때였다.

똑똑.

갑자기 들려오는 노크 소리.

서다래의 시선이 방문으로 향하자 기다렸다는 듯이 차윤성의 목소리가 들려왔다.

"서다래, 자?"

"아직이요. 무슨 일이에요?"

"할 말이 있어서."

"무슨 말인데요?"

서다래는 대답을 하면서 습관적으로 문을 향해 다가갔다.

무의식적으로 문고리를 손에 잡고 열려는 순간이었다.

"혹시라도…… 내가 밤에 찾아오면 절대 문 열어 주지 마."

총회가 끝나고 이 집에 처음 들어오던 날, 차윤성이 했던 경고가 불현듯이 머릿속에 떠올랐다.

멈칫.

갑작스럽게 떠오른 그 경고에 서다래는 문을 열려던 행동을 멈출 수밖에 없었다. 어찌 됐든 두 사람은 성인남녀였고, 이렇게 늦은 밤에 단둘뿐인 공간에 있다는 게 의식되자 이상하게 긴장되었다.

물론 차윤성이 마음먹고 들어오려고만 한다면야 수인족인 그에게 이깟 문쯤이야 아무것도 아니겠지만……

스르륵.

잠시 망설이던 서다래는 잡았던 문고리에서 손을 떼었다.

그런 그녀의 움직임을 감지한 차윤성은 자신도 모르게 반듯했던 미간을 찌푸리고 말았다. 그도 자신이 한 경고를 기억하고 있었기에 서다래의 이런 행동이 그 말 때문이란 걸 알 수 있었다.

순간 그런 말을 내뱉은 자신이 원망이 되었다.

하지만 그런 감정은 잠시일 뿐.

만약 오늘 밤, 다시 서다래의 얼굴을 본다면 정말이지 자제하지 못할지도 모른다. 어찌 보면 차라리 이게 다행일지도 몰랐다.

갑자기 찾아와선 차윤성이 아무 말도 없자 문 건너에 있는 서다래가 다시 입을 열었다.

"윤성 씨?"

"아, 그게 오늘 내 생일 축하해 줘서 고맙다고."

"뭘요. 그 말하려고 온 거예요?"

웃음기 띤 서다래의 목소리를 들으며 차윤성은 조용히 그녀가 있는 방문에 등을 기대었다.

사실은 보고 싶어서 왔다.

조금이라도 더 가까이에 있고 싶다고 생각하니 자신도 모르게 발걸음이 여기까지 오고 말았다.

"뭐, 그 말도 전하고. 이대로 내 생일을 끝내기가 아쉽다는 생각이 들어서 말이지."

"예?"

"주말에 시간 있어?"

"같이 놀아달란 거예요?"

응. 데이트 하자 서다래.

서다래의 질문에 차윤성은 머릿속에 떠오른 말을 삼킨 채 다른 말을 꺼냈다.

"금요일 시간 어때?"

"그래요, 좋아요."

서다래의 승낙에 차윤성의 얼굴에 희미한 웃음기가 감돌았다.

차윤성이 재차 말했다.

"어디 가고 싶은 데 있으면 말해. 나도 생각해볼 테니까. 그날은 같이 퇴근 하는 거다?"

"알겠어요."

흔쾌한 서다래의 대답에 차윤성은 입가에 미소를 머금으면서도 이내 어쩔 줄 모르겠다는 듯 고운 미간을 살짝 찡그렸다.

자꾸 다정하게 대해 주지 마.

이러면 내가 착각할지도 모르잖아, 서다래.

차윤성이 눈을 감은 채 가만히 서다래가 있는 방문에 기대어 있을 때였다.

"윤성 씨."

"응?"

"생일 축하해요."

마치 꿀같이 달콤하게 느껴지는 말에 차윤성은 등 뒤에 닿은 차가운 감촉이 일순 따뜻하게 느껴지는 듯한 착각이 들었다.

그는 깊게 숨을 들이마시며 생각했다.

어떡하지, 나 정말 너 아니면 안 될 것 같은데.